CW01659007

Dromen over Afrika

FSC
Mixed Sources
Productgroep uit goed beheerde bossen, gecontroleerde bronnen en gerecycled materiaal.
www.fsc.org Cert no. CU-COC-802528
© 1996 Forest Stewardship Council

Lennart Hagerfors

DROMEN OVER AFRIKA

Een roman over Bror Blixen

Uit het Zweeds vertaald door
Janny Middelbeek-Oortgiesen

DE GEUS

Oorspronkelijke titel *Drömmen om Ngong*, verschenen
bij Norstedts Förlag
Oorspronkelijke tekst © Lennart Hagerfors
First published by Norstedts, Sweden, in 1998
Published by agreement with Pan Agency
Nederlandse vertaling © Janny Middelbeek-Oortgiesen en
De Geus BV, Breda 2007
Omslagontwerp Robert Nix
Omslagillustratie © Fridmar Damm/Zefa/Corbis
Druk Koninklijke Wöhrmann BV, Zutphen
ISBN 978 90 445 0744 7
NUR 302

Niets uit deze uitgave mag verveelvoudigd en/of openbaar
gemaakt worden door middel van druk, fotokopie, microfilm
of op welke wijze dan ook, zonder voorafgaande schriftelijke
toestemming van De Geus BV, Postbus 1878, 4801 BW Breda, Nederland.
Telefoon: 076 522 8151. Internet: www.degeus.nl

Dromen over Afrika

I

Ook ik had ooit een plantage in Afrika. In feite had ik er twee. Eentje lag aan de voet van het Ngong-gebergte, de andere op de hellingen van Mount Meru. Daartussen had je alles wat een mens kan begeren: wild, bergen, vlaktes en een grenzeloze hemel. Van vroeg in de ochtend, wanneer de nevels oplosten in de warmte van de zon, tot aan zonsondergang, wanneer het licht de droge savanne een korte tijd in vlam zette, had je blik vrij spel.

Ik ben ze allebei kwijtgeraakt.

We zagen en hoorden de edelherten niet, maar we wisten waar ze zich bevonden. Voorzichtige stappen, dode takken, de wind in de rug. Eindeloos wachten; je gezichtsvermogen en gehoor een onderdeel van je ademhaling. Onze harten klopten in de maat. Weldra zou de stilte worden verbroken. Daar! Een fazant die opvloog en verdween. Voor ons zat er die dag niets in. Daarna opnieuw stilte. Met moeite kon ik een jubelkreet onderdrukken.

Een paar meter schuin voor me liet Hans zich op zijn hurken zakken. De edelherten zouden dadelijk uit de elzenstruiken tevoorschijn komen. Toen we onder een paar jonge berken verborgen zaten, gloeiden de herfstbladeren onder onze voeten. Ik bestudeerde mijn broer – en zag hem voor het eerst. Ik schoot in de lach: zijn ronde wangen zagen er zo goedmoedig uit en zijn gewelfde oogleden deden me denken aan de kikkers bij de vijver. Toen hij zich glimlachend en knikkend naar mij omdraaide, spoelde zijn glimlach als een verdriet, een gemis over mij heen. Zijn gezicht weerspiegelde mijn leven en wenste me niets dan goeds toe. De kikker was de mooiste van heel Näsbyholm, van heel Skåne. Eén blik volstond om een prins tevoorschijn te toveren. Hij kon een oneindige hoeveelheid liefde aan.

'Wat zit jij te loeren?'

Ik hoorde de woorden niet, maar las ze van zijn lippen.

Hij was mijn broer, maar dat kon ik niet zeggen. Ik was Bror, 'broer'. Hij, Hans, zei dat ik zijn broer was, 'Hans' broer'. 'Daar komt Hans met Bror aan', zei moeder altijd. Wanneer vader of de houtvester 'Hans' broer' zeiden, dan bedoelden ze mij. Je kunt de namen eindeloos omdraaien, maar ik heet Bror. Hij blijft Hans: Hans Blixen-Finecke. Met desgewenst een 'von' ertussen.

Hij werd twee uur eerder geboren dan ik. Wij leken zo veel op elkaar als twee mensen maar kunnen doen. Dat was misschien het pijnlijke. Dat ik mezelf zag. En wie wil er nu ooit van zichzelf gescheiden worden?

De koude wind drong door mijn jas heen en stroomde als een vloeistof langs mijn ruggengraat omhoog. Een edelhert, een grote bok, stapte voorzichtig naar voren. Hans hief zachtjes zijn buks en vuurde een schot af. Het tweede schot kwam van mij, altijd van mij. Maar dat was bijna nooit nodig. De bok maakte een sprong en stierf. Met denderend geraas vluchtten de andere edelherten weg door het bos.

'Je had de bok niet moeten nemen. Dat is nou net het hert dat vader zal missen.'

'Ach, zeur niet, dat komt wel goed.'

Ik ging Persson halen, die zich achter een schuurtje verstopt had. Hij sprong verschrikt op en begon te stamelen: 'Als de baron... als de baron dit hoort...' Ik klopte hem op zijn schouder: 'Ach, dat komt wel goed!' Toen ik informeerde hoeveel hij ervoor gaf, fluisterde hij dat vogels en konijnen wel konden, maar een edelhert! 'Hans, als we problemen krijgen, is het jouw schuld!' Toen ik zei dat ik Bror was, vroeg hij waar Hans was. 'Bij de bok', antwoordde ik terwijl ik wegliep. 'De bok!' Perssons knieën begonnen te trillen en hij sloeg zijn handen voor zijn gezicht, maar er zat voor hem niets anders op dan mij struikelend te volgen. Van elke tak die tegen ons aan zwiepte en van elke vogel die voorbijvloog, schrok hij.

Toen Persson Hans, die glimlachend op de grote bok zat te wachten, in de gaten kreeg, kon hij een lach niet onderdrukken. Daarop haalde hij zijn portemonnee tevoorschijn.

Het was vaak feest op Näsbyholm. Wie daar niet aan wilde meedoen was een sufferd. Heel de provincie Skåne was een gedekte tafel, de hemel werd met de dag hoger, de vlaktes strekten zich steeds verder uit en de bossen verhieven zich uit de grond.

Rond Hans zwermden zowel jongens als meisjes, er werd harder gelachen dan anders en de bewegingen waren sneller. Het gebeurde weleens dat op een doodgewone dag in een oogwenk een lange tafel werd gedekt, iedereen snel instrumenten en flessen ging halen en de mensen op het erf voor de stallen begonnen te dansen. Bijna nooit wist iemand wat de aanleiding voor het feest was. De buren stonden altijd met hun voeten weggezakt in de Skånse klei te koekeloeren.

De tijd zelf vlamde op als een vuur. Hans dirigeerde met zijn glimlach de knipperende oogleden van de meisjes en een kreet van hem deed de paarden in de stal hinniken.

'Kom, Bror!' Soms stond hij snel op om alles achter zich te laten en er vandoor te gaan. Ik zette de omvergeworpen stoel overeind, streek het beteuterde meisje over haar wang, gaf de knecht een opdracht en nam moeders verdrietige blik voor mijn rekening. Maar Hans was ongeduldig. 'Kom nou toch!'

Ik rende achter hem aan en hij onthaalde me met een arm om mijn schouders – en de wereld was weer ondeelbaar. Galopperend sneden we een stuk af naar Kullartorp.

We waren de hele dag buiten geweest om te jagen, hadden in ijskoude moerassen gelegen, kilometers door onze beukenbossen gelopen – en de grond zong, nee, die neuriede verlaten. Het was moeilijk om die achter te laten. Toen we in de duisternis de heuvel naar ons woonhuis op liepen, hingen de geschoten fazanten als een extra vedertooi om ons heen. Het vuil en vocht dampten uit onze kleren en we liepen te soppen in het water dat in onze laarzen stond. We waren een paar uur te laat en hadden na het ontbijt niets meer gegeten.

Uit alle ramen stroomde geel licht. Achter één ervan werd een schaduw zichtbaar die ons wenkte. Ze hadden ons gesignaleerd. De deur ging open en de mensen verdrongen zich op de stoep. 'Daar komen ze aan!' Vader drong zich tussen de meisjes door naar voren, recht en stijf, een waarschuwend uitroepteken. Het geroezemoes verstomde toen hij de stoep afliep en bij de beide fakkels ging staan die naast de onderste tree in de grond waren gestoken. Enkelen giechelden. Zwervers voor de rechter. Er werd nu een beter excuus verwacht dan anders.

Vader keek Hans strak aan. 'Verklaar je nader!' Hans bleef maar glimlachen, steeds beschaamder. Zelfs zijn buks grijnsde naar vader en zijn gebaren vertelden dat het leven wonderlijke wegen kiest, maar dat niets uit kwade wil wordt gedaan. Hij probeerde het met 'Bror dacht...' – maar het was allemaal vergeefs. Er was geen excuus.

Toen kwamen de woorden over mijn lippen: 'Dat we te laat zijn, komt door onze liefde voor de grond van Näsbyholm.' Hans schoot van verbazing in de lach, maar deed er snel het zwijgen toe. Vaders strenge blik gleed langzaam naar mijn gezicht. Onderweg bleef hij steken, ongeveer bij de plek waar je de bosrand vaag tegen het nachtelijk duister kon onderscheiden. Zijn gezicht werd minder rood, zijn gelaatstrekken werden milder en hij slikte. 'Jullie zullen wel honger hebben', mompelde hij en hij liep naar binnen. De meisjes applaudisseerden en Hans gaf me een stomp in mijn buik. Het was voor het eerst dat ik ons hachje had gered zonder mijn toevlucht te nemen tot wat ik meestal deed: de schuld op me nemen.

Op weg naar de wasruimte kwamen we Tanne tegen, ons Deense nichtje. Ze stond ons in de gang op te wachten met een sigaret in haar ene hand, terwijl ze met de andere koket over haar heup streek. Haar gezicht was bleker dan anders – het was moeilijk om vast te stellen of dat door make-up kwam of omdat ze zich ongelukkig voelde – en haar jurk kwam beter tot zijn recht in Parijs dan op Näsbyholm. Toen ze zich tot ons wendde, blies ze rook in ons gezicht. 'De decadentie van de stad', zei Hans. 'De mest van het landleven', zei ze. Ze schoten in de lach.

Haar blik gleed strelend over onze vuile gezichten en kleren. Even nam ze me met een vertederde blik op, maar daarna wendde ze zich uitdagend tot Hans. 'Jullie weten niet hoe benijdenswaardig jullie zijn.' Hans antwoordde dat we dat wel wisten, maar zij hield steeds koppiger vol: 'Nee, dat weten jullie niet, en jullie weten ook niet dat jullie alles zal worden afgenomen. Hoe meer je hebt, hoe groter het verlies is.' Die woorden voerden haar naar een afgrond, waar ze bleef staan, duizelend voor het onverbiddelijke gevolg ervan. Haar ogen traanden en haar mond werd een verbeten streep. Met een ruk van haar hoofd wendde ze zich van de afgrond af en ze glimlachte arrogant. Hans trok haar naar zich toe en kuste haar. Ik liep snel door. Haar geur volgde me als een werveling in de lucht en op mijn netvlies droeg ik het beeld met me mee van de ragfijne avondjurk die in de vuile jagersjas verdween. Dat was opwindend. Ik hoopte dat Hans haar een poosje wilde houden.

We aten in de keuken, waar het warm was en naar gebraden wild en gebakken koekjes rook. De keukenmeisjes, die met de resten van de maaltijd kwamen binnenrennen en snel weer verdwenen met gebak en koekjes, onderbraken hun verplichtingen om ons eten op te dienen. We zaten tegenover elkaar aan tafel met een vork in onze ene hand en het bord in de andere. Hans had zich in zijn uniform van onderofficier gestoken; ik droeg mijn versleten smoking. Zoals gewoonlijk kregen we te horen dat 'de jonge heren het blijkbaar goed naar hun zin hebben in de keuken' en 'de jonge heren warempel niet op de tijd weten te letten'.

Voldaan en met een weldadig gevoel dat zich over het hele lichaam verspreidde, gingen we naar de 'sittingkamer', waar lampen en kaarsen de donkere wandtapijten aan de muren verlichtten. Overal stonden groepjes mannen en vrouwen, de meesten jong. Rechte nekken, fraai gebogen ruggen, gelach, gefluister, bulderende grapjes. Vader liep met een glas in de hand van het ene groepje naar het andere. Moeder zat met een grote shawl om haar schouders in haar eentje in een hoekje van een bank. Hans werd door een paar vrienden in beslag genomen en ik ging bij moeder zitten. Ze streek met de rug van haar reumatische hand over mijn wang en schudde haar hoofd. Haar aanraking, die zacht en liefdevol bedoeld was, werd onhandig en ongevoelig. 'Wat moet ik toch met je aan, Bror? Je bent zo lief.' Het klonk als een verwijt. 'Ga naar de jongelui! Je vader is niet de enige die zich hoeft te amuseren.' Toen ik opstond, kruiste mijn blik die van Lotty Wachtmeister. Vanuit mijn ooghoek had ik gezien dat ze me een poosje had staan opnemen.

Mijn zussen Agnes, Märta en Thyra stelden zich bij de piano op om te gaan zingen. Moeder werd uit haar hoekje omhoog getrokken en al protesterend naar het instrument geleid, maar toen ze eenmaal met haar knokige vingers het eerste, onzekere akkoord had aangeslagen, glimlachte ze en was alles zoals het had kunnen zijn. We zongen allemaal mee met het refrein.

Het feest verspreidde zich door het huis. De mensen renden de vertrekken in en uit, en verzamelden zich alleen wanneer er in de grote kamer iemand optrad. Een poëzievoordracht, een gezelschapsspelletje, armworstelen, een paar neven die een komedie opvoerden die ze zelf hadden geschreven. Tanne droeg zo serieus een gedicht voor dat niemand na afloop op het idee kwam om te applaudisseren. Vader trok zich met een oude vriend en een fles cognac in de bibliotheek terug en rond Hans en mij verzamelde zich een groep vrienden die door ons met verhalen vermaakt wilde worden.

Iemand, ik meen dat het Gustaf Lewenhaupt was, vroeg aan Hans of hij over zijn dubbele verloving wilde vertellen. Een paar meisjes kenden dat verhaal nog niet. 'Ach, dat is zo lang geleden.' 'Puh, nauwelijks een jaar!' Hans wierp Tanne een steelse blik toe en zij glimlachte koeltjes terug.

Hans had zich tijdens één en hetzelfde diner niet alleen met twee meisjes verloofd, maar later die avond ook met allebei afgesproken. Ik werd opgetrommeld om voor Hans door te gaan bij het meisje dat hij het minst begeerde – om zo behoedzaam mogelijk de verloving te verbreken. En haar daarna te troosten met alle tederheid en liefde die ik kon opbrengen.

Ik wist hoe je zoiets moest aanpakken. Meisjes hadden altijd een kleine leegte in zich die ook voor henzelf een raadsel was. Dat donkere hoekje maakte dat hun keel zich toekneep en dat hun ogen onwillekeurig door tranen verduisterd werden. Hans wist daar niets van; hij had het te druk met het tonen van zijn eigen goedgevulde ruimtes. De meisjes hielden van hem om wie hij was, van mij hielden ze omdat ze bij mij zichzelf konden zijn. Hij wist bijvoorbeeld niet dat je je een weg naar hun hart moest luisteren, dat de meisjes de man zelf naar het pijnlijke punt wilden trekken. Het was een kwestie van goed opletten.

De meisjes schoven heen en weer bij Hans' verhaal, maar de jongens lachten zo hard dat vader glimlachend de kamer binnenkwam om te vragen wat er zo grappig was. Met gespeelde verlegenheid zei ik dat het misschien niet zo'n geschikt verhaal was voor een vader, maar hij was een en al welwillendheid. Die avond was alles toegestaan. 'Laat nog eens horen!'

Hans werd schuchter, op een manier die de meisjes leuk vonden, en keek tersluiks in mijn richting. Ik vertelde toen over de keer dat Gustaf en ik in Alnarp gespijbeld hadden van school en de trein naar Lund hadden genomen om daar de hele nacht aan de boemel te gaan. We waren pas met de vroege melktrein teruggekeerd. Om op tijd terug te zijn, voordat het personeel op school wakker werd, namen we een kortere weg door een bos waarin een meertje lag. 'Wie er het eerst in is!' schreeuwde Gustaf. Ik trok snel mijn kleren uit en dook erin. Mijn lichaam was voor dergelijke dingen gemaakt. Zodra ik mijn hoofd boven water stak om te kijken waar Gustaf bleef, zag ik hem in het bos verdwijnen met mijn kleren in zijn armen. Toen ik rond zes uur 's ochtends spiernaakt naar de leerlingenverblijven rende, waren op de landbouwschool van Alnarp in elk geval de rector en vier leraren wakker.

Nu moest iedereen lachen, de meisjes misschien nog het meest, en vader verliet hoofdschuddend en schokschouderend de kamer. In de deuropening bleef hij staan. 'Vertel dat maar niet aan je moeder; dan maakt ze zich nog onnodig ongerust.'

Toen iemand mij vroeg om te vertellen wat er gebeurde toen ik van Alnarp werd gestuurd, stak ik een sigaar op en ik verliet de kamer.

Een half uur later trof ik Lotty in haar eentje buiten op de stoep aan, waar ze verkoeling zocht in de nachtlucht. Langzaam viel er een zwaarte door mijn lichaam. Haar wangen waren rood, van het dansen was haar kapsel in de war geraakt en rond haar oren kleefden zweterige plukjes haar. Niemand danste met zo veel overgave als zij. Ze draaide zich naar me om en zei 'O, Bror' en daarna bleven we samen een poosje zwijgend staan. Ik had haar beet willen pakken en over de zwaarte willen vertellen, maar daar waren geen woorden voor. Zij was degene die begon te praten, eerst onsamenhangend, hijgend, met korte pauzes, nu eens met levendige stem, dan weer met een stem die hees was van verdriet.

Ze wilde dat ik het begreep. Ze had nooit van iemand gehouden zoals van mij. Er was niets mooiers dan Kullatorp bezoeken en met mij op jacht gaan op het grondgebied van Näsbyholm. In het bos waren we net twee gevouwen handen. Ze gebruikte letterlijk die woorden. Het idee om met mij te trouwen, op Stjerneholm te wonen en door te gaan met het goede leven, een stel kinderen op de wereld te zetten, buitenlandse reizen te maken, op de boerderij te werken, te genieten van stille avonden met de kinderen – dat was allemaal zo aantrekkelijk, zo zou haar leven er eigenlijk moeten gaan uitzien. Ze praatte steeds enthousiaster, maar uiteindelijk was ze boos en vertwijfeld. Ze wist dat dit nooit werkelijkheid zou worden. Ik zou met Hans, Gustaf en de anderen verdwijnen, ik zou me niet kunnen losmaken van het zwerversleven met vrouwen en zinloze avonturen. Er zou ruzie en onenigheid van komen, zij zou 's nachts wakker liggen, ik zou beginnen te liegen en zij zou op Stjerneholm eindigen als een zure en verbitterde barones die alleen maar aan haar eigen lijden kon denken. 'Ik hou van je omdat je bent wie je bent, maar omdat je bent wie je bent, kan ik niet met je leven. En niemand kan jou veranderen.'

We omhelsden elkaar en zij huilde stilletjes, zonder dat er een snik door haar lichaam ging. Zelf was ik tot in mijn merg bevroren. Pas toen Hans en enkele van zijn officiersvrienden het huis uit kwamen denderen, op weg naar de stal, lieten we elkaar los. 'Kom, Bror! De liefde moet wachten!' Maar ik bleef. We liepen naar binnen en gingen zonder een woord te zeggen uiteen.

In de keuken trof ik Tanne aan. Ze zat met het dikke dienstmeisje Elsa te praten. Ze waren zo verschillend als twee mensen maar kunnen zijn: Tanne bleek, mager en elegant, Elsa blozend, dik en robuust. Tanne had een stuk taart voor zich staan, maar dat had ze niet aangeroerd. Eerst zagen ze mij niet. Dat gaf me de gelegenheid hen een poosje samen te zien praten met hun hoofden dicht bij elkaar. Toen ze me in de gaten kregen, stond Elsa snel op om haar bezigheden elders te hervatten. Tanne zei: 'Kom, Bror', pakte me bij de hand en voerde me via de keukendeur naar de achterkant van het huis.

Een half uur eerder had ik met Lotty bij de hoofdingang staan zwijgen. Nu stond ik met Tanne aan de achterkant van hetzelfde huis te zwijgen. Ze rilde. Ik sloeg mijn jas om haar schouders. 'Het is allemaal voorbij', zei ze en ze liet zich op haar hurken zakken alsof ze buikkrampen had. En toen begon ze te praten zoals Lotty had gedaan, maar toch zo anders. Tanne sprak langzaam, bijna lijzig, ze koos haar woorden zorgvuldig en die sneden door mijn bewustzijn zoals een slagersmes door vlees snijdt. Ze zei dat al het leven dat in Skåne en Denemarken bestond door Hans belichaamd werd; zonder hem verloren de herfstkleuren hun gloed en kon de Sont net zo goed droog komen te liggen, zonder hem werd zij een grijze, pathetische oude vrijster met dweperige kunstenaarsdromen. Wat ze in hem beminde was zijn vrijheid, zijn ondernemingslust, zijn wil om het leven volledig te leven. Hij had geen enkele weet van wat voor de mens in feite de natuurlijke toestand was: doodsangst en angst voor de zinloosheid van het leven. Hans dook gewoon pardoes in elke keten van gebeurtenissen, zijn moraal was die van een wolf – voorbij goed en kwaad – en er bestond voor hem niets mooiers dan dat leven zo dicht mogelijk naar de afgrond van de dood te drijven. Hij leefde in het sluimerende besef dat alles hem afgenomen zou worden, maar dat kon hem geen donder schelen. De melancholieke glimlach op zijn gezicht, bij gevaren, schandalen en absurditeiten, berustte niet op inzicht maar op instinct. Dat had ze allemaal met hem willen delen, ze had zichzelf willen offeren voor dat fantastische onbewuste. Het vreselijke was dat ze zich nu niet eens meer voor hem kon vernederen. Zonder offer viel er niets te winnen. Als Tanne deelgenoot werd van Hans' vrije leven zou ook zij vrij kunnen worden, de onverstoorbare waardigheid kunnen vernemen die voortkomt uit een leven op vleugels, een leven waarbij je alleen maar let op de richting van je lot. Nu de hoop op dat leven verdwenen was, werd ze teruggeperst in de kleine intriges van alledag, waarbij alles onbeduidend, benauwd en lauw was. 'O, Bror, zal ik er een eind aan maken of zal ik naar China vluchten?!' Je kon niet eens om haar woorden glimlachen.

Pas toen ze opstond, zag ik dat ze onder het praten gebraakt had. Ik gaf haar mijn zakdoek, zij veegde haar mond af, snoot haar neus en leunde met haar hoofd tegen mijn schouder.

'Heeft hij met je gebroken?' 'Zelfs dat niet. Er viel niets te verbreken.' Haar maagdelijkheid, vertelde ze, was minder waard geweest dan de frisse ochtendlucht die hij de volgende ochtend door het open raam had ingeademd.

Ik vertelde dat Lotty mij niet wilde, omdat ze met mij niet die levensvoorwaarden wilde delen die zij, Tanne, nou juist met Hans wilde delen. Tanne begon hard en vreugdeloos te lachen. Daarna zweeg ze abrupt. Ze keerde zich naar mij toe en bracht haar gezicht dicht bij het mijne. 'Bror, wij delen iets wat misschien groter is dan liefde. Tussen jou en mij bestaat een band die houdbaarder is dan liefde en dieper dan vriendschap. Dat verbond is gezegend door mijn eigen bloed.' 'Hoe bedoel je?' 'Mijn overleden vader. Hij was net als wij.'

2

Het tochtte in de kamer en het was er koud. Elke porie van mijn huid stond open, op alles voorbereid. Het was zondagochtend negen uur. Ik trok de deken tot mijn kin omhoog. Ebba, of misschien heette ze Elsa, was in het kleine waskamertje met water aan het spetteren. De nacht was kalm en geborgen geweest, ik had vijf uur geslapen en voelde me uitgerust. Buiten klepperden huurrijtuigjes, een enkele auto reed brommend langs. Stemmen zochten hun weg omhoog naar de etage waarop wij ons bevonden; het kan zijn dat zij op de tweede woonde. In Kopenhagen hing een stilte die aan de rust van het platteland deed denken. Men haastte zich met behoud van traagheid.

Er liep een vlieg over mijn onderarm. Hoe had die tot de winter overleefd? Hij verdween, maar was na een poosje terug, gevangen in een zinloze herhaling. In mijn middenrif begon het te kriebelen van onrust.

Ebba had het over een operettevoorstelling waarvoor ze kaartjes had gekregen. Ze vroeg of ik zin had om mee te gaan. Ik antwoordde dat ik naar mijn familie op Frijsenborg moest. Lachend vroeg ze me de titels en achternaam van de familie te noemen. Die was ze vergeten. 'Graaf en gravin Krag–Juel–Vind–Frijs.' Ze herhaalde die woorden, draaide en keerde ze en liep daarna rond om zich aan de lampetkan en het zeepbakje voor te stellen: 'Hare lichtvaardigheid Andersen–Jensen–Natte–Poes.' Naar mij riep ze: 'Baron Blixen–Finecke–Lekkere–Lul.' Ze schaterlachte, rammelde met potten en werd steeds grover in de mond. Een kwartier eerder zou ik haar misschien tot een woordduel hebben uitgedaagd, maar nu had ik daar geen zin in.

De vlieg landde weer en wreef naarstig zijn voorpootjes tegen elkaar, alsof dat in zijn miniatuurwereld het meest zinvolle was. Alle energie was gericht op het punt waar het beetje frictie ontstond.

Ebba begon over haar vriendinnen te vertellen en kwam met een vreselijk verhaal over een vriendin die door een Duitse graaf was mishandeld. Gedetailleerd nam ze haar problemen door. Tegen mijn gewoonte in luisterde ik slechts verstrooid; mijn gedachten draaiden rond mijn eigen situatie.

Op Stjerneholm, de boerderij die op het grondgebied van Näsbyholm lag, bleef ik in de klei steken. Ik hield van de velden, de bossen en de dieren, maar dat was een gevoel dat leek op de liefde van een volwassene voor de speelplaatsen uit zijn jeugd. Het herkauwen van de koeien maakte dat ik aan de winterslaap wilde beginnen.

Op Frijsenborg, bij mijn Deense familieleden, was alles aanvankelijk groots, vrij en vrolijk geweest. Elk bezoek was een avontuur. Daar trippelden mijn nichtjes op maandagochtend in toilet rond en hun ouders keken vanaf grote hoogte op de rest van Denemarken neer. Hans en ik bezochten het landgoed regelmatig als prinsen van avontuur uit het geheimzinnige land Verweg. Wij waren jonge haantjes tussen een schare veredelde kuikentjes. Zodra wij kraaiden, liepen zij te koketteren en zwaaiden ze lonkend met hun staartveertjes; zodra Hans omhoog fladderde, kakelden ze van opwinding en bewondering. Maar tante Fritze, de grootste kippenmoeder van het hele kippenhok, hield haar toom goed in het gareel. Met haar vleugels kon ze de kleintjes beschermen en verbergen, maar ook hard uithalen om een vreemd exemplaar van gemengd ras weg te jagen. Na een paar jaar kwam ik erachter dat steeds dezelfde grapjes over dezelfde champagne werden gemaakt, dezelfde soort jongens met dezelfde soort meisjes flirtte. De feesten waren een lange reeks herhalingen. Doordeweekse dagen waren een korte toestand van verveling waarbij de tijd absoluut stilstond. Het leven was in het beste geval een uitstapje. Dan gilden de meisjes van opwinding, omdat dat de gewoonte was. Iedereen was sportief op de juiste manier, ontwikkeld en onontwikkeld op de juiste manier, stijlvol en stijlloos op de juiste manier. Kwajongensstreken, fazantenjachtpartijen en conversaties in kasteelsalons vormden voor mij een toekomst van te licht kaliber. Ik werd binnenkort dertig en moest iets vinden waar ik mijn tanden in kon zetten en wat mijn inspanningen waard was.

Niettemin reisde ik naar Frijsenborg af met hetzelfde vage gevoel van verwachting als altijd.

Waar kon ik een uitweg vinden uit het labyrint? Näsbyholm was voor mijn oudste broer Carl, het militaire leven en de eer waren voor Hans. Ik kreeg niets, behalve de kans om zelf iets te veroveren. School en wetenschap wilden met mij niets van doen hebben. Ik had toegang tot vele aangename en luchtige levensruimtes, maar ze zaten allemaal vol gesloten deuren. Jeugdige avonturen moeten in je herinnering blijven voortleven, geen herhalingen worden in je volwassen leven. Hoe ik ook mijn best deed om nieuwe grond te vinden, ik landde altijd weer op dezelfde plekken. Ik wist niet waar ik de ernst kon vinden.

Ebba kwam in een wapperende ochtendjas binnenvliegen; ze sloeg een deken om zich heen en kroop op het voeteneinde van het bed. Ze informeerde naar Hans. Was hij echt van Malmö naar Kopenhagen gevlogen om een herendiner te kunnen bijwonen? Ik moest vertellen hoe wij, zijn vrienden, hem de vorige dag op het vliegveld hadden opgevangen, hem hadden toegejuicht toen hij uit het toestel sprong en hem aan het zicht hadden onttrokken toen hij zich onderweg naar het etablissement in de rijtuigtaxi in een smoking stak.

Ik werd steeds onrustiger. Zij wilde tot in detail over het feest horen. De adel weet hoe je moet leven, beweerde ze. Maar iets aan het verhaal verveelde me.

De vlieg keerde terug, maar ditmaal was ik voorbereid. Ik sloeg hem met mijn rechterhand snel dood, schoot hem met mijn vingers van het bed af en commandeerde Ebba: 'Kom!'

Ze kroop als een poesje naar me toe. Toen ik haar naakte huid vastgreep, paste ze zich slangachtig aan mijn aanraking aan. Ze was zacht en extatisch, zo kneedbaar dat ik me ten slotte naar haar moest vormen. In haar verwelkomende omhelzing spande ik mijn pezen hard aan; mijn onrust zocht een uitlaatklep, er was slechts één weg en ik stootte om weerstand te vinden, maar zij was een kustlijn die in alle richtingen deinde. Er was geen tegenbeweging, niet het geringste spoor van verzet. Met een onwillekeurige sprong werd ik in die vochtige oneindigheid geworpen en ik zakte in elkaar, zacht en hulpeloos als een zuigeling.

Een moment van matheid, rust, bevrediging. Toen ze mijn gezicht naar haar borst trok, welde mijn onrust weer op. Ik rukte me van het bed los, liep naar het waskamertje en schopte per ongeluk tegen een nachtspiegel, waarvan de inhoud over de rand ging. Terwijl ik mij waste, kwam zij voorzichtig achter me aan om te vragen of er iets mis was. Weg waren haar brutaliteit en speelsheid. Er restte alleen nog inschikkelijkheid. Ze wilde mij tot rust strelen, terwijl ik juist behoefte had aan harde klappen.

Met mijn uiterste wilskracht wist ik de paniek in mijn buik te beteugelen; ik voerde Ebba terug naar de kamer, ging naast haar op de rand van het bed zitten en vertelde haar dat zij een fantastische vrouw was, maar ik een onmogelijke man die niet op één plek kon blijven. Die woorden maakten mij weer sloom en zwaar, mijn spieren en zenuwen hielden op met trillen, mijn gedachten hielden op als vlinders alle kanten op te fladderen en daalden traag en olieachtig tot kniehoogte neer. En ik glimlachte natuurlijk naar haar – waarop ze een traantje wegpinkte.

Uiteindelijk kostte het me moeite van het bed op te staan.

Verschillende vrouwen, dezelfde woorden, verschillende plaatsen, dezelfde handelingen. Ik was een meester. Niet in het aantrekken van vrouwen of hen vasthouden. Ik was er een meester in hen tegelijkertijd aan te trekken en af te stoten. Ik was een meester in herhalingen.

In vlot tempo liep ik naar het treinstation. Als ik geen smoking en hoed had gedragen, zou ik de hele weg hebben gerend. Er was in heel Scandinavië geen zuurstof genoeg om mijn longen te vullen.

De akkers en velden van Denemarken sluimerden in hun winterslaap. Daar doorheen reizen gaf mij tegelijkertijd een gewaarwording van stilte en beweging. Op vroege ochtenden lag de nachtvorst als zilver over de vruchtbare, slapende grond. De damp van de adem uit de muilen van de paarden was geluksrook. De harde stoten van de wielen op de bevroren ondergrond hadden de juiste weerstand. De bedwelmende kou was leeg, hier was geen behoefte aan gedachten en plannen, aan aanleg en talent.

Op Frijsenborg wist niemand dat ik zou komen. In de stilte onderweg naar het landgoed bereidde ik me erop voor Bror te spelen en als mezelf op te treden. Als Tanne er was, wist ik me geen raad. Dan was het een kwestie van improviseren.

Uitgerekend de eerste die ik onderweg naar de eetkamer tegenkwam, was Tanne. Haar gezicht begon te stralen van sprakeloze verwondering en stom geluk, maar betrok net zo snel. 'Ik ben het maar, Bror', zei ik verontschuldigend. Ze bloosde, streek me over mijn wang en verzuchtte: 'O, Bror, ik ben blij dat jij het bent.' Tot mijn eigen verbazing rukte ik haar hand weg en ik verdween in een kamer waarvan ik wist dat er nooit iemand kwam. Voor het eerst van mijn leven voelde ik een impuls om mezelf letsel toe te brengen. Ik krabde met mijn nagels over mijn zachte wangen om van achter het masker een gezicht tevoorschijn te halen. Maar daar zat alleen nog een masker onder, met hetzelfde uiterlijk, en het verst daaronder zat het ronde kindermasker dat Hans en ik op eenjarige leeftijd droegen op de foto waarop we in een tweepersoons wandelwagen zaten met meisjeshoedjes in de nek.

Toen ik gekalmeerd was en de kamer wilde verlaten, zag ik dat Tanne in de deuropening naar me stond te kijken. Ze was heel serieus en haar grote ogen namen me vorsend op, alsof ik een vreemdeling was. Ik wendde me af, voelde me onzeker, naakt. Ze sloeg haar ogen echter niet neer en toen onze blikken elkaar weer kruisten, straalde de hare een resolute genegenheid uit die keihard was. In haar ogen waren de maskers afgerukt. Daarin was ik een ander. 'Kom, dan gaan we aan tafel, baron Bror Blixen', zei ze terwijl ze mijn arm pakte. 'Met genoegen, Karen Dinesen', antwoordde ik.

Toen tante Fritze ons in de gaten kreeg, duwde ze Tanne weg. Ze kuste me op mijn wangen en kakelde woorden van welkom. Een oudgediende in de familie werd naar het uiteinde van de tafel gedirigeerd en ik mocht diens plaats aan tantes zijde innemen. Oom Mogens, de broer van mijn moeder, was zoals gewoonlijk van huis om pleziertjes na te jagen. Met een gebaar in de richting van Tanne liet ik zien dat ik naast haar wilde zitten, maar tante schudde met een spottende glimlach haar hoofd en met een lange wijsvinger maakte ze duidelijk dat Tannes plaats helemaal aan het uiteinde was.

Het diner was een nachtmerrie. Daisy was er niet om Tanne in bescherming te nemen. Na haar vluchtpoging met een knappe minnaar en de harde bestraffing door haar ouders had ze zich op haar familie gewroken door een ouwe sok te huwen en nu leefde ze een ongelukkig diplomatenleven in Rome. Verdwenen waren haar bizarre dweperijen en giftige commentaren. Overgebleven waren haar twee doodsbange zusjes die als geiten door het park huppelden in hun pogingen sportief te zijn. De inteelt straalde ervan af.

Argeloos kwebbelend zat tante te roddelen en ze vroeg mij of ik iets te vertellen had wat een geschikt gespreksonderwerp was voor een diner. Ik noemde Hans' laatste vliegstunt – dat was altijd raak – en toen begon een van de idioten te applaudisseren. Tanne maakte tegen haar tafelheer een opmerking over de schrijver Georg Brandes. Je kon haar woorden over de hele tafel heen horen. Tante Fritze reageerde meteen. 'Tanne, stel je niet aan, wij zijn niet onder de indruk van intellectuele querulanten!' zei ze, terwijl ze Tannes manier om zorgvuldig haar woorden te kiezen imiteerde en ondertussen haar toehoorders met grote ogen opnam. 'Ga naar de keuken om tegen de meisjes te zeggen dat ze nu het hoofdgerecht kunnen serveren!' Met een hatelijke glimlach slikte Tanne haar tranen weg en verdween.

Op dat moment stapte een wezen uit mijn lichaam dat als een onzichtbare schaduw achter mijn stoel ging staan en de maaltijd schuin van boven bekeek. De zalen van Frijsenborg krompen snel tot poppenkastformaat. De fantastische avonturen en schitterende lotgevallen ondergingen een gedaanteverwisseling en veranderden in mechanische herhalingen, dwangmatig tijdverdrijf, verbittering en snobisme.

Toen Tanne terugkeerde, zei ik tot ieders verbazing dat zij de enige van ons was die in de toekomst iets groots zou verrichten. 'Ja, een enorm spektakel, daar heb je gelijk in', zei tante Fritze. Terwijl haar inteeltdochters zaten te giechelen, wendde ze zich met vermanende woorden rechtstreeks tot Tanne. Tanne zou eigenlijk haar rechtmatige plaats in de burgerlijke gezapigheid in Rungstedlund moeten innemen, voor burgerlijke deugden moeten leven en een man nemen die geld verdiende in het zakenleven. Je moest nooit proberen jezelf beter te vinden dan een ander. Hoewel ze familie van elkaar waren, was het belangrijk om onderscheid te maken tussen hun verschillende condities. De hoge adel had zijn levensvormen, de burgerij de hare en het plebs de zijne. Dat Daisy zich tot haar intellectuele gedweep aangetrokken had gevoeld, betekende niet dat Tanne een vanzelfsprekend deel van Daisy's wereld uitmaakte.

Het bleef lange tijd stil. We zaten allemaal te wachten tot Tanne, die altijd haar weerwoord klaar had, iets zou zeggen, maar ze zweeg. Haar gezicht zag eruit alsof er al duizenden jaren water overheen was gestroomd dat het van oneffenheden had ontdaan, elke kleur had ontnomen en haar gelaatstrekken transparant had gemaakt. Haar stilzwijgen bevroor de maaltijd tot een foto. Niemand kon zich verroeren of iets zeggen voordat zij zich verdedigd had. Niemand kon aan het hoofdgerecht beginnen voordat er een nieuwe inbreng in de kwestie was gekomen. Tante Fritze staarde Tanne uitdagend aan en verbrak de stilte: 'Nou?'

Met een metalen stem zei Tanne ten slotte: 'Aristocratie is voor mij een innerlijke houding, geen uiterlijke.'

Toen barstte tante Fritze in een bulderende lach uit, ze hief mes en vork ten teken dat het toegestaan was om op het vlees aan te vallen en antwoordde: 'Lieve Tanne, je weet zelf heel goed dat je je vergist. Waarom verneder je jezelf hier voor ons? Zou iemand hier aan tafel, met uitzondering van jouzelf natuurlijk, innerlijke aristocratie bezitten?' Iedereen barstte nu in geschater uit. Ook de dochters, hoewel ze geen idee hadden waar de gedachtewisseling over ging.

Tijdens de hele maaltijd roerde Tanne het eten niet aan.

We verlieten Frijsenborg samen. We bereidden ons afscheid met geen woord voor. Enkele haastig gewisselde blikken waren voldoende om mij naar tante Fritze te laten gaan om me te verontschuldigen en met een doorzichtig smoesje (moeder Clara riep) afscheid te nemen. Tanne verdween naar haar kamer om te pakken.

Voordat de koetsier de kans kreeg om haar koffers te pakken had ik ze al in handen en ik hielp haar het rijtuig in met niet mis te verstaan ontzag en respect. 'Hij houdt je voor de gek, lieve Tanne', werd er vanaf de stoep gekakeld. 'Doe Hans de groeten – allebei!'

Het was onmogelijk om zelfs mijn keel maar te schrapen. Als ik een kik had gegeven, was Tanne in huilen uitgebarsten. Zelfs mijn bewegingen waren voorzichtig. Een lichte stoot van mijn elleboog had de dammen kunnen doen doorbreken.

Pas in de trein naar Kopenhagen kwam ze over haar vernedering heen. Door te gaan praten kapselde ze die in en verzegelde ze die. Zelf had ik niets te melden. Ik kon niet zeggen dat ik zojuist tot de ontdekking was gekomen dat zij voor mij de enige uitweg uit mijn leven was. Hoe zou iemand dat kunnen begrijpen? Zij het allerminst.

Ze sprak met doffe, fluisterende stem.

In Parijs had ze korte momenten van geluk gekend die zo heftig waren dat ze zich in staat had geacht een meesterwerk op gewoon briefpapier te schilderen of een onsterfelijk gedicht te schrijven op de achterkant van een restaurantrekening. Het geluk had doen denken aan steken van pijn. De rest van de dagen had ze langs de Seine gezworven op zoek naar de geschiktste plek om zich in het water te werpen. Ze had echter het gevoel gehad te leven, zoals je altijd doet wanneer je voor de afgrond staat.

Ze had de kunst en de literatuur in Parijs achtergelaten omdat ze tegen elke prijs wilde trachten te leven, vertelde ze. En de weg naar het leven moest over Denemarken gaan, over dat kerkhof, waar zelfs de lijken zo gedisciplineerd waren dat ze weigerden om 's nachts op de grafstenen te dansen. Om haar doel, het vrije, grote leven te bereiken, was ze genoodzaakt zich eerst door de eisen der conventies heen te persen. Haar leven zou geen vlucht worden, maar een vrijwillige, rationele keuze.

Haar pupillen verwijdden zich toen ze zich naar mij overboog. Ze bevochtigde haar lippen, erop wachtend dat ik in haar spraaknet verstrikt zou raken, en toen ik de geur van haar ademhaling rook en in hetzelfde ritme begon te ademen als zij, vertelde ze over haar laatste avond in Parijs.

Eduard Reventlow en zij hadden lukraak en doelloos door Parijs gereden. Eduards trouwe verloofde Else lag zich thuis op te vreten van ongerustheid over wat haar verloofde midden in de nacht met Tanne Dinesen uitspookte. Het motregende, ze liepen niet verder maar dronken een glas in een bar, de tijd remde af en ze raakten elkaar aan alsof ze van breekbaar glas gemaakt waren, de gesprekken van de cafégasten stokten en deze wierpen hun steelse blikken toe toen ze daar bij een tafeltje aan het raam gezeten met hun vingertoppen de rug van de hand van de ander beroerden.

Toen ze weer op straat stonden, maakte zij haar haren los die door de vochtige wind waren gaan krullen. Reventlow haalde diep adem en met een brok in zijn keel vroeg hij haar samen met hem de nacht in een rijtuigtaxi te vervolgen. Ze reden door de donkere, lege straten, zagen hoeren in deuropeningen staan en armen die op het trottoir sliepen.

Ze stopten bij Maxim en gingen naar binnen om zich op de meest kinderlijke manier te laten vermaken. Weer buiten op straat waren ze door hun gebruikelijke grapjes heen. Ze werden met elkaars eenzaamheid geconfronteerd, wat ze ook deden. Ten slotte zei Reventlow met een grafstem dat hij meer van haar hield dan wat ook. Zij waarschuwde hem dat hij geen woord meer moest zeggen en gaf de koetsier opdracht haar naar het hotel te brengen. Op het moment dat ze met ineengevlochten handen afscheid namen, was de dageraad met zijn eerste grijze licht al aangebroken.

Ze zweeg en ik kwam tot de ontdekking dat ze tijdens haar verhaal mijn handen had gepakt. Ik moest een paar keer diep ademhalen om zuurstof te krijgen. Mijn mond was droog. Het was de eerste keer dat ik merkte dat wie dicht bij Tanne zat, soms moeite kreeg om adem te halen. Zij verbruikte alle zuurstof zelf.

Terwijl ik haar opnam, verloor haar gezicht zijn normale contouren. Toen ze door het raam naar buiten keek, zag ze eruit als een klein kind, het volgende moment, toen ze zich in mijn richting draaide, veranderde haar hoofd in een doodshoofd.

Ik stond abrupt op en wendde me af, duizelig van zowel verrukking als afkeer. Daarna veranderde alles opnieuw. Ze sprak mijn naam uit met een tederheid die ik eerst voor ironie hield, maar toen ik me naar haar toekeerde, werd ik verwelkomd met een glimlach die onverwacht liefdevol was. ‘Ik weet het, ik ben Bror maar’, zei ik om mijn positie aan te geven.

Ze schudde haar hoofd en stapte recht mijn hart in: ‘Ik zie niemand anders dan jou, Bror, jij bent voor mij de uitweg uit dit leven, dat uitsluitend bestaat uit zinloze herhalingen.’ Toen ik haar mijn eigen verborgen woorden en gedachten hoorde gebruiken, begreep ik voor het eerst wat ze bedoelde toen ze het had over een band tussen ons.

De verliefdheid kwam als de trilling van de pees van een boog wanneer de pijl is weggeschoten, of als de verwachtingsvolle stilte na het schot van een geweer.

'Bror,' fluisterde ze, 'niemand kan luisteren zoals jij. Jij bent voor iets groots voorbestemd. Laten we alles achter ons laten en verdwijnen. Voor ons samen is er een mogelijke weg. Ik wil ver weg hongerig leven, niet verzadigd en volgevreten in Denemarken!'

Toen ik vroeg waar we dan heen moesten, bestudeerde ze door het treinraam de akkers buiten en ze zei alsof het de gewoonste zaak van de wereld was: 'Siberië.'

'Uiteraard', antwoordde ik en daarop vielen we elkaar lachend in de armen. Plotseling werd ze stil, ze verstijfde en fluisterde in mijn oor: 'Daar moet jij me Tania noemen.' Ze was teer en dun, maar haar botten waren hard. We kusten elkaar voor het eerst. Daarop ontdooide ze weer en ze beweerde dat ik meer de geur van een dier had dan van een gentleman, dat ik een zachte bolster rond een harde pit was, in tegenstelling tot anderen die een ruwe bolster rond een zachte pit waren. 'Ik wil jouw harde pit te pakken krijgen', zei ze terwijl haar ademhaling mijn gezicht bevochtigde.

Alles was beslist. Het laatste stuk naar Kopenhagen zweepten we onszelf op tot uitgelaten geluk.

Thuis op Stjerneholm aangekomen ging ik er met de buks op uit. Hans was er natuurlijk niet bij; die werd gedrild in het leger of had een reden gevonden om er tussenuit te knijpen. Het was leeg zonder hem, maar daardoor ontsnapte ik aan het gewicht van zijn levensvreugde.

Het was niet de tijd voor de jacht, maar ik kon het niet laten. Alles was echter zo anders. Ik sloop zo dicht mogelijk naar het wild, herten, fazanten, konijnen, reeën en een enkele haas, maar loste geen enkel schot. Vlak bij hen – ik zag duidelijk de angst in hun ogen – hief ik mijn buks, stond roerloos en richtte. Zo bleef ik soms minutenlang staan, waarna de dieren wegrenden of opvlogen naar beschermend struikgewas.

Het voelde alsof ik iets deed wat verboden was, iets schandelijks. Wat mij opwond, was de wetenschap dat iemand mij misschien zag en een verklaring zou eisen. Ik had geen idee wat ik dan moest zeggen. Dat ik de verlossende schoten niet afvuurde, kwam niet omdat het 'zielig' was voor de dieren (zoals sommige vrouwen dat weleens ervaren), omdat ik geen waarde hechtte aan de bescherming van de wildstand (er waren dieren genoeg), of omdat het een esthetische ervaring was (zoals sommige stadsbewoners dat weleens voelen). Ik wilde doden en hield van doden. Er was iets anders dat me belette om het te doen.

Al had ik munitie genoeg, ik denk dat de reden voor mijn gedrag toch was dat ik simpelweg mijn kruit nog niet wilde verschieten.

3

Het bestaan heeft mij altijd scheel aangekeken. Waarheen ik me ook wendde, ik werd altijd gevolgd door een schele blik. Ik stond nooit in het centrum, ben altijd een schim buiten de focus van de werkelijkheid geweest, een helft van een voor altijd verloren geheel. Ik heb geprobeerd me daarmee te verzoenen door de schuld ervoor op me te nemen. Het was mijn fout dat de schijnwerper van het gebrek altijd op mij was gericht.

Je kunt je er misschien ook op een andere manier mee verzoenen: helemaal uit het blikveld verdwijnen. Niets trok mij méér aan. Niettemin was ik bang voor die oplossing. Een compleet mens worden is altijd een zware verantwoordelijkheid. Je kunt een individu dat volledig zichzelf is veel in de schoenen schuiven. Daar was ik niet rijp voor. Tanne was de enige die mij op mijn mogelijkheden kon wijzen.

Ik heb Hans ooit gevraagd of het hem opviel dat de mensen scheel keken wanneer ze ons tegenkwamen. Hij dacht dat ik een grapje maakte en moest lachen.

Mijn liefde voor Tanne was met niets te vergelijken. Die deed denken aan de diepe genegenheid die een mens kan voelen voor een rots of een zee – meer verlangen dan begeerte. De dingen waarmee ik altijd gemakkelijk omging – strelingen, flirt, verhitte wangen en vertrouwelijk gefluister – waren niets voor haar. Dat was snoep uitdelen aan een hongerende. Haar honger vroeg om een gedekte tafel, om daar dan vervolgens van af te zien. 'Verzadigde roofdieren jagen niet', zei ze. Ze kon serieus en hard als een woestijn zijn, maar ook teer als een vogelvleugel. Haar aanraken was een oeroude rite. Dat deed denken aan de vreugde die je voelde wanneer je naar je wapen greep.

Tanne boezemde Hans angst in. Ik vond geborgenheid bij haar. Samen met haar kreeg mijn lichaam een gewicht en een hardheid die het bij andere vrouwen niet had. Voor het eerst was ik degene die een schaduw wierp, en die schaduw was Hans.

Nergens waren de schele blikken zo onmiskenbaar als bij Tanne thuis, in Rungstedlund. Dat werd erger nadat ik haar in het najaar van 1912 een huwelijksaanzoek deed. Het verwarrende was dat zich daar al veel schaduwen bevonden; sommige stonden in de houding naast de deur of zaten in elkaar gezakt achter een bureau, andere waren zo vaag dat je ze nauwelijks opmerkte. Het hele huis mompelde. Je moest je voorzichtig bewegen. Ik moest mijn spontaniteit in strakke banen leiden, als een officiële ceremonie. Het voelde als wild vastbinden en er op geschikte plaatsen kogels in jagen voordat de jacht begint.

Wie zijn intrede deed in de wereld van mevrouw Ingeborg Dinesen en haar zuster Bess Westenholz moest elk woord op een weegschaaltje leggen voordat hij het uitsprak en beoordelen op moreel gewicht, de reikwijdte van de consequenties, de eisen der traditie. Elke uitspraak had zijn prijs. Er was sowieso veel in dat huis wat zwaar woog. Daarom was geen woord erger dan uitgerekend het woord 'lichtzinnigheid'. Tanne plaagde hen door het uit te spreken als 'lichte zinnigheid'.

Het was vreemd dat een huis zo zwaar op de grond kon leunen, terwijl het zo dicht aan de Sont lag. 'Een klooster', zoals Tanne zei. De open, vrije horizon van de zee was verdwenen toen haar vader, Wilhelm Dinesen, een touw om zijn nek bond en hen verliet. Het licht en de luchtigheid nam hij mee, een duisternis achterlatend waarvan niemand wist hoe je die moest verdrijven.

Aan de oostkant van het huis rook het naar vis, zeewier en de zilte zee. Aan de westkant steeg de damp uit de grond en uit het loofbos rond *Ewalds höjd*. Het rook er elk jaargetijde anders. Afhankelijk van welke kant van het huis je verkoos om naar buiten te stappen kon je het kustgebied of het binnenland kiezen.

Ik maakte Tanne op de traditionele manier het hof. Dat wilde ze. Dat gaf haar de mogelijkheid om te twijfelen. Mijn liefdesbrieven – het was niet zo gemakkelijk om naar een vrouw te schrijven wier eigen woorden vonken tussen droog tondel waren – beantwoordde ze nauwelijks. De keren dat ze het deed, gingen haar korte mededelingen voornamelijk over wanneer we elkaar zouden zien en over toekomstplannen. Haar strikte toon maakte dat ik opnieuw liefdeswoorden schreef, pogingen deed haar zakelijkheid te verzachten en haar onbezonnen kant naar voren te lokken. Ik wist dat ik daar niet in zou slagen, maar wilde het toch doen. Dat hoorde bij mijn taak. Wanneer we elkaar zagen, was ze echter op een warme en innige manier mysterieus.

Tanne haalde me op bij het station in Klampenborg. Ik bezocht Rungstedlund voor de eerste keer als haar aanstaande echtgenoot. Bij mijn eerdere bezoeken had tante Ingeborg kalm en beleefd gelachen om mijn verhalen uit Skåne. Met haar mond glimlachte ze naar mij, maar haar ogen stonden weemoedig. Ik probeerde me zo goed mogelijk aan de 'wetten van het klooster' aan te passen. Tante Bess had mij altijd beschouwd als een clown die onschuldig was zolang je hem op afstand hield, maar die de boel vies maakte zodra hij een voet over de drempel zette. Ze nam geen notitie van me, behalve wanneer ik over de koeien en de landarbeid op Stjerneholm vertelde. Dan was ze oprecht geïnteresseerd. De zusters van Tanne gingen me uit de weg, alsof ze bang waren dat ik hun oneerbare voorstellen zou doen.

Tanne stond me met de koetsier bij het treinstation op te wachten. Ze was zoals gewoonlijk bleek en mager. De pezen van haar keel waren gespannen. 'Het zal niet gemakkelijk worden', zei ze toen ik haar kuste.

We zaten dicht tegen elkaar aan in het rijtuig. Er stond een koude wind vanuit zee en we sloegen een plaid om ons heen. Haar lichaam zoog de warmte uit het mijne weg. Ik vroeg of we op weg waren naar het schavot. Ze knikte. Wij waren twee geliefden op weg naar de guillotine. Het enige wat ons leven kon redden was dat we afstand van elkaar deden. Ik lachte, maar zij bleef serieus. Na een poosje vroeg ze hoe mijn ouders hadden gereageerd. Ik vertelde dat ze een hele tijd zwijgend en met vragende gezichten hadden zitten kijken. Mijn moeder was de eerste die wat had gezegd en ze had gevraagd: 'Blijft ze zich opmaken en sigaretten roken?' Daarna had mijn vader gezegd: 'Jullie moeten Stjerneholm maar nemen.' Tanne pakte lachend mijn hand: 'Hebben ze ook gevraagd of ik koeien kan melken?'

De sfeer in het huis in Rungstedlund was stil en ernstig. Het was laat in de middag, maar er brandde nog geen licht. De koetsier liet ons uitstappen en reed door naar de stal. Ik kreeg het gevoel dat er niemand thuis was. We bleven een poosje over het water uitkijken. Adempluimen dampten uit onze mond. 'Moed is het enige wat we nodig hebben', zei Tanne, 'en die heb jij voldoende.' Toen we de stoep op liepen, hield ze me staande en zei: 'Denk eraan, pioniers in Siberië worden wij. Niets anders.'

Terwijl we onze jassen in het donker ophingen in de hal, hoorden we voetstappen naderen. Het was een dienstmeisje, dat ons verzocht naar de salon te gaan. Tanne vertrok haar gezicht en liet merken dat ze hier thuishoorde door te roepen: 'Hallo, hebben jullie het licht niet aangedaan?' Tante Ingeborg verscheen en gaf me een hand. Ze fluisterde dat ik welkom was en ging ons voor naar de grote kamer. Tante Bess zat in een fauteuil. In het donker leek ze reusachtig.

Op dat moment realiseerde ik me dat het altijd verkeerd zou zijn, wat ik ook deed. Bijna geen mens kon in die kamer op dat moment een juiste handeling verrichten. Dat stemde mij in feite een beetje vrolijk.

Tanne beging de eerste vergissing. 'Wat is dit voor sombere ontvangst?' Haar stem was vreselijk: schel en gekunsteld. Tante Bess hief haar hand op in een gebaar dat de hoogste rechtbank tot zwijgen zou hebben gebracht en zei: 'Gaan jullie zitten!'

We gingen elk in een stoel zitten en het viel me op dat ook tante Ingeborg met een zucht neerplofte. De schaduwen stonden in de houding tegen de muren.

Tante Bess opende haar pleidooi met de woorden: 'Het huwelijk is door God ingesteld...' en heel even had ik het idee dat ik in een plechtige familietraditie was beland, een soort verlovingsceremonie die door de familie Westenholz in het leven was geroepen. Ik glimlachte en knikte instemmend naar haar, maar haar blik was niet mis te verstaan: dit was geen familietraditie, dit was inderdaad een rechtbank.

Hoe meer ze praatte, des te meer ze in de duisternis en de schaduwen van het vertrek opging. Haar stem maalde door uit de diepte van een grafkamer en het was onmogelijk tegenargumenten aan te voeren. Ons werd de wet gelezen.

Het huwelijk was een heilig instituut, niet iets waar je wispelturig en onverantwoordelijk mee omsprong. Wij waren daar allebei volkomen ongeschikt voor. Ik was een onvolwassen rokkenjager, een speelse hannes die kwijlend pleziertjes najoeg om zijn lusten te botvieren en wiens verantwoordelijkheidsgevoel niet verder ging dan het onderhoud van zijn geweer. Tanne was een dweperige, wereldvreemde dromer, die de ene dag ridderdromen droomde en de volgende moderne kunstenaarsmythes. Met rollende ogen en open mond luisterde ze naar elke adellijke of intellectuele pauw die met zijn mooie veren wist te pronken en pretentieuze onzin uitkraamde. We waren elk op onze eigen manier onnozel en pasten ook om die reden extra slecht bij elkaar. Een huwelijk tussen ons zou een bespotting van Gods orde zijn. We zouden Stjerneholm verwoesten, de familie tot schande maken en...

Stamelend zocht ze naar woorden, maar ze vond geen krachtiger dan die ze al had gebruikt. Ten slotte brieste ze met zo'n minachting 'Siberië!', dat een hond, die ik nooit eerder gezien had, verwonderd uit een hoek opstond en zich uitschudde.

Tante Bess stond ook op, snuivend van weerzin, en verliet het vertrek.

Tante Ingeborg deed een lamp aan en zuchtend verzocht ze ons om naderbij te komen. Haar smalle gezicht werd extra lang en gerimpeld. Even ging het door mij heen dat Tanne er over dertig jaar ook zo zou uitzien. 'Lieve kinderen...' begon ze, maar ze raakte van haar apropos. Ze slaakte een diepe zucht en stootte de woorden zeer moeizaam uit. Tante Bess had in principe gelijk, vond ze. We waren te verschillend, ieder van ons op zijn eigen wijze onvolwassen en geen mens kon begrijpen wat wij in elkaar zagen.

Ze cirkelde een poosje rond haar hoofdgedachte, maar durfde die niet rechtstreeks uit te spreken. Tanne werd steeds ongeduldiger en ik zag hoe ze inwendig begon te koken van woede. 'Zeg het maar gewoon, zeg het maar gewoon!'

Ten slotte sprak tante Ingeborg de woorden uit. Er was niemand die geloofde dat wij van elkaar hielden. Uit teleurstelling over het feit dat we niet degene hadden gekregen die we hadden willen hebben, hadden we troost bij elkaar gezocht. En dat was niet voldoende voor een huwelijk. Ze zei dat het uit zorg voor ons beiden was dat ze voorstelde dat wij onze verloving zouden heroverwegen.

Tanne stond op en zette de tegenaanval in. Wat wisten zij van onze gevoelens! Hoe hadden ze het hart om zich uit te spreken over wat wij voor elkaar voelden! Haar verontwaardiging verwonderde ook mij. Ze was zo gekwetst dat ze bijna in tranen was. Haar stem trilde en sloeg over, en haar moeder luisterde met geschrokken aandacht. Tanne speelde geen toneel, ze was geschokt. 'Niemand anders weet wat ik in mijn hart voel!'

Tante Ingeborgs blik zocht de mijne en ik leverde mijn enige bijdrage aan het gesprek: 'Ik hou van Tanne.'

Toen ik een steelse blik opzij wierp, ontdekte ik dat tante Bess tijdens Tannes luide argumentatie de kamer in was gekomen. Ze stond ons stil en wijdbeens op te nemen: 'Nou?' Tanne liep met een priemende wijsvinger naar haar toe en zei: 'Dit zal ik nooit vergeten!' Als reactie kreeg ze een paar kille woorden dat dit moment een levenslange, nuttige herinnering zou zijn.

Tante Ingeborg greep in. Ze zei dat de ruzie afgelopen moest zijn, dat de kogel nu door de kerk moest. Als wij zo zeker van onze zaak waren, gaf ze ons haar zegen. Ze wendde zich tot mij en vroeg of we op Stjerneholm zouden gaan wonen. Voordat ik had kunnen reageren, zei Tanne dat geen van de families last van ons zou hoeven te hebben. Wij zouden ons leven op een vreemd continent leiden. 'Is dat echt verstandig?' vroeg tante zakelijk. 'Pappa heeft het ook gedaan!' antwoordde Tanne. 'Daar denk ik nou net aan', was het antwoord dat ze kreeg.

De sfeer tijdens het diner was verrassend goed. Opgeruimd wenste tante Bess ons geluk met een fantastische toekomst op de Siberische vlaktes, waar de vorst nooit uit de grond ging en waar het tien dagen lopen was naar de dichtstbijzijnde buurman. Ze vroeg of we met rendierhouderij op de toendra in ons levensonderhoud zouden voorzien of met de jacht op sabeldieren en tijgers in de enorme taiga's. Tanne was duidelijk geamuseerd door die ironische opmerkingen, maar deed alsof ze de ondertoon niet hoorde en reageerde alsof dit verzonnen scenario een realistische mogelijkheid was: 'Bror kan op tijgers jagen en ik kan de rendieren verzorgen en de kinderen van de inboorlingen leren lezen met de sprookjes van Andersen.'

Tante Ingeborg rammelde met het serviesgoed en zuchtte. Tante Bess beëindigde de maaltijd met de woorden dat als er mensen waren die grote behoefte aan Gods zegen hadden, wij het wel waren.

Toen ik Tanne welterusten wenste, bedacht ik dat we nog niet samen hadden geslapen, laat staan de liefde met elkaar hadden bedreven. Ik verlangde weliswaar naar haar, maar de geslachtsgemeenschap kon wachten. Tanne was geen vrouw die je snel verbruikte. Daar waren genoeg andere van.

Ditmaal kuste ze me verrassend heftig op de mond, nam mijn hoofd tussen haar handen en zei: 'Beloof me dat je me nooit verlaat, ons verbond en ons huwelijk nooit verlaat. Verder mag je doen wat je wilt!'

4

Ik heb er altijd moeite mee om mensen serieus te nemen. Hun levenspatronen zijn provisorische bouwwerken, eerder pogingen om de rol te spelen die hun door de omstandigheden is toebedeeld dan authentieke levens. Zelfs mijn vader was een man die door toevallige omstandigheden tot 'baron' werd gesmeed. Er waren momenten waarop ik me hem in feite als pachtboer kon voorstellen. Dan sloeg mijn respect voor hem om in sympathie. Hij was groter noch kleiner dan de rest.

Met Tanne lag dat anders. Het was niet de sociale rol die in eerste instantie zijn stempel op haar drukte, maar haar persoonlijkheid. Zij dwong in elke situatie respect af, zelfs wanneer ze zich aanstelde. Ik kon me haar in vele levensrollen voorstellen – ze zou altijd dezelfde zijn.

Eigenlijk is dat opmerkelijk, want ze hechtte veel waarde aan het vinden van een sterke positie in de maatschappij. Ze zocht wanhopig naar een uiterlijke context die mogelijk bij haar karakter zou passen. Ik vond dat ze in de meeste contexten paste.

Zelf miste ik zowel karakter als een natuurlijke sociale identiteit. Toch was dat niet iets wat me speet. Dat ik een onbeschreven blad was, was in mijn hele jeugd net zo natuurlijk voor me als 's ochtends wakker worden en 's avonds in slaap vallen. Maar nu was dat allemaal aan het veranderen. En Tanne was degene die bezig was mij te scheppen, mij een echt leven te geven.

Na onze verloving stapte ze in de rol van de serieuze en doelgerichte avonturierster. Ze trok stevige muren op rond onze besluitvaardigheid. Dat kwam mij uitstekend uit.

We namen steeds minder deel aan het societyleven, maar we wisten dat wij op feesten het onderwerp van gesprek waren.

Na de aanvankelijke protesten verstomde de familie. Niettemin heerste er onder hen nog steeds een onuitgesproken mening: onze verloving was gekkenwerk, net als onze plannen om naar een ver land te verhuizen. Hans zat me te plagen met Siberië, hij moest lachen en schudde zijn hoofd. Dat was het enige wat pijn deed. Hij had ervoor kunnen kiezen om me te helpen, zich aan de kant van Tanne en mij kunnen scharen. Maar hij deed noch het een noch het ander en sprong op zijn paard of kroop in zijn vliegtuig om te verdwijnen.

Toen we enkele maanden na mijn verloving op een dag de stal op Stjerneholm binnenliepen, zei hij tegen mij: 'Je mag haar hebben.' Toen ik hem vroeg over wie hij het had, keek hij eerst verbaasd en daarna peinzend. Toen ik eindelijk begreep wie hij bedoelde, pakte ik zonder erbij na te denken een hooivork die tegen de stalmuur stond. Dat was de enige keer in mijn leven dat ik Hans bang zag. In plaats van verder de stal in te lopen keerde hij zich snel om en rende terug naar huis. Zijn vlucht, die een zielige indruk maakte, deed mijn jagersinstinct ontwaken. Ik richtte de steel van de hooivork op hem en stelde me de kogel voor die hem met een doffe plof in zijn rug trof.

Ik liep verder de stal in en het scheelde niet veel of ik was met mijn gezicht tegen de hals van een van de paarden in tranen uitgebarsten. Mijn schuldgevoel was overweldigend. Maar wie had het laten afweten, hij of ik?

Nadien hebben we altijd gedaan of de gebeurtenis nooit had plaatsgevonden.

Oom Mogens had me op Frijsenborg ontboden. Ik vreesde het ergste. Wanneer hij ingreep, betekende dat altijd dat de familie een cruciaal besluit had genomen. Bovendien miste ik Tanne. Zij was vlotter van de tongriem gesneden en doelbewuster dan ik. Ik wilde weg; zij had besloten om te emigreren.

Oom Mogens nam me voor een gesprek van man tot man mee uit wandelen. Hij begon enigszins voorzichtig. Ook hij was ooit jong geweest, hij wist hoe verleidelijk avonturen en een spirituele vrouw konden zijn. Maar...

Hij bleef staan en nam me op. 'Laat je hoofd niet hangen! Dat past niet bij je!' Vervolgens gaf hij mij de vertrouwde klap op mijn rug en hij verklaarde dat hij vond dat Tanne en ik naar Malakka moesten gaan om daar de zorg op ons te nemen voor een rubberplantage waarvan hij de eigenaar was. Hij moest lachen toen hij mijn verbazing zag en probeerde me ervan te overtuigen dat daar een toekomst voor ons lag. Ik wist niet wat ik moest zeggen. Hij gebruikte immers alle argumenten waarmee Tanne en ik ons samen hadden gewapend in onze confrontaties met de familie. 'We zullen zo snel mogelijk vertrekken', was in feite het enige wat ik wist uit te brengen. Daarna gingen we naar binnen om ons, tot verdriet van tante Fritze, te bezatten.

De dag daarop ging ik naar Rungstedlund om Tanne te informeren. Ik was zo vrolijk en hoopvol gestemd dat mijn kater een borrelende euforie onder mijn schedel was. Toen ik arriveerde was ze niet thuis. Oom Aage Westenholz had haar ontboden voor een gesprek, maar ze werd 's avonds weer thuis verwacht. Dat was verontrustend, maar mijn goede nieuws zou vast opwegen tegen haar slechte.

Ik maakte een lange wandeling langs het water. Bij een steiger ging ik met mijn rug tegen de muur van een botenhuis in de luwte zitten. Achter mij brandden de herfstkleuren in de zon en voor mij glinsterde het water zomers. Ik viel in slaap. Op die plek, bij die voor mij onbekende steiger, voelde ik voor het eerst de grote rust voor een vertrek. De concrete mogelijkheid van weggaan was als thuiskomen. Bij mij was van binnen alles omgekeerd, ontdekte ik. Vertrek was hetzelfde als thuiskomen, naar huis terugkeren hetzelfde als vertrekken. Iets in mij had zijn bestemming gevonden, iets was op zijn plek gevallen. De gedachte aan op pad gaan, trekken, op onbekend terrein het gevaar tegemoet treden, gaf mij een rust en een vertrouwen die op een kalme manier bedwelmend waren. Gerust en tevreden sliep ik een half uur totdat de meeuwen me wekten. Koud, maar nog steeds in een goed humeur, haastte ik me terug. Tanne was inmiddels gearriveerd.

Het was weliswaar verontrustend dat ze me niet in de hal tegemoet kwam, terwijl het hele huis wist dat ik er was, maar eigenlijk had dat geen invloed op mijn goede humeur. De meid liet weten dat Tanne mij in de grote salon verwachtte. Toen ik het vertrek binnenkwam, zag ik haar eerst niet. Ze stond met de rug naar me toe bij een raam en hield haar blik gericht op de tuin aan de achterkant van het huis. De rook van haar sigaret tekende zich af tegen de ruit. Ook ditmaal was het schemerig in de kamer. Ik zal me Rungstedlund altijd herinneren om zijn sombere kamers waarin geen licht brandde.

Uit deze opstelling begreep ik dat Tanne afstand tussen ons wilde bewaren en toen we elkaar begroetten, bleef ik bij de deur staan. Na een poosje zei ik dat ik goed nieuws had, maar dat zij wel als eerste over haar gesprek met oom Aage mocht vertellen. Met een doffe stem antwoordde ze dat ze het over de toekomst hadden gehad en dat oom Aage zeer vastberaden in zijn mening was geweest. De hele familie stond achter zijn woorden, beweerde hij.

Ze draaide zich om en liep langzaam en plechtig op mij af. 'Oom Aage is van plan een kokosplantage op West-Malakka te kopen en zou willen dat wij daar de leiding van op ons nemen. We kunnen vertrekken zo snel als dat mogelijk is.'

Ik plofte op een bank neer en schoot in de lach. Ze keek me misprijzend aan. Dit was niet zoals ze zich dit moment had voorgesteld. Ik had stom van verwondering moeten zijn en terwijl zij geheimzinnig naar mij glimlachte, had blijdschap zich daarna over mijn gezicht moeten verspreiden. We zouden blij en plechtig gaan zitten om de eerste steen te leggen voor het bouwwerk dat ons leven zou worden.

In plaats daarvan riep ik de meid en vroeg om bier. Ze rende verschrikt weg en zocht een stoffige fles uit een of andere verborgen voorraad. Ik begon te zingen, pakte Tanne beet en zette gelukkig een wals in. Eerst stribbelde ze tegen, maar daar trok ik mij niets van aan. Ik was kinderlijk tevreden, in eerste instantie niet omdat we zouden kunnen vertrekken, maar omdat ik mijzelf had gevonden.

Midden in het spektakel kwam tante Bess binnen, op de voet gevolgd door tante Ingeborg. 'Is Bror Blixen uitgelaten of aangeschoten?' Ik bleef staan, maakte een buiging voor hen en stak een korte speech af. Eerst prees ik hen voor hun oprechtheid en voor het feit dat ze altijd het beste met ons voorhadden. De ogen van tante Bess vernauwden zich argwanend, maar tante Ingeborg werd blij en verlegen. Daarna vertelde ik hun over mijn bezoek aan oom Mogens, over mijn reis hiernaartoe, mijn vredige dutje bij de steiger en ten slotte over mijn ontmoeting met Tanne en wat oom Aage tegen haar had gezegd.

Toen ik klaar was applaudisseerde Tanne. Ik had haar voorstelling weliswaar onderbroken, maar er iets fantastisch en shockerends van gemaakt; een kolfje naar haar hand. Dat was het moment waarop ik in haar ogen Bror Blixen werd.

Later die avond, toen we samen een wandeling langs het water maakten, was haar stemming wat gedempter. Als zij onze veranderde situatie wilde overpeinzen, vond ik dat prima. Mijn goede humeur was stabiel en op het terrein van overpeinzingen verdwaalde ik altijd. Ik vond het prettig om naast haar te lopen, liefde voor haar te voelen en vertrouwen te hebben in onze saamhorigheid en toekomst, maar deze voor ons belangrijke gebeurtenis wilde ik het liefst vieren door in Kopenhagen uit te gaan. Ik verlangde naar opgewekte kameraden en levensblije dames. Het voelde voor mij volkomen vanzelfsprekend om weg te gaan terwijl we allebei zo verheugd waren. In mij was plaats voor verschillende levens. Ons vertrek verenigde die.

Ik vroeg haar wat zij vond: zou ik van de logeerkamer gebruikmaken of een late trein terug naar de stad nemen? Zij stelde voor dat ik zou gaan. 'Je zult het wel willen vieren met je vrienden', zei ze monter.

Meteen daarop werd ze stil en verdrietig. Ik zei dat ik natuurlijk zou blijven als zij dat wilde. Ze schudde haar hoofd. Dat was niet wat haar verdrietig stemde. 'Ze willen van ons af.' Ik vroeg om uitleg. Ze antwoordde dat onze familie ons eerst had willen scheiden en onze levens in conventionele banen had willen leiden. Toen ze daar niet in waren geslaagd, waren ze van gedachten veranderd en daarom probeerden ze nu helemaal van ons af te komen. Hoe langer ze praatte, hoe meer ze van streek raakte. Ze stampte zelfs met haar voeten op de grond en sloeg de arm weg die ik haar bood. 'Ze houden niet van ons', zei ze terwijl ze zich van mij losrukte. Ik antwoordde dat ik tevreden was zolang ze ons maar geld leenden. Voor mij was het voldoende om haar te beminnen, door haar bemind te worden en ver van Denemarken samen een nieuw leven op te bouwen. Toen nam ze mijn arm weer.

Een uur later zat ik in de trein naar Kopenhagen.

5

Wanneer er een grote deur opengaat en je wordt uitgenodigd een wereld te betreden die alle mogelijkheden biedt, aarzel je. Dat heeft iedereen, zelfs een optimist als ik: wantrouwen ten aanzien van het geluk wanneer je dat onverwacht in de schoot geworpen krijgt. Waarom gaat het allemaal zo gemakkelijk? Zit er soms een addertje onder het gras, is er een voorbehoud?

Tanne en ik spraken in algemene bewoordingen over Malakka, maar we deden niets om het idee te verwezenlijken. We durfden niet eens naar de drempel van de wijdopen deur toe te stappen. Ik wist niet waarmee ik moest beginnen: reisbiljetten aanschaffen of nieuwe safarikleren. Malakka was een hersenspinsel, totaal niet concreet, even vaag en onwerkelijk als de mistige dagdromen van een tiener.

Een paar maanden later kwam ik bij kennissen in Kopenhagen oom Mogens tegen. Hij was in Afrika op reis geweest en ik hoopte dat hij mij in woord of gebaar iets zou geven wat de droom over Malakka reëel zou maken.

Zodra hij mij in het oog kreeg, snelde hij naar me toe om me te omhelzen. Zijn gezicht was donkerder dan normaal, hij was magerder dan voorheen, maar de groeven rond zijn mond, die dieper waren geworden, maakten hem gek genoeg jonger. 'Bror...' zei hij en daarna zweeg hij. Hij glimlachte en keerde zijn gezicht van me af om door het raam naar buiten te kijken. Ik bestudeerde zijn profiel. Zijn ogen begonnen te glanzen als bij een bitterzoete herinnering. Mijn eerste gedachte was dat hij een schandaal had veroorzaakt, zijn gezin had verlaten voor een jongere vrouw, Frijsenborg in brand had gestoken of het familiefortuin aan een minnares had geschonken.

Hij sloeg zijn arm om mijn schouders en nam me apart. ‘Bror…’ herhaalde hij en mijn nieuwsgierigheid nam toe, ‘je moet naar Brits Oost-Afrika gaan!’ Dat was geen advies en ook nauwelijks een aansporing. Oom Mogens stelde zakelijk vast wat er ging gebeuren. ‘Waarom?’ vroeg ik, maar ik bedoelde eigenlijk ‘wanneer’ of ‘hoe’. Hij gleed opnieuw weg in een woordloze wereld, maakte een weids gebaar met zijn armen, keek op, sloeg zich op zijn borst en haalde diep adem. Hij leek op een tiener die voor het eerst de blouse van zijn geliefde heeft durven openmaken. ‘Je koopt een farm, gaat koeien melken, koffie en vlas verbouwen, je gaat jagen, je gaat bij een kampvuur zitten en hoort de leeuwen. En het grootste geluk: misschien tref je het en sterf je daar!’

Ik moest lachen, maar hij bleef serieus en deed iets verrassends. Hij greep me bij de keel met zijn bruine hand, die ruw en stevig was geworden als die van een boer. Toen hij me losliet vroeg ik: ‘Wat moet ik doen?’ ‘Koop een zwaar jachtgeweer. Over een week stuur ik je kisten voor je bagage, en adressen in Nairobi.’ Hij liet me staan en ging flirten met een paar jongere vrouwen.

Tegen Tanne had ik Groenland, Mongolië of Bolivia kunnen zeggen. Het was het onbekende dat weerklank vond. Toen ik Brits Oost-Afrika zei, knikte ze en zei ze dat ik het mocht bepalen. Ik besliste alles, maar zij was degene die de emotionele randvoorwaarden rond elk besluit stelde. ‘Bror wil’ en ‘Bror heeft besloten’ zei ze tegen iedereen, maar ik vroeg haar mening over elk voorwerp dat we overwogen mee te nemen. Wanneer zij knikte, kreeg het voorwerp haar zegen, wanneer ze niet reageerde, was het uitgesloten van deelname.

Zelf was ik gretig om aan de slag te gaan, als een ruiter die op het startschot wacht, maar de details van ons vertrek lieten me totaal onverschillig. Het liefst had ik mijn koffer gepakt en was ik meteen in de trein gesprongen, maar ik moest wel belangstelling tonen voor treintijden, het reserveren van plaatsen op het schip, pakkisten, keukenspullen, tropenkleding enzovoorts, dingen die ik het liefst aan iemand anders had overgelaten.

Ik leerde echter twee dingen. Het eerste – en dat kwam uit mijzelf voort – was zorgvuldigheid met betrekking tot details. Het tweede – en daar zat Tanne achter – was dat elk voorwerp, elk tijdstip en elk vervoermiddel een aura, iets mysterieus, moest bezitten om in aanmerking te komen. Een boek moest ingepakt worden omdat Tannes vader het langgeleden had meegenomen naar Wisconsin. Een stoel moest mee omdat die geschikt was om in te zitten wanneer je naar de zonsondergang keek, mijn vertrek moest plaatsvinden op dezelfde datum als een belangrijke gebeurtenis in onze jeugd. De verhuizing naar Afrika had verbintenissen met dromen, met de geschiedenis, die vertakte zich in herinneringen, kleurovereenkomsten, woordgelijkenissen. We pakten niet alleen spullen in om hun praktisch nut, maar ook omdat ze Tanne op inspirerende gedachten brachten. En eigenlijk begreep ik daar niets van. Voor mij was het puur spel. Ik leerde de regels, maar de diepste betekenis ervan – wat je kon winnen – begreep ik niet.

Door Tanne kreeg ik er echter wel een idee van hoe voorwerpen in dromen en gedachten gehuld kunnen zijn. Plechtig waren we aan het inpakken en elk ding werd zorgvuldig aangeraakt, eerst door Tanne, daarna door mij. Ze praatte over de voorwerpen, draaide ze om, hield ze tegen het licht, lachte om hun gewicht en streelde ze. Niet alleen wij zouden vertrekken. We namen een hele wereld mee. Dit was geen reis: we verplaatsten ons leven naar een onbekend continent.

Tannes moeder en de broer van haar moeder, de vermogende oom Aage Westenholz, richtten een familie-bv op en leenden ons een startkapitaal van driehonderdduizend Deense kronen om een farm, gereedschap en vee te kopen. Mijn ouders (moeder regelde alles) schonken ons niet alleen een mahoniehouten ameublement voor een salon, maar ook een bureau, een chaise-longue en de inrichting voor een slaap- en logeerkamer. Daar kwam nog een eetkamerinrichting bij in de vorm van kasten, een eettafel, een speltafel, een theetafel, stoelen, een 24-persoons zilveren bestek, glaswerk en porselein met het familiewapen erop. Al het linnengoed dat we inpakten, droeg het monogram en het wapen van de Blixen-Fineckes.

We reisden niet met lege handen naar de jungle. De mensen zeiden dat we gek waren, en gaven ons gekke geschenken. Ze zeiden dat we niet aan de reis moesten beginnen en bij hen moesten blijven, maar deden er alles aan om ervoor te zorgen dat we zo snel mogelijk vertrokken.

Mijn vader was de enige die onze voorbereidingen echt met tegenzin gadesloeg. Met afkeuring zag hij hoe efficiënt en doortastend ik was geworden. Wanneer zijn vrienden mijn initiatiefrijke aanpak prezen, zei hij: 'We zien hier niet de echte Bror.' Zijn houding stimuleerde mij juist. Hij wilde mij meenemen op hazenjacht en zeiltochten ook al was het daar niet het weer of het seizoen voor. Hij wilde met Hans en mij aan de boemel in Lund en Malmö, maar dat sloeg ik af door te zeggen dat ik geen tijd had. Ik was tegen hem nooit zo onverbiddelijk geweest. Hij betreurde mijn daadkracht op dezelfde manier waarop vaders normaal gesproken het gebrek aan verantwoordelijkheidsbesef van hun zoons betreuren.

Geen enkele keer liet ik hem zien dat ik 'de oude Bror' was. Hij nam wraak. Toen alle anderen ons huwelijk hadden goedgekeurd ging hij dwarsliggen. Binnen enkele weken veranderde hij in een koppige oude man die weigerde de discussie aan te gaan. Hij verbood ons te trouwen en wilde er niet over praten.

Toen hij mij op een dag vroeg mee te gaan wandelen in de allee van Näsbyholm bracht hij de kwestie ter sprake. Misschien besefte hij dat hij te ver was gegaan. Het was duidelijk dat hij van gedachten was veranderd en bereid was ons zijn zegen te geven, maar zijn trots verbood hem om meteen te buigen. Daarom begon hij met de volgende woorden: 'Als jullie een negerbruiloft in donker Afrika willen organiseren, zal ik jullie geen strobreed in de weg leggen.'

Wat hem het meest kwetste, was dat ik lachend antwoordde: 'Dan wordt het een negerbruiloft!' En vervolgens op een ander onderwerp overstapte.

Tanne en ik besloten dat ik een half jaar vóór haar zou vertrekken om een goede farm te kopen en dingen te regelen voordat zij ook naar Afrika afreisde. Zodra ze was gearriveerd zouden we trouwen en aan ons nieuwe leven beginnen.

Enkele weken voor mijn vertrek wilde Tanne een afspraak maken in Kopenhagen. Alle voorbereidingen waren getroffen, maar toch vond ze dat we iets moest regelen voor we weggingen. Ik verdacht haar ervan dat ze iets groots en onhandigs wilde meenemen en mij wilde overtuigen van het belang daarvan. Dat was natuurlijk een formaliteit; ze wist dat ik haar niets zou weigeren.

Het was allemaal erg geheimzinnig. 'Neem de late middagboot', was het enige wat ze in een briefje schreef. Toen de boot in Kopenhagen afmeerde, zag ik een vrouw in haar eentje op de kade staan. Eerst herkende ik haar niet. Ze droeg donkere kleren alsof ze naar een begrafenis ging. Op haar hoofd had ze echter een opzichtige hoed waarvan de rand voor haar gezicht hing om haar uitdagende make-up min of meer te verbergen. De mensen keken haar na. Was ze een rouwende prostituee of een weggelopen non?

Een rijtuigtaxi wachtte op ons. We spraken bijna niet, behalve om commentaar te geven op iets wat op straat gebeurde. Ik had geleerd geen vragen te stellen. De geur van haar parfum was zwaar. Ze was niet anders dan anders, misschien alleen maar meer zichzelf dan gewoonlijk. Niettemin maakte ik uiteindelijk inbreuk op haar regie door te zeggen dat ze natuurlijk naar Afrika mocht meenemen wat ze maar wilde. Haar enige reactie was een aai over mijn wang.

Zonder dat de koetsier opdracht had gekregen stopte het rijtuig voor een restaurantje in een mij onbekende buurt. Binnen hingen donkere wandkleden en sombere portretten van uitgemergelde edellieden aan de muren. Tafels, kasten en piëdestals waren beladen met grote, eigenaardige snuisterijen uit verschillende delen van de wereld. Er was één ober, die allang gepensioneerd had moeten zijn en die met ooievaarspassen tussen de tafels door beende. In een hoekje van de ruimte zaten twee magere heksen onder het gewicht van grote tulbanden in hun eten te prikken. 'Is het niet fantastisch?' fluisterde Tanne terwijl ze een knikje in hun richting gaf.

De ober wierp vanaf grote hoogte een minachtende blik op ons en bracht mompelend uit: 'Wat wensen baron en barones Blixen?' Toen ik op het punt stond om lachend te protesteren liet Tanne met een gebaar zien hoe ze met een denkbeeldige naald en draad haar lippen dichtnaaide.

Er stond een mengeling van Russisch, Joods en Oost-Europees eten op de kaart en Tanne bestelde Franse champagne en enkele gerechten die allemaal op 'isch' eindigden. Het smaakte alsof de kok de kruidenpotjes had verwisseld. Ik heb nooit meer zoiets gegeten.

Tanne nipte voorzichtig van haar champagne, maar schonk mij onophoudelijk bij. Het licht van de talrijke kaarsen, die een beetje op goed geluk links en rechts in het etablissement waren neergezet, onthulde hoe Tannes natuurlijke blos door haar make-up heen drong. Haar ogen verwijdden zich en haar blik ging genietend door het restaurant.

We waren nauwelijks met eten begonnen of zij legde mes en vork neer en begon te vertellen. Ze begon met enkele indrukken uit Rome, waar ze een jaar geleden Daisy, de verloren dochter van Frijsenborg, had opgezocht. Tot zover kon ik het volgen. Daarna verweefde ze fantasieën over het oude Rome in haar verhaal, en weldra was ze een tijdloze wereld van gewelddadige Vikingen, goede lijfeigenen en dappere krijgers binnengestapt. Er waren eenzame maagden en wrede ouders, mensen die vochten, droomden en konkelden in donkere bossen en middeleeuwse steden. Elke keuze was er een op leven en dood, elke liefde was een eeuwige bezegeling, elk verraad een generaties lang aanhoudende vuurvlam, elk woord en elke handeling kregen onvermoede gevolgen. Over de personages wierp ze een net dat ze 'het lot' noemde, een toestand waardoor de mensen zich verzoenden met de ongelukkige omstandigheden waarin ze verzeild waren geraakt.

Naarmate de verhalen verder kronkelden, werd haar stem luider. Hoewel ze hem knap moduleerde, hield ze een gelijkmatig en stevig tempo aan tijdens het vertellen. Haar gezicht en haar ogen begonnen te stralen als door een inwendig licht. Zij lokte je naar een wereld waarin waarheid en leugen onbruikbare begrippen waren en waarin mensen en voorwerpen boven alledaagse zorgen verheven waren.

Af en toe keek ik het etablissement rond om te ontnuchteren en af en toe nam ik grote slokken van de champagne in een poging om met behulp van de alcohol mezelf weer terug in de Deense realiteit te brengen, maar de plek en de drank waren een alliantie met Tanne aangegaan.

Toen ik me omdraaide, zag ik een doodshoofd. Het was de ober die ook luisterde, met de donkere open mond van een oude man en een zenuwtrek bij zijn ooghoek. De beide heksen hadden ongegeneerd hun stoel in onze richting gedraaid. Ze hadden tranen in de ogen en een glimlach op hun gezicht die hun rimpelige wangen optrok.

Toen Tanne zichzelf midden in een zin onderbrak en zo luid 'Lieve Bror, niemand kan luisteren zoals jij' fluisterde dat de dames een zucht slaakten, staakte ik elk verzet. Ik leegde de fles en gaf me over. Toch was het niet de alcohol die mij bedwelmde. Voor het eerst in mijn leven werd ik dronken van een mens. Ik hield van haar om de wereld die ze schiep en om zich heen zag. Het was altijd – maar zeker die avond – leuker om de buitenwereld te beschouwen als Tanne erbij was. Als ik ooit bereid was mijn leven voor iemand te geven, hetgeen voor mij normaal gesproken een vreemde en idiote gedachte is, dan had ik die avond mijn leven kunnen geven voor Tanne, zoals een krijger in bepaalde bijzondere situaties zijn leven voor een volk, een streek, een natie kan geven.

Ik kwam weer bij mijn positieven toen we buiten op het trottoir voor een hotelletje stopten. Ze trok me behoedzaam door de gammele deur naar binnen. De portier glimlachte beleefd, maar met een kille blik en heette ons in het Frans welkom met: *'Bienvenus, baron et baronne Blixen.'* Hij bracht ons naar een tweepersoonskamer die slechter was dan wat wij beiden gewend waren, maar met een ouderwetse schoonheid die mij verdrietig stemde.

In de kamer stak Tanne kaarsen aan en ze deed de gordijnen dicht. Ze schonk thee uit een samowar en nog meer champagne uit een fles die in een ijsemmer stond. De bloemensmaak van de thee vermengde zich met de bijzondere geur die verspreid werd door de wierook die in een hoek van de kamer zachtjes naar het plafond krulde. Tanne hielp me uit mijn jas, viel op haar knieën en maakte de veters van mijn schoenen los.

Toen ik begreep wat de bedoeling van onze ontmoeting was, kreeg ik het eerst ijskoud. Ik was immers gewend om in mijn eentje het liefdesschip de haven binnen te loodsen. Nu was ik overgeleverd aan een alleenheersend admiraal die mij door wateren voerde waarvan ik het bestaan nauwelijks had vermoed. Ze opende een knoopje van mijn boord en ging tegelijkertijd met haar nagels over mijn rug. Toen ik opstond om haar te omhelzen maakte ze zich los, draaide om me heen en sloeg van achteren haar armen om mijn romp. Ik begon me door het spel aangetrokken te voelen. Zij liet zich op een stoel zakken, trok me tegen zich aan en drukte haar hoofd in mijn schoot, maar toen ik haar kuiten begon te strelen, stond ze op om een glas te halen dat ze met een sierlijk gebaar aan mij overhandigde. Op handen en knieën staand als een hond nam ik het aan. Mijn gemoedstoestand pendelde heen en weer tussen diepe ernst en een bruisende vrolijkheid.

We bewogen ons door de kamer als in een geïmproviseerde choreografie, een soort spel waarbij de grens tussen aanraking en intimiteit vloeiend was. Zij praatte met mij – ik kan me geen woord herinneren van wat ze zei – en haar stem dirigeerde ons wonderlijke ritueel. Volgens mij waren we uren bezig.

Na een poos, meer als gevolg van onze dans dan van een bewuste handeling, ging mijn overhemd open, viel haar rok op de grond, een voet werd ontbloot, evenals een magere schouder die bleek oplichtte in de steeds donkerder kamer waarin de luchtverplaatsing door onze bewegingen de ene kaars na de andere doofde. Deze niet geconsumeerde gemeenschap wond me steeds meer op. Hoe meer kledingstukken er op de grond vielen en hoe dichter we bij elkaar kwamen, hoe groter de afstand tussen ons werd. Ik deed alles om haar te bereiken, zonder gewelddadig te worden, maar ze was te ver weg.

Toen ze me ten slotte met handen, armen, benen en mond naar zich toe trok, was er toch iets wat onze vereniging in de weg stond. Haar bewegingen waren gracieus en zacht, maar toch was ze keihard. Ik probeerde haar uit die kramp te verlossen, door haar weerstand heen te stoten en haar in vocht en zweet week te maken. Ze was vurig en volgzaam, maar bleef toch koud en droog.

Veel vrouwen met wie ik de liefde heb bedreven zijn in berustende tranen van geluk uitgebarsten. Nu worstelde ik zelf met een soort vertwijfelde begeerte. Het ging om onbevredigde lust, nauwelijks om genot.

Na afloop zat ze vol tederheid en grapjes. Ze maakte me aan het lachen door over de avond te praten alsof niet wij maar anderen dit hadden meegemaakt. Ik realiseerde me dat zij me een liefdesnacht had geschonken die met niets te vergelijken was, iets wat me altijd zou bijblijven. Maar ze had me niet toegelaten.

Ik verliet Näsbyholm op 24 maart 1913. Je rook de lente; de wegen rond het hoofdgebouw, de schuren en de stallen waren modderiger dan ooit en de wind was verrassend zoel. De mensen op het landgoed rechtten hun rug en richtten hun blikken omhoog. Ik had een paar weken lang niets anders gedaan dan familieleden en vrienden op de wang kussen en knechten, meiden en buren de hand schudden. Niemand liet een traan, behalve Lotty.

Zelfs mijn moeder huilde niet. Ze stapte wankelend het erf op en nam me meer bevreesd dan verdrietig op toen ik in het rijtuig stapte om te vertrekken. 'Alles gaat kapot, alles verdwijnt', zei ze terwijl ze haar reumatische handen wrong. Toen ik wegging, treurde ze niet in eerste instantie om een geliefde zoon; mijn afscheid was onderdeel van een instortende wereld. Ik betreurde eerder haar ontreddering dan het feit dat ik haar moest verlaten.

Terwijl Hans op het station in Kopenhagen mijn bagage in de treincoupé zette, stond Tanne lange tijd in mijn handen te knijpen. Ze kuste me vurig en haar ogen waren vochtig van ontroering. Toch klonk ze overtuigend toen ze zei dat dit een afscheid in blijdschap was. Dit was de eerste stap op weg naar ons geluk.

Vader en Hans reisden met me mee naar Hamburg. Ik had er de voorkeur aan gegeven alleen te reizen, maar het was vanzelfsprekend dat ze me een eindje zouden vergezellen. Vaders trots en waardigheid waren verdwenen en uit zijn mond kwam vooral gezucht en geklaag. We zouden elkaar nooit meer zien en ik zou nooit op tijd voor zijn begrafenis naar huis kunnen komen. Hoe kwam het dat vader de laatste jaren zo snel verouderd was? Terwijl de trein door het noordwesten van Duitsland reed, kwam er een stroom van herinneringen uit vaders mond; het kattenkwaad van Hans en mij werd plechtig aan de familiemythologie toegevoegd. Toen zijn herinneringen uitgeput waren, werden ze gevolgd door spijtbetuigingen over mijn besluit om me in Afrika te vestigen.

Hans ontweek mijn blik. Hij kruidde vaders klaagzang met grappige anekdotes. Ik wilde hem iets zeggen, maar kon niet bedenken wat. Op de een of andere vage manier had het ermee te maken dat ik, na mijn scheiding van hem, niet langer een helft wilde zijn maar een geheel. Daar hadden we echter geen woorden voor. We hadden nooit over iets anders gepraat dan over jacht, vrouwen, sport, reizen, familie en vrienden, en dan nog alleen in concrete termen. Ons leven samen bestond uit voorwerpen en gebeurtenissen. We hadden nooit met een woord gerept over het feit dat we een eeneiige tweeling waren. Hoe erg was hij aan mij gehecht? Hoeveel hield ik van hem?

Toen de trein in Hamburg het station verliet, keek ik Hans aan. We staarden elkaar aan – ik moet bekennen dat ik vader helemaal vergat – en ik zag mijn eigen kindertijd en jeugd in een ouwelijke en uit zijn krachten gegroeide vorm op dat enorme station achterblijven. In zijn ogen zat een glimp van verdriet, heel even werden zijn gedachten niet in beslag genomen door de huid van vrouwen, leidsels, en stuurknuppels van vliegtuigen. Maar ik wist dat hij vader een klap op de schouder zou geven en de situatie met een grap zou afdoen zodra we uiteen waren gegaan. Hij stond mij zo na als een mens kan doen, maar was toch onbereikbaar.

Ik stak een grens over. Dit was de tweede belangrijke grens die ik als volwassene overstak. De eerste was toen Tanne en ik samen van Frijsenborg vertrokken.

Ik werd misselijk en haastte me naar de wc. Terwijl de trein door de zuidelijke voorsteden van Hamburg reed, stond ik gebogen over een wc-pot pogingen te doen om over te geven. Dat lukte niet. Toen spetterde ik maar water in mijn gezicht. Daarop verdween mijn verkramptheid en ik begon te huilen. Ik waste me en huilde, waste me en huilde, en hoe langer ik daar stond, des te gelukkiger ik me voelde.

6

De reis naar het zuiden in de richting van Oost-Afrika was aanvankelijk een grote bezoeking. Zodra we op zee zaten, dommelde de tijd langzaam in en vanaf het moment dat ik 's ochtends ontwaakte totdat ik 's avonds in slaap viel, sleepte ik de seconden achter me aan. Bootreizen zonder zeilwerkzaamheden zijn een marteling. Die zijn geschikt voor mensen die hooguit de puf hebben om een rondje te lopen om tot rust te komen. Ik probeerde me aan te passen aan het gebrek aan activiteit, sluimerde op het dek, had contact met mijn medepassagiers en ik at en dronk urenlang om de tijd te verdrijven. De passiviteit zwol echter als een ballon in mij op. Plotseling explodeerde er iets in mijn lichaam, ik vloog op uit mijn sluimering en rende op het schip rond met ledematen die schreeuwden om beweging. Ik werd er gek van. Ik zat opgesloten in de vertes van de zee zonder mogelijkheden om me naar de horizon toe te vechten. Enkele passagiers aan boord waren bang dat ik mijzelf of een ander iets zou aandoen. Daar hadden ze gelijk in. Een gevecht had me kunnen kalmeren.

Eerst gingen we de verkeerde kant op: we verlieten Napels en voeren richting Marseille. Ik begon van ongeduld te briesen. Daarna weer terug met een ander vaartuig in de richting van Port Saïd, een gat waarvan je ver op zee de stank al kon ruiken. De Rode Zee was een plek om van angst dood te gaan. Er was niets anders dan de zoute zee en de droge woestijn. Vanaf de stranden blies een hitte als uit een oven.

Ik deed mijn best om deze vreemde streek te bestuderen en in me op te nemen, maar er viel niets te zien; ik snoof de lucht op, maar de geuren zeiden me niets. Ik nam deel aan diners, dansavonden en amourettes. Het was net of je je in je droom amuseerde: niets was echt. Een Engelse adellijke dame, met wie ik op de Rode Zee een nacht de liefde bedreef terwijl haar aangeschoten echtgenoot in een aangrenzend vertrek zat te pochen over geld, vrouwen en jacht, vroeg waarom ik mijn ziel al vooruit had gestuurd naar Afrika. Ze had die graag willen leren kennen en niet alleen willen 'omgaan met mijn fantastische lichaam', zoals ze het zo genereus uitdrukte. Toen we nadien, met onze kleding en gezichten weer in de plooi, terugkeerden naar haar echtgenoot en zijn drinkebroers, stelde ik vast dat er helaas maar een uur verstreken was.

Het vreemde was dat mijn verlangen naar Oost-Afrika niet leek op mijn gewone verlangen om 'weg' te gaan. Er zat een pijn in het verlangen dat ik voelde die identiek was aan de pijn die ik als kind voelde wanneer ik 'naar huis' verlangde.

De Indische Oceaan veranderde alles. Aden was een oosterse droom waar de mensen leefden in een eeuwigdurend sprookje, hoewel bij de meesten alles was overtrokken met vuil en pijn. De vochtige, warme winden uit het zuiden waren heerlijk; verder naar het zuiden langs de Afrikaanse kust lag het magnetisch centrum van de wereld, dat een rustgevende aantrekkingskracht op mij uitoefende. Wanneer de andere passagiers ongeduldig opstonden en klaagden over het zweet en het vocht van de tropen zonk ik tevreden terug in mijn dekstoel en viel in slaap. Nu had ik geen haast meer, nu was ik op mijn plek, in de buurt van mijn bestemming. De halfslaap waarin ik wegzonk, was een koortseuforie die mijn blik verscherpte, elke golfslag van de zee uniek maakte en elk zinloos dekgesprek belangrijk.

Er gebeurde iets met de tijd zelf. Toen ik mijn blik over de eentonige einder van de zee liet gaan, begon het verleden me van achteren te besluipen en kwam mijn toekomst me tegemoet. Mijn leven werd samengeperst tot iets wat compact, sterk en toch gevoelig was.

Toch herinner ik me erg weinig van de reis naar Mombasa. Ik registreerde veel waarvan ik me later slechts flarden wist te herinneren: een school bruinvissen, drie walvissen die het schip een half uur volgden, een Duits stel dat in de hitte zo'n onenigheid kreeg dat ze op het dek begonnen te vechten. Maar het was alsof ik een taal miste om die nieuwe wereld in te herbergen. Ik zag en beleefde met al mijn zintuigen open, maar niets hechtte zich in gedachten en woorden.

Tot verontwaardiging van enkele vrouwen constateerde ik op een avond dat als het schip die nacht naar de kelder ging, het mij niet zoveel zou doen. Ik was er klaar voor, ik was gearriveerd.

In Mombasa hadden Europa en Azië elk een hand uitgestoken en hun afdruk op Afrika gezet. Een Portugees fort met de vrome naam Jezus, enkele Europese villa's langs de stranden van het eiland, verder minaretten en tempels, Arabische steegjes die vanaf de zee omhoog klauterden en uitmondden in het gedrang op de marktplaatsen. Het zand blonk wit tegen donkere lavarotsen, in de baai verdrongen Afrikaanse kano's, Arabische dhows en Europese vaartuigen elkaar. In de haven lag volgens een moeilijk te doorgronden ordening een overvloed aan waren opgestapeld. In de schaduw van oude mangobomen was het een gewemel van negers in kleurrijke lappen. In het wit gehulde Arabieren die keken alsof het hele eiland van hen was, schreden langzaam voorbij onder duizend jaar oude, blauwrode baobabbomen. Helemaal op de punt van het eiland stond een groot gouverneurspaleis en er lag zelfs een golfbaan voor de Europese elite. Overal hing een scherpe geur: van kruiden, de zee, verrotting, jasmijn, hibiscus. Het was vochtig en heet en de eerste dag baadde ik in het zweet.

Grappig genoeg was ik verwonderd dat ik zo veel negers zag. Omdat ze met zovelen waren, viel hun ras je op een gegeven moment niet meer op – ik en een klein aantal andere blanken waren nu degenen van afwijkend ras. Ik verwonderde me er ook over dat er onder de Afrikanen een bijna grotere rijkdom aan variatie wat betreft uiterlijk en kenmerken bestond dan bij de Europeanen. De Bantoes waren stevig en hadden negroïde trekken, de Somaliërs waren lichter en hadden een schoonheid die van binnenuit leek te stralen. Een klein aantal herdersvolken, van wie de lange, slanke lichamen hard en pezig waren als de ledematen van windhonden, leek echter niet in het grotestadsgewoel thuis te horen. Rassenvermenging was gebruikelijk en iedereen paste zich aan de Swahilicultuur aan. Het was opmerkelijk dat zo veel verschillende volkeren, die allemaal trots en zelfbewust leken, zo dicht op elkaar konden leven zonder voortdurende burgeroorlog. Misschien kwam dat doordat het mohammedaanse geloof de meeste verbond.

Mombasa was een voorportaal van het paradijs. Enkele uren nadat de trein de stad in noordelijke richting had verlaten, zag ik de hemelse streken in een ruwe vorm. Ik ben nooit gelovig geweest, als kind niet en later evenmin, maar in de jungle langs de kust, door de woestijnen en droge steppes, de bergen in naar het hoogland, overal was er een afdruk van iets goddelijks. Het landschap was schraal, onpersoonlijk, hard en genadeloos, maar zo fantastisch en mooi dat ik het allemaal met een brok in de keel als een kind bekeek. Het was een beeld van een vreemd, ververwijderd tijdperk: zeeën van gras, aarde en hemel.

Een grotere hemel en een grotere aarde! Onbewust van zijn eigen geluk kuierde het wild in grote kuddes rond. Ze bevonden zich in de grote vergetelheid. En de hoeveelheden! Hier had je miljoenen antilopen en buffels. De verscheidenheid aan soorten was ongekend! Ik viel ten prooi aan een verliefdheid, verloor mijn beoordelingsvermogen, humeur, karakter. Hoe uit te leggen dat ik met tranen in de ogen wilde jagen en doden, hoe te begrijpen dat ik ernaar verlangde tegen de wind in te sluipen, in de buurt te komen van deze unieke lichamen, uren te liggen wachten en ze te bekijken, wachtend op het juiste moment om vervolgens het ene na het andere schot af te vuren? Ik wilde me in hun bloed, pezen en spieren in hakken, wilde de geur van vlees ruiken, wilde huid en hoorn in mijn handen voelen. Ik wilde dit leven prijzen door het te doden! Dat was geen wens, dat was een instinct! Ik was een gelukkig monster, een hongerige jager.

Zolang er daglicht was, deed ik gedurende de treinreis niets anders dan zitten of staan bij het raam om het land te bekijken waarvan ik vanaf dat moment deel uitmaakte. Ik vermoeide mijn medereizigers met vragen over de eendracht onder olifantenfamilies, het gezichtsvermogen en het gehoor van de neushoorn, de trektochten van de gnoes en de beten van de hyena's. Namen van antilopen schreef ik in een notitieboek: impala, koedoe, Thomsomgazelle en Grants gazelle, dikdik, oryx, elandantilope, kongoni, topi en gnoe. Ik mompelde de namen voor mezelf, ritmische gezangen die ik nooit zou vergeten.

Na een bezoek aan de wc later op de avond werd ik door een Aziatische heer uitgescholden. Eerst begreep ik niet wat ik verkeerd had gedaan, totdat hij op het bordje bij het toilet wees: FOR ASIANS ONLY. Ik had twee andere bordjes gezien: FOR EUROPEANS ONLY en FOR AFRICANS ONLY, maar dit derde niet. Ik nam hem verbaasd op en zei met een gebaar naar de vlakte buiten: 'Maar dieren vermengen zich toch ook op allerlei manieren met elkaar.' Hij wierp mij een verontruste blik toe, en liep hoofdschuddend weg.

Toen we vroeg in de ochtend – de zon was net opgegaan – aan een stijging bezig waren, stopte de machinist de trein. Aan de linkerkant lagen twee leeuwen. Achter hen, helemaal in de verte, zag je de witte top van de Kilimanjaro. Het gemis van Tanne trof me als een messteek in mijn buik. Het liefst was ik naar Mombasa teruggekeerd om daar op haar te wachten en vervolgens deze indrukken met haar te delen.

De leeuwen stonden op en liepen een paar passen bij de spoorlijn vandaan. Ze hadden allebei dunne, lichte manen, hetgeen erop duidde dat het twee jonge mannetjes waren. Zonder na te denken bij wat ik deed, opende ik de coupédeur en stapte op de spoordijk. Een van de conducteurs riep met resolute stem dat ik de trein weer in moest gaan, maar ik trok me niets van hem aan. Hij riep er iemand anders bij. Diverse mensen begonnen te schreeuwen en het leek alsof ik van heel ver weg vernam dat hun stemmen geschokt, bang of boos waren. Ik wist echter wat ik deed; ik had dit eerder meegemaakt en ik wist precies waar de grens tussen mij en de leeuwen liep. Toen ik ze naderde, bleven ze staan en draaiden ze zich om om mij op te nemen. Er kwam een diep gegrom uit hun keel en met bonkend hart en met in mijn oorschelp een geluid als van ruisend water zette ik nog twee stappen.

De leeuwen aarzelden – vluchten of aanvallen – en hun staart ging geïrriteerd heen en weer. Ik voelde honderden ogen in mijn nek en het viel me op dat het geschreeuw was opgehouden. Het was doodstil, zowel in de trein als op de vlakte. De leeuwen gromden weer, de grootste van de twee maakte een heftige beweging met zijn kop en gaf een korte brul. Ik bleef op dezelfde plaats staan.

De spanning nam af, de beide dieren trokken zich waardig terug, ik keerde hen de rug toe en liep terug naar de trein. Net toen ik op de spoordijk wilde stappen schreeuwde een rossige

Brit bij wie de stank van alcohol als vochtige rook uit de grijnzende mond stroomde: 'Kijk uit! Daar komen ze!' Ik bleef staan zonder me om te draaien. 'Laat ze maar komen.'

Zodra de trein zich weer in beweging had gezet, kwam de schaamte. Hoe had ik zo'n gebrek aan beoordelingsvermogen aan de dag kunnen leggen? Ik zag de schouderklopjes al aankomen, de geheven glazen, de grote tanden onder borstelige snorren, en ik vluchtte snel mijn coupé in waar ik me onder mijn jas verborg en net deed ik sliep. Ik was niet van plan om ooit nog voor een verstomd publiek oog in oog te gaan staan met wilde dieren. In mijn eentje, of samen met andere jagers, zou ik de grenzen tussen mij en het wild verkennen.

Nairobi was een teleurstelling. Golfplaten hutjes op een vlakte. Rond het station was het een gedrang: negers, Indiërs en enkele Europeanen stonden naar elkaar te schreeuwen en aan paarden, ezels en ossenwagens te sjorren. De slagregens hadden de plaats juist ondergedompeld en William Northrup MacMillan, een Amerikaanse miljonair die zo groot was als een halfvolwassen olifant, stond me in de modder geheid een welkom toe te brullen. Hij en Åke Sjögren, die grond bezat bij het Ngong-gebergte, haalden me af van het station. Sjögren had grond te koop. Hoewel hij een stevige vent was, zag hij er naast MacMillan uit als een verouderd jongetje. Zijn gezicht was hard en vierkant – dit was geen man die zich voor de gek liet houden! – en hij was compact als een blok graniet. De beide mannen leken uit hetzelfde hout gesneden, maar bij MacMillan was dat opgezwollen en bij Sjögren verteerd. Toen ik hen een hand gaf, was ik blij dat ik zelf een stevige handdruk had. MacMillans hartelijkheid blies me bijna omver in een modderpoel.

'Hier kun je leven als een man', zei Sjögren, waarna hij iets tegen een paar negers brulde die snel mijn bagage op een wagen laadden. MacMillan was eigenaar van een van de weinige auto's in Nairobi en gaf me een lift. Toen hij op de achterbank klom, bewoog het voertuig als een trailer in een storm. Een dozijn Kikuyu duwde de auto door de modder aan.

Ik werd uitgenodigd voor een welkomstlunch in een barak die de Nairobi Club werd genoemd. Enkele magere koloniale ambtenaren bij wie de strenge morele overtuiging van het gezicht straalde, trokken zich terug toen MacMillan en Sjögren een van de ruimtes innamen. Eerst verscheen er gin in literflessen en daarna buffelbiefstuk waaronder je het bord niet meer kon zien. MacMillan had het over het temmen van zebra's en struisvogels en het gebruik van olifanten in de landbouw. Sjögren was sceptisch; hij meende dat Afrikanen belasting opleggen zodat ze wel in loondienst op de farms moesten gaan werken de enige manier was om een functionerende landbouw op gang te krijgen. En verder moest je kostbare geschenken aan de stamhoofden geven en je wapenen met geduld en wapens. Dat was een realistische manier om werkkrachten te werven. MacMillan vond zebra's een leukere en minder slinkse weg naar succes.

De zon stond hoog aan de hemel en het licht stroomde overvloedig door de ramen naar binnen. In de donkere hoeken van het vertrek hing een zweem van koelte. Toen we uitgegeten waren ruimden de bedienden met tegenzin af, het lawaai van aardewerk klonk harder dan normaal en buiten verstomden huisdieren en mensen. De middaghitte ontdeed het moment van alle energie. Alleen in Afrika kon je de rust van de nacht in het meest intense licht van de dag beleven. Na een poosje lagen Sjögren en MacMillan ieder op een bank te snurken. De bank onder MacMillan was niet meer te zien en hij leek in de ruimte te zweven. Zelf ging ik in de schaduw achter het gebouw zitten. Enkele vrouwen met kinderen zaten op een droog stukje gras onder een vijgenboom met hun benen recht voor zich uit. Ze groetten me afwezig en ik knikte terug. Verder trokken ze zich niets van me aan. Een vrouw kapte het haar van haar vriendin, een andere vlocht een mand. Ze praatten druk en lachten hard om daarna weer te zwijgen. De kinderen klampten zich aan hen vast en maakten koprollen over hun benen. Ik pakte een stuk papier en begon aan een brief voor Tanne. Ik schreef alles wat ze wilde horen, maar realiseerde me dat ze niet kon weten hoe oprecht mijn brief was. Ik gebruikte driemaal het woord 'gelukkig'. Op twee plekken probeerde ik het te vervangen, maar ik kon geen andere uitdrukking vinden. Ik probeerde het met 'geborgen', maar streepte dat door. Iets zei me dat ze een hekel had aan dat woord.

De eerste nacht sliep ik het Norfolk Hotel. Toen ik er in de schemering mijn intrek nam, arriveerden er enkele blanke jagers. Ze waren vuil, lawaaierig en al vóór het diner aangeschoten. Een paar hadden Afrikaanse maîtresses bij zich die in een kamer die op de keuken uitkwam werden opgeëist.

Ik ging vroeg naar bed, maar werd onophoudelijk wakker van geweerschoten, bulderend gelach en het schelle gekrijs van vrouwen. Er werden flessen kapotgeslagen, mensen lieten zich langs de trapleuning van de bovenverdieping naar beneden glijden en buiten op het erf klonk het alsof iemand over de tuinmeubelen aan het bokspringen was. De geluiden waren aanstekelijk, maar ik was te moe om me te amuseren. Er kwamen nog meer nachten. De enige keer dat ik serieus overwoog om op te staan was toen ik vanuit de bar een leeuwtje hoorde brullen.

Vlak voordat ik in slaap viel, sloegen mijn vrolijkheid en vertrouwen om in eenzaamheid en verlatenheid. Ik miste Hans. Sinds ik in Oost-Afrika was aangekomen had ik nauwelijks aan hem gedacht. Nu stond hij als een stille, beschuldigende schaduw naast mijn bed. Het gekke was dat ik terugverlangde naar de tijd toen de wereld nog was zoals hij hoorde te zijn, toen Hans met Tanne ging en ik naast hen stond en Hans' broer was en Tannes beste vriend.

7

Tijdens mijn ontbijt stond er een Somaliër op de veranda van het Norfolk Hotel. Omdat hij er roerloos bij stond, nam ik hem belangstellend op. Toen ik van tafel ging, draaide hij zich langzaam om, als een kameel die afwezig opmerkt dat een onbeduidende soortgenoot zich heeft bewogen, en hij keek mij door een van de ramen aan.

Even later verscheen Åke Sjögren om mij op te halen. Hij zei dat er een Somaliër was die werk zocht als mijn bediende. 'Neem een Somaliër', zei hij. 'Als je die hebt, geeft dat status.'

De Somaliër was de man op de veranda en zijn naam was Farah Aden. Zonder met zijn ogen te knipperen nam hij me op en vroeg of hij me mocht dienen. Zijn blik was doordringend, maar toch lag er iets niet-ziends in. Ik kreeg het gevoel dat hij eigenlijk naar iets achter mij keek. Ik weet niet hoe ik in die situatie had moeten weigeren. Ik knikte, Sjögren stelde een vergoeding voor, Farah knikte en daarna volgde hij me waar ik ging.

Binnen een ochtend werd ik een veteraan. Met een blik, een woord of een gebaar bracht Farah een tijdloze ervaring over, waardoor elke situatie van iets chaotisch in iets ordelijks veranderde. We waren nog geen dag samen of ik vertrouwde meer op hem dan ik ooit op mijn broer had vertrouwd. Toen Sjögren diezelfde dag het gevaar van runderpest in Afrika beschreef, wierp ik een steelse blik op Farah, die zijn mondhoeken naar beneden trok ten teken dat ik op mijn hoede moest zijn. In alle jaren die we samen doorbrachten, aarzelde hij nooit waar de grens liep tussen goed en kwaad, juist en verkeerd. Hij verschilde zo veel van mij als maar mogelijk was. Hij was een mens bij wie alle puzzelstukjes op hun plaats lagen. Waar ik ook ging, ik had een streng en onverbiddelijk richtsnoer bij me. Maar Farah was geen rechter. Hij droeg de wet in zijn wezen met zich mee, maar stelde mijn vrijheid om die te overtreden nooit ter discussie. Omdat hij zowel mijn geweten als mijn bediende was, werd ik meester over mijn geweten. Met mijn geweten als dienaar kreeg ik volledige vrijheid. Ik heb me vaak afgevraagd of hij me verachtte, maar dat heeft hij nooit, in woord noch gezichtsuitdrukking, laten blijken.

Sjögren en ik reden rond acht uur in westelijke richting naar het Ngong-gebergte en bereikten na verloop van tijd een hoogte van tweeduizend meter boven de zeespiegel. We passeerden zowel een deel van de enorme Athis-vlakte als een groot bos met rijzige eucalyptusbomen. Overal zagen we antilopen en gazellen. Wrattenzwijnen vluchtten weg met hun staart recht omhoog, parelhoenderen en frankolijnen trippelden rond met waakzaam uitgestrekte nek, een schuwe jakhals deed mij denken aan de vossen in de omgeving van Näsbyholm.

Het had een paar weken geregend, de paarden baggerden door de modder, overal liep het groen uit en de lucht was 's ochtends om negen uur nog fris en koel. Tegen lunchtijd was de zon door de koele berglucht heen gedrongen en de hitte brandde op onze onderarmen. Ik had niet de rust om op de rug van het paard te blijven zitten en stapte af om te gaan lopen. Sjögren zei dat ik alles fout deed. Wanneer de hitte komt, moet je rijden; als je wilt lopen, moet je dat in de ochtend- of avondschemering doen. Ik antwoordde dat lopen voor mij altijd goed was, ongeacht het tijdstip.

Ik onderzocht namelijk mijn passen. Met in mijn voeten nog de herinnering aan alle wandelingen in de bossen en over de velden van Skåne maakte ik me nu al stappend een nieuw terrein eigen. Ik was als een kind dat in het water wordt gegooid en ontdekt dat het kan zwemmen. Dat maakte me natuurlijk gelukkig. Maar mijn leren laarzen voelden wel zwaar en plomp, en omdat ik niet blootsvoets kon lopen zoals de Afrikanen besloot ik dunne, zachte mocassins aan te schaffen.

Ik informeerde bij Farah naar sporen in de modder, naar slangen, naar grondeekhoorns, naar mestkevers, mest en platgetreden paden. Ik sloeg het allemaal op in mijn geheugen. 'Wanneer gaan we op safari?' Farah maakte een gebaar in de richting van de Athis-vlakte. Sjögren draaide zich om in het zadel en antwoordde in het Zweeds: 'Zaken gaan voor pleziertjes.' Voor een koloniaal in Oost-Afrika was Sjögren een ongewone man.

We pauzeerden kort onder een vijgenboom. Het was erg heet. Alles was stil. Het enige wat bewoog waren de zwaaiende staarten van enkele Thompsongazellen en een havik die in de lucht zweefde. De zweetband van mijn hoed plakte op mijn voorhoofd en ik veegde een paar druppels van mijn bovenlip. Een gevoel van welbehagen stroomde als colonnes mieren door mijn lichaam.

Toen er enkele Kikuyu-vrouwen met een vracht op hun hoofd langsliepen, glom hun zwarte huid in de zon. Ik had nog niet eerder zo'n zachte huid gezien. Farahs blik ging tussen mij en de vrouwen heen en weer. Niets zou natuurlijker zijn geweest dan naar de mooiste toelopen, de vracht van haar hoofd tillen en haar met zachte handen, tedere woorden en een vriendelijke glimlach naar een schaduwrijke, afgezonderde plek voeren. Niet om te vrijen, maar om aan de strelingen en spelletjes te beginnen die, wanneer de nacht vele uren later inviel, zou leiden tot een versmelting. Tanne zou dat begrijpen. Sjögren daarentegen had het over koffieplanten, werkkrachten en een prijs van vijfendertig pond per hectare.

Ik vestigde me op Sjögrens plantage Swedo. De lucht was helder en elke ochtend lokten de bergtoppen van Ngong. De wolken dreven tegen de bergrug aan, werden regenbuien of verdwenen in westelijke richting naar Great Rift Valley met zijn droge, hete laagvlakte, uitgedroogde rivierbeddingen en zoutmeren.

Sjögren wees op de bloeiende witte koffiestruiken, wroette met een spade in de grond en sprak over vruchtbaarheid. Ik probeerde naar hem te luisteren, maar hoorde vogelzang en de kreten van vrouwen vanaf lapjes grond. Mijn blik gleed over de struiken naar de rand van het bos, klom vervolgens omhoog naar de bergrug en slingerde zeer afgeleid verder. 'Je luistert niet!' schold Sjögren en hij liep naar huis. Ik riep hem na dat ik in deze streek al beter de weg wist dan hij. Hij riep terug dat die vaardigheid me geen geld op de bank opleverde.

Op een vroege ochtend stond ik, samen met mijn net aangenomen buksdrager Juma, een kudde buffels te bestuderen die van de berghelling af kwam. De dieren waren donker en massief, de eerste zonnestralen glommen in hun vochtige neusgaten en damp sloeg van hun warme lichamen af. Toen ze ons in de gaten kregen, stokten hun bewegingen en geluiden. Ze bleven allemaal staan met hun kop in onze richting. Ik koos een stier uit. Toen het schot afging, was het alsof de hele kudde getroffen werd. Hun hoeven denderden de helling af, kalveren struikelden, vielen, stonden op en renden verder. De stier maakte nog een sprong, landde op zijn neus, maar probeerde met de tong uitgestrekt naar zijn wegvluchtende koeien op te staan. Daarna zakte hij dood in elkaar. Voedsel voor Sjögrens arbeiders.

Ik liep verder omhoog en volgde het dierenpad tot boven op de bergrug. Beneden aan de andere kant waren een paar grote elandantilopen vredig aan het grazen. Ze hadden het schot niet gehoord. Ik ging zitten en bekeek het diepe dal dat door Oost-Afrika loopt. Het was stil, de wind rukte aan mijn jas en helemaal beneden zag ik een paar in het rood geklede Masai hun vee opdrijven. Het hele dal riep mij. Niets anders was belangrijk. Tanne zou het begrijpen.

Ik was op jacht toen het telegram van oom Aage Westenholz kwam. 'Kopen', stond erin. Mijn nieuwe vrienden Emil Holmberg en Ture Rundgren, die me op een jachtexpeditie hadden meegenomen, spoorden me aan naar Swedo te rijden en de plantage van Sjögren te kopen. Ze deden dat waarschijnlijk meer vanuit de wens om van me af te komen – ze konden niet uitstaan dat ik gezond was – dan uit bezorgdheid over mijn zaken. Zelf had ik er de voorkeur aan gegeven om te blijven jagen.

Rundgren had vlak voor de jacht waardevolle stukken grond rond Kakuru verspeeld. Toen ik hen verliet, ijlde hij van de koorts en hij had last van waterpokken, keelontsteking en waarschijnlijk malaria. Toch ging hij koppig door met zijn pogingen om vanuit zijn tent apen neer te schieten. Holmberg, die in een iets betere conditie verkeerde, liep haastig op de tast met een blinddoek voor zijn ogen door het kamp. Hij had een zonnesteek opgelopen en last van diarree. Verder werd hij geplaagd door bezorgdheid of zijn daadkrachtige echtgenote Olga zich met een andere man vermaakte. Zelf at ik niet alleen mijn eigen, maar ook hun bord leeg en was van zonsopgang tot zonsondergang samen met Juma en spoorzoeker Kongoni aan het jagen. Rundgrens grappenmakerij werd avontuurlijk toen hij bij mijn vertrek met scherp op me schoot.

Onderweg naar huis kwam ik een leeuwin tegen. Ik had haar door mijn kijker al van verre gezien, was van mijn paard gestapt en naar haar toe geslopen. Nu ik, al kruipend, haar weer in het zicht kreeg, bleek ze tot mijn verrassing zeer dichtbij. Zij was ook op mij af geslopen. Ik zocht dekking achter doornige struiken en maakte een omtrekkende beweging om haar van opzij te benaderen. Opnieuw kwamen we oog in oog met elkaar te staan; zij aarzelde of ze zou aanvallen, ik of ik zou schieten. Toen ik voelde dat er onwillekeurig een glimlach op mijn lippen verscheen, wendde zij gegeneerd haar kop af en liet ze niet alleen haar keel maar ook haar schoft zien. Net voordat het schot zou afgaan, nam ze een sprong en weg was ze. Toen ik weer op de rug van mijn paard zat, barstte ik uit in gezang.

De maanden die daarop volgden hadden mijn liefde voor Afrika bijna de nek omgedraaid. Ik verlangde naar de jacht en de wildernis, maar was gebonden aan de aarde en de teelt. De plantage, die ik de naam Mbagathi had gegeven, werd mijn kazerne, met harde en veeleisende verplichtingen. Elke ochtend moest ik mezelf tot verantwoordelijkheid ranselen, ik reed, liep en rende met hoofdpijn. Ik had maar één gedachte in mijn hoofd: niet opgeven, de plantage tot ontwikkeling brengen en er een rijke opbrengst uit halen, ervoor zorgen dat de basis voor een succesvol landbouwbedrijf was gelegd voordat Tanne arriveerde. De plantage zou een rijker, completer mens van mij maken. Die zou een deel van mijn komende 'grootsheid' worden. Ik wilde echt verantwoordelijkheid nemen.

Voordat de koop rond was, zat ik wekenlang met Sjögren aan een bureau vol contracten. Ik kreeg er doorligwonden van en mijn achterste zag eruit als dat van een baviaan. Rundgren en Holmberg, die tijdelijk was opgeknapt, kwamen me opzoeken en zaten op de veranda van mijn frustratie te genieten. Rundgren probeerde me over te halen tot spelletjes en dwaasheden in het Norfolk, of tot de jacht op neushoorns in het manshoge gras. Holmberg gaf goede adviezen over de koffiestruiken, waardoor ik inzag dat hij beter de zorg voor de plantage op zich kon nemen.

Toen het financiële en juridische gedeelte achter de rug was, bleef het praktische nog over: mensen aannemen, bos rooien en koffiestruiken planten. Als ik me toen de reikwijdte had gerealiseerd van de inspanningen die ik voor de boeg had, was ik er vandoor gegaan. Ook verantwoordelijkheid heeft een uiterste prijs. Niets ter wereld zou mij ertoe kunnen brengen hetzelfde nog eens door te maken.

Nietsvermoedend reed ik naar het dorp van Kikuyu-stamhoofd Kinanjui. Ik groette beleefd, overhandigde enkele geschenken en vroeg of hij me kon helpen aan tweehonderd arbeiders om bos te rooien. Hij nodigde me uit om te gaan zitten, ik dronk zijn smerig smakende bier, converseerde over onze afwijkende kleding en na een paar uur stilte in de schaduw onder een boom was hij bereid om te bespreken waar en wanneer we met de onderhandelingen konden beginnen. Geschokt over het omstandige van de procedure keerde ik in galop terug naar huis en vroeg Holmberg, die op de veranda zijn *sundowner* zat te drinken, of die onderhandelingen echt een paar dagen moesten duren. Hij lachte en zei dat hij nog niet eerder had gehoord dat iemand een paar dagen over iets dergelijks deed. Meestal duurde het minstens een paar maanden of misschien een half jaar.

Toen besloot ik van tactiek te veranderen. Als een onderhandelingspotje zo lang tijd nodig had om te koken, was het belangrijk dat ik zo veel mogelijk potjes op het vuur had staan, zodat – wanneer de tijd rijp was – er verschillende groepen arbeiders ongeveer op hetzelfde tijdstip op de been konden worden gebracht. Ik begon met de aanschaf van een fiets (zowel blanken als negers lachten me uit) en trapte in de omgeving rond om met lokale stamhoofden te praten. Om tijd te besparen fietste ik snel en ik joeg zowel het wild als de mensen de stuipen op het lijf. Ik viel om in modderpoelen, takken schaafden mijn gezicht en armen, in kuilen sloeg het zadel tegen mijn achterste met de kracht van een vlegel en wanneer de weg steeg, rende ik naast mijn fiets om geen tijd te verliezen. Na een paar dagen scheelde het niet veel of ik was zowel mijn milt als Farah kwijtgeraakt. Ik had hem opdracht gegeven achter de fiets aan te rennen, maar dat weigerde hij. Wanneer ik dan zwetend en uitgeput in een dorp arriveerde, kon ik nog geen gesprek beginnen omdat hij pas een paar uur later rustig aan kwam kuieren. Ik dreigde hem met de zweep, maar hij antwoordde dat hij noch ik iets over de tijd te zeggen had. 'U leeft morgen misschien ook nog wel, *bwana*', zei hij en hij liet me staan alsof ik een hysterisch kind was.

In plaats van hem uit te schelden vroeg ik hem om advies. Hij antwoordde dat het idee om veel stamhoofden te benaderen goed was als ik veel arbeiders wilde hebben. Maar geen mens kan op verschillende plaatsen tegelijkertijd zijn. Ik moest leren dat onderhandelingen en besluiten hun eigen leven leiden en hun eigen afgepaste tijd hebben die door geen mens te beïnvloeden is. Wanneer de tijd is gekomen, dan is dat zo. Niet eerder en ook niet later.

We liepen naar Fort Hall (een mars van enkele dagen) en de onderhandelingen met de Kikuyu-elite daar leefden bijna een maand lang hun eigen leven. Het leverde me niets op, maar de stamhoofden keken geamuseerd naar mijn geschenken en genoten schaamteloos van de moeizame discussies. Een van hen zei waarderend dat hij liever met mij onderhandelde dan dat hij met zijn jongste echtgenote naar bed ging. 'Dit duurt ook langer', zei hij en hij lachte zijn schamele rijtje tanden bloot. Als ik een week langer bleef, mocht ik haar wel een paar nachten lenen, bood hij aan.

Op een nacht werd ik met koude rillingen wakker. Ik dacht eerst dat ik malaria had, maar de symptomen bleken op puur ongeduld te berusten. Ik vertrok vroeg in de ochtend en liep naar Embu. Tijdens de lange dagmars (veertig kilometer) hoorde ik voor het eerst hoe de negers mij in hun taal noemden. 'Wahoga'. Ongerust informeerde ik naar de betekenis daarvan. Vele Europeanen hadden mij al gewaarschuwd: op de dag dat je erachter komt hoe de negers je noemen, leer je iets over jezelf.

Wahoga, de wilde eend. Niemand wilde het uitleggen. Ik weet dat ik waggel als ik loop, ik voel me prettig aan oevers, ik blijf nooit ergens. De wilde eend is vreedzaam en verdwijnt even snel als hij is gekomen. Hij doet ons denken aan een verdrietig afscheid, aan vrienden die zich ver weg bevinden. De eerste avond in Embu dacht ik veel aan Näsbyholm. Ik was een wilde eend die ernaar verlangde het bekende te verlaten en naar het onbekende te vertrekken.

In Embu wekten we koning Kombo uit zijn decennialange halfslaap en vleiden hem door te zeggen dat hij vermoedelijk de enige was die binnen niet meer dan een week minstens tweehonderd man op de been kon brengen. Hij knipperde slaapdronken met zijn ogen en gaf met een sluwe glimlach aan dat hij een maand moeizaam onderhandelen niet wilde missen. Mijn geduld was echter op. Ik ging naar districtscommissaris Tudor Qwen en vroeg hem of hij met kille dreigementen wilde helpen. Ik heb Tanne nooit verteld wat we deden. Het bleef niet bij dreigende woorden alleen: de loop van een buks werd tegen slapen gezet, de ruggen van jonge mannen werden met de zweep bewerkt en Kombo zelf moest de schande ondergaan om als een schooljongen te worden behandeld en in het bijzijn van zijn meest capabele morans met de dood te worden bedreigd.

Ik kreeg mijn mannen, en een opspelend geweten.

Op de terugweg liet ik de slingerende weg Embu-Fort Hall-Thika-Nairobi (die bijna een week kostte) links liggen en koos in plaats daarvan de kortste route naar huis over de wegloze vlakte. Drie dagen in de stekende zon. We sliepen gewoon op de grond, met wilde dieren die rond ons nachtelijk kamp neusden. Roofdieren, olifanten, neushoorns en buffels dwongen ons tot voorzichtigheid en ik dacht aan niets anders dan aan water en hotelbedden. Het was onwaardig. Ik hield heel veel van dit landschap, maar had er een even grote hekel aan om het als een transportterrein te gebruiken. De dieren werden lastig, de nachten oneindige zwarte gaten, de zon werd een vuur en de vegetatie wierp onnodige hindernissen op.

Voor het eerst hield ik een marstempo aan dat mijn inlandse metgezellen afbeulde. Toen we aankwamen, waren ze allemaal in slechtere fysieke conditie dan ik.

In Afrika verblijven maakte mij gelukkig. Afrika gebruiken maakte mij ongelukkig. Het geduld van Afrikanen tijdens een safari was fantastisch. Bij onderhandelingen een marteling. Het kostte tijd om te leren wat belangrijk en wat onbelangrijk was.

In razernij zwierf ik van het ene stamhoofd naar het andere. Ik leerde om mijn paniek in een milde glimlach te laten wegstromen, ik sprak over vee en de maïsteelt terwijl ik aan in lange rijen opgestelde arbeiders dacht. Ik heb niet eerder zo veel mensen mijn achting en respect betuigd als in die maanden. Maar in gedachten was ik altijd ergens anders.

Toen ik weer eens bij het vuur voor zijn huis zat, zei Kinanjui: 'Wahoga, je gedachten zijn niet op de plek waar je zit. Je bent in tweeën gesplitst en je wilt de gedachten van mijn volk in tweeën splitsen.'

Ik vroeg hem wat hij bedoelde. Hij antwoordde met de tegenvraag waarom zijn mannen moesten meehelpen aan het rooien van bos op mijn plantage. Ze leefden in hun dorp en wilden geen wortelstronken uitgraven uit grond die hun was afgenomen. Ik antwoordde dat ze betaald kregen, in geld, waarvoor ze dingen konden kopen. Ze hoefden niets te kopen, vervolgde hij. Als ze iets uit de *dukka* van de Indiërs nodig hadden, ruilden ze dat tegen maïs of vlees. Het enige waarvoor ze mijn geld konden gebruiken was voor het betalen van de hutbelasting die hun door de Engelsen was opgelegd.

'We hebben jullie als gasten in ons land ontvangen. De Masai en de Nandi zijn de enigen die geprobeerd hebben jullie weg te jagen. Jullie beantwoorden onze gastvrijheid met het aanbod voor jullie te werken zodat we de belasting kunnen betalen die jullie ons hebben opgelegd. Mijn volk is een volk van dienaren geworden. Wahoga, leef met ons, jaag met ons, maar probeer niet onze gedachten in twee verschillende werelden te laten leven. Dan zijn we geen Kikuyu meer.'

Zijn woorden troffen mij onaangenaam.

Op een ochtend in september stond ik tijdens zonsopgang te kijken hoe een leger mensen het bos in liep. Ik was boven verwachting geslaagd. Toen twaalf uur later ruim duizend personen het terrein verlieten, was een deel van het bos weg. Daar liep nu twee span ossen die slingerende voren ploegden in de maagdelijke grond. Negers begrepen het principe van de rechte lijn niet.

Ik nam de beste voorman in dienst die er in heel Afrika te krijgen was, Åke Bursell heette hij, ik verbouwde het huis, legde aan de achterkant een tuin aan en ik bestelde rails om een spoorweg naar Nairobi aan te leggen zodat het hout uit het bos zijn afnemers kon bereiken. Nu ik toch bezig was, kocht ik ook extra grond aan de overkant van de Mbagathi-rivier en legde vanuit de rivier een waterleiding aan naar de plantage. Dat kostte zo veel geld dat oom Aage in zijn brieven gedachten begon te opperen over de gulden middenweg. Maar hoe moet je investeren zonder ergens geld in te steken?

De vrouwelijke arbeiders betaalde ik in de vorm van hout dat ze uit het overgebleven bos mochten halen – zo werd dat ook meteen gerooid. Sjögren moest lachen om mijn list, maar in de ogen van de vrouwen zag ik de woorden van Kinanjui over het splitsen van je gedachten weerspiegeld. Ik temperde mijn eigen onlustgevoelens door hun extra grote porties maïs te geven en liet hen naar huis gaan toen ze klaar waren met het werk van die dag.

Ik heb mezelf nooit zo hard aangepakt als in die eerste tijd in Oost-Afrika. En nooit ben ik door zo veel zelfingenomen en harteloze mensen zo geprezen. De weg der deugd voerde me in de armen van elke spelbreker in Nairobi. Deugd deed pijn, leerde ik, deugd leidde tot harde vuisten, zowel op de wegduikende hoofden van de jonge Kikuyu als op de gebogen ruggen van de vrouwen. Mijn gedachten gingen nauwelijks meer in twee richtingen. Het bestaan werd eenzijdig gefilterd door aantekeningen in kasboeken; elke boom werd door mijn ogen in geld getaxeerd en elke dauwfrisse dageraad betekende een nieuwe kans op investeringen en inkomsten. Zelfs Sjögren opperde dat ik een vrije dag moest nemen. Waarschijnlijk was ik bij de drinkebroers in het Norfolk nauwelijks welkom meer. Aan jagen viel niet te denken. Ik was bang geworden voor de wildernis. Die bedreigde mijn hele project. Plichtgevoel zat als een klem om mijn slapen.

Nu ging het er alleen maar om dat die verrekte struiken ook koffie opleverden! De kramp in mijn schouders en buik trok pas weg toen ik besloot dat de struiken nu naar beste vermogen mochten groeien, bloeien en vrucht dragen. Het lag buiten mijn macht om ze daartoe te dwingen. Ik legde alles in de almachtige handen van Bursell en nam een dag vrij om langzaam naar Nairobi te trekken. In het Norfolk herkenden ze me nog. Het was ontroerend om te merken hoe blij ze waren om mij weer te zien. In de bar schoten we op schietschijven, we leegden een kist gin en ik kreeg die nacht het mooiste Kikuyu-meisje.

Diezelfde dag verliet Tanne Denemarken.

8

Toen het witte schip aanlegde op de rede in de haven van Mombasa was al mijn nervositeit verdwenen. Mijn lichaam voelde licht en had zin om in beweging te komen. Mijn gedachten waren geconcentreerd op het enige wat van belang was: Tanne was in Afrika en het continent zou zich weer voor mij openen, ditmaal via haar ogen. Samen zouden we zonder beperkingen leven. Weg waren de zorgen over de plantage. Bursell, die de koffiestruiken verzorgde met een toewijding alsof het zijn eigen nageslacht betrof, had alle verantwoordelijkheid daarvoor overgenomen. Een plantage runnen was voor hem een instinct dat even sterk was als de voortplantingsdrift en even verkwikkend als een nacht goed slapen.

Een Arabische jongeling peddelde mij naar het schip. Toen het anker rammelend naar de bodem schoot, deinde onze kano al langszij. Ik ving een glimp op van Tanne op het dek. Ze zag er klein en broos uit zoals ze daar omringd door lange, stevige mannen met grote tropenhelmen stond te wuiven.

Er zijn momenten waarop je zo gelukkig en verwachtingsvol bent dat de scherpte van je gezichtsvermogen erdoor wordt beïnvloed. Ik kreeg een beperkt blikveld, alsof ik alles van een afstand door een kijker zag. Hoe ik ook mijn best deed, het lukte me niet om het triviale van de situatie in te zien. Ik wilde dat onze hereniging een alledaags stempel zou krijgen, dat mijn ontmoeting met Tanne een gebeurtenis in de werkelijkheid zou worden. Anders zou ze misschien haar geldigheid verliezen, veranderen in een dagdroom. Maar dat lukte niet. Toch was niet ik degene die door een geluksroes bezeten was; het waren de oever, de stad, het schip en de kano die het contact met het aards fundament hadden verbroken en in de vochtige, hete wind zweefden. De golfslag van de zee, de kano die op en neer dobberde naast het witte schip, de vonkende zon, onze aanstaande hereniging, het bevond zich allemaal in een eigen wereld. Het voelde als leven in een verhaal.

Omdat ze een paar keer malaria had gehad, was ze bleek en mager, maar haar gelaatstrekken zaten vol energie. Ik rende de loopplank op en ademde de sterke geuren van verf, terpentine en zilte zee in. Een zonnestraal sneed over de scheepsromp en binnenin klonken een paar doffe bonzen. Op het dek bleef ik een paar meter bij haar vandaan staan. Zo hetzelfde, en toch een ander mens, meer vrouw dan meisje. Haar kleding was zoals gewoonlijk opvallend elegant. Ik zou kunnen zeggen dat haar gezicht me tegemoet straalde, ware het niet dat ze spottend glimlachte.

Naast haar stond prins Wilhelm, die ons op Näsbyholm bezocht had en bij een paar jachtpartijen schoten had gemist. Vlak achter hem stond zijn adjudant, graaf Gustaf Lewenhaupt, en een man die uit een stuk graniet gegoten was: de Duitse generaal Von Lettow. Tanne was omringd door mannen, precies zoals ze het wilde, maar ik was de primitieve trekker uit de wildernis.

Ik kuste haar, tilde haar op, maakte een gebaar naar het voor haar vreemde continent en zei met een lach, om niet al te sentimenteel over te komen: ‘Dit wil ik je allemaal schenken!’

Onze begroetingsceremonie werd beëindigd doordat prins Wilhelm humde en hoestte en zijn ledematen in een vreemde choreografie bewoog, ondertussen zijn blijdschap uitend over het feit dat hij me zag. Toen ik Von Lettow begroette, probeerde ik zijn vuist fijn te knijpen. Het duurde een uur voordat de pijn uit mijn hand was verdwenen.

In gezelschap van prins Wilhelm gingen we aan land. Districtscommissaris Hobley had een boot gezonden om hem conform zijn stand aan land te brengen. Wij werden uitgenodigd mee te gaan. De prins, die buitenproportioneel lang en mager was, zat met zijn knokige knieën ter hoogte van zijn hoofd op een bank geperst. Zijn langgerekte, uitgemergelde lichaam leek echter eerder taai dan breekbaar. Hij bewoog zich verrassend gemakkelijk en soepel. 'Het is warm', was het enige wat hij zei. Ik vroeg hem recht op de man af of hij de volgende dag getuige wilde zijn bij ons huwelijk. Ik zei ook hij het vast wel goed zou vinden als we al vandaag onze huwelijksnacht in de Mombasa Club zouden doorbrengen, dus voorafgaand aan de huwelijksvoltrekking. 'Wat betreft het samenleven van man en vrouw doet men in Afrika een beetje zijn eigen zin', legde ik uit.

De prins keek geamuseerd, maar zijn lange ledematen begonnen in het vooronder van het bootje nerveus te bewegen. Eerst wierp hij Tanne een zijdelingse blik toe, daarna Lewenhaupt en de anderen, waarna hij zijn stem op gang humde als een moeilijk startende automotor. Toen Tanne zei dat het op die geëmancipeerde manier leuker was en de anderen lachend instemden, beloofde de prins dat hij de volgende dag om elf uur zou komen. 'Het is misschien niet zo belangrijk in welke volgorde het gebeurt', mompelde hij, en met deze koninklijke ruimdenkendheid maakte hij het gezelschap hysterisch aan het lachen.

'Hier in Afrika zijn we geen slaven van ouderwetse regels en gewoontes. Hier scheppen we onze eigen levens', verklaarde Tanne vlak voordat ze voor het eerst voet op het continent zou zetten. 'Bror en ik gaan van ons bestaan samen een groot kunstwerk scheppen.'

Ik hield mijn adem in toen Tanne haar eerste stappen aan land zette. We bleven staan en keken omhoog naar een paar palmen waarvan de grote bladeren knisperden in de wind. Een notie van geluk en verdriet ging als een windvlaag over het landschap. Toen het koninklijk gezelschap ons gadesloeg, zag het eruit als een horde verrukte jongetjes die een verboden avontuur beleefde.

In mijn herinnering is Tanne die eerste dag meer een ragfijne geest dan een vrouw van vlees en bloed. Van de mannen heb ik meer beeld. Op de een of andere manier was het toch haar aanwezigheid die contour en karakter aan hen gaf.

Tanne stond erop dat we 's avonds zouden dineren met generaal Von Lettow. Hij zou de volgende dag al doorreizen naar Dar-es-Salaam om het bevel over de Duitse troepen daar over te nemen. We zaten op de veranda van de Mombasa Club en namen ieder een sundowner. Von Lettow nam er drie. Ik kreeg sterk de indruk dat ik vergeleken, bekeken en gewogen werd, maar ik was vastbesloten mijn eigen maatstaf te zijn.

De vochtige hitte werd wat verlicht toen er een bries van zee opstak. Niettemin had Von Lettow de zweetdruppels op het brede voorhoofd staan. Tanne daarentegen, die net zomin aan het klimaat gewend was, leek geen last te hebben van de warmte.

Als men Von Lettow rauwe neushoorn en schijfjes cactus had voorgezet, had hij ze ook opgegeten. Zijn kin, nek, de manier waarop hij zijn eten kauwde, alles wekte een immense indruk van energie en onverzettelijkheid. Daar kwam bij dat hij hoffelijk was en van veel dingen iets wist. Tanne onderhield hem over de meest uiteenlopende onderwerpen. Wat haar het meest interesseerde (ze leken daarover eerder gediscussieerd te hebben), was een vergelijking van de Engelse en Duitse mentaliteit. Ik probeerde aan het gesprek deel te nemen, maar vond geen ingang in Von Lettows wereld van orde en principes. Toen ik zo levendig mogelijk over mijn mislukte fietstochten naar diverse Kikuyu-stamhoofden vertelde, was zijn korte commentaar dat ik eigenlijk zelf had moeten lopen of me in een draagstoel had moeten laten vervoeren. Efficiency, discipline en waardigheid leverden het beste resultaat op. Von Lettow zou van Tanganyika binnen een jaar een Pruisen kunnen maken.

Om negen uur 's avonds stond hij snel op, klapte zijn hakken tegen elkaar, nam afscheid en verdween in de tropennacht. Tanne en ik wisten geen van beiden waar hij logeerde of hoe hij daarheen ging. Je moest medelijden hebben met degene die het in zijn hoofd haalde hem in het donker te overvallen.

'Wat vind je van hem?' vroeg Tanne. Ik legde uit dat ik hem als vriend noch als vijand zou willen. Tanne zweeg een poosje. Toen zei ze: 'Die man heeft alles – behalve humor.'

We verplaatsten ons naar een ander deel van de veranda, waar prins Wilhelm en zijn gevolg samen met Åke Sjögren en MacMillan zaten te pimpelen. De laatstgenoemden waren naar Mombasa gekomen om het Zweedse gezelschap in het privétreinstel van de gouverneur naar Nairobi te brengen. MacMillan bralde over echtelijk geluk en maakte grappen over onze huwelijksnacht. Prins Wilhelm, die er naast MacMillans tweehonderd kilo nog magerder uitzag, zat bleek te glimlachen in een rieten stoel en maakte Tanne voorzichtige complimenten.

Tanne was echter moe. Met een elegant gebaar, dat voor velerlei uitleg vatbaar was, liet ze merken dat ze wilde dat we ons zouden terugtrekken. Terwijl de mannen applaudisseerden, tilde ik haar op en droeg haar naar onze bruidssuite. 'Ik hou van al die mannen,' zei Tanne, 'maar ik zou het liefst met jou alleen in de wildernis willen zijn.'

We gingen in het donker naar bed en deden geen licht aan. De ramen aan de zeekant stonden open en de dunne gordijnen wapperden in de duistere nacht. Het witte muskietennet rond het tweepersoonsbed was reusachtig, als een uit de stof van bruidsjurken genaaid, licht kathedraaltje. We zeiden niets, gingen dicht tegen elkaar aan in bed liggen en hielden elkaars hand vast. Zij ging met haar vingers in een zegenend gebaar over mijn gezicht en legde haar handpalm op mijn borst. Het was geen begeerte, speelsheid of passie die we voelden, het was solemniteit en ernst. Toen we vreeën was dat een rite, een passage naar een huwelijk waarin man en vrouw verenigd werden in een verbond dat verder ging dan verliefdheid en erotische extase.

Na afloop zei ze heel serieus: 'We hebben nu een pact. Beloof me dat je altijd, altijd naar mij en ons huwelijk terugkeert.' Dat beloofde ik.

Urenlang lagen we met elkaar te fluisteren. We lagen halfnaakt in de warmte en Tannes stem kreeg die koortsachtige energie die elke repliek tot een springplank voor de fantasie maakte. De treurigheid van Rungstedlund werd een komedie, evenals het verwarde bezoek aan Näsbyholm, waar mijn familie niet wist hoe ze haar moest behandelen. In enkele droge bewoordingen noemde ze plichtmatig twee korte ontmoetingen met Hans. Terwijl ze geeuwend onder het laken in elkaar kroop, vertelde ze over de goedmoedige verwarring van prins Wilhelm en Von Lettows onwrikbare uiteenzettingen over troepenverplaatsingen op het slagveld en in de menselijke ziel. De vrouwen op het schip hadden de beide mannen respectievelijk met moederlijke zorg en vrouwelijk beven behandeld. Zelf had ze Von Lettow beloofd dat ze goede paarden voor hem zou regelen.

Uiteindelijk vielen we ieder aan onze eigen kant van het grote tweepersoonsbed in slaap.

De huwelijksvoltrekking zelf was een farce. We wekten prins Wilhelm en Gustaf Lewenhaupt om kwart voor elf en ze kwamen wankelend naar buiten, moe en met een kater na de nacht met Sjögren en MacMillan. Met tegenzin volgden ze ons naar het kantoor van de districtscommissaris aan de overkant van de straat. Ze waren verblind en hulpeloos door het sterke zonlicht midden op de dag, en we moesten hen in Hobleys aftandse kantoor naar binnen leiden. Aan de muren van smerige kalk waren de koppen van slecht opgezette dieren vastgespijkerd. Twee antilopen staken hun tong naar ons uit, een luipaard staarde verschrikt naar de deur en er hing een leeuwenkop die nog het meest weg had van een baviaan. Hobley zelf was er beroerd aan toe, vies en vuil en niet geheel nuchter. Hij was net zo mager als de prins, maar slechts half zo lang.

Met de voor een alcoholist typerende hoog opgetrokken knieën stapte hij naar het tafeltje waarop een onbruikbare pen en een vel papier lagen. Hij staarde ons een poosje verwonderd aan en vroeg of we wisten wat we hier kwamen doen. Ik legde uit dat we er volledig van overtuigd waren dat we in de echt zouden worden verbonden. Toen ik de getuigen voorstelde, met titels en al, en mijzelf als baron Von Blixen-Finecke, deed hij zijn mond open, liet vier hoektanden zien en begon bulderend te lachen. Hij dacht dat die titels een grap waren en was blijkbaar vergeten dat hij de vorige dag een boot had gestuurd om de Zweedse prins op te halen. Toen hij tot bedaren was gekomen, vroeg hij wie van ons met 'de prinses' zou gaan trouwen. Ik stapte naar voren en zei opnieuw onze namen, maar hij schudde slechts zijn hoofd: zulke moeilijke namen kon je niet in de echt verbinden. Ik begon te onderhandelen om tot een compromis te komen. Als hij de huwelijksformuleringen oplas, zou ik de juiste namen invullen. Dat werkte en na enkele minuten was de ceremonie achter de rug. Tanne verraste ons door naar Hobley toe te stappen en hem plechtig te bedanken voor de originele huwelijksvoltrekking. Hij dacht dat ze hem bespotte en joeg ons als een toom kippen de deur uit. Eenmaal weer buiten in het verblindende zonlicht vielen we elkaar lachend om de nek. Prins Wilhelm keek heel gelukkig.

'S Middags pakten we al onze spullen bij elkaar en vertrokken naar het station, waar het treinstel van de gouverneur op ons wachtte. MacMillan had het keukentreinstel dat zijn persoonlijk eigendom was aan de trein laten aankoppelen en zijn keukenpersoneel zwierf gekleed in witte schorten over het hele stationsterrein. Tanne en ik, Åke Sjögren, MacMillan en de prins klosten de wagon van de gouverneur binnen als een klas op schoolreis.

Na een paar uur viel iedereen in slaap. Toen ik wakker werd, zag ik dat Tanne klaarwakker was. Haar grote ogen gingen nieuwsgierig heen en weer van het landschap buiten naar de mannen die overal verspreid in de coupé lagen te snurken. De trein schudde, piepte en rammelde. Prins Wilhelms ene arm hing naar beneden en bewoog mee met de trein. MacMillans dikke wangen vibreerden bij elke raillas. Sjögrens gesnurk schoot de lucht in.

Tannes blik gleed over grote uitgestrektheden. Ik bestudeerde haar stiekem en zag hoe kleine veranderingen op haar gezicht grote emoties verrieden: alles was mogelijk, het verleden en de toekomst tuimelden rond in één groot compact nu.

Het wild begon op de vlaktes te verschijnen. Hier en daar passeerde de trein dorpen waar de mensen vuurtjes aan het stoken waren. Volwassenen staken groetend hun hand op, terwijl de kinderen schreeuwend en zwaaiend langs het spoor renden. In het westen stond de hemel in brand en zette de coupé in een vuurgele gloed. Tanne kroop als een klein meisje bij het raam in elkaar. De stilte van het landschap boezemde rust en devotie in. Zo had de wereld er altijd uitgezien. Hier bestond een bestendigheid die hoopvol was.

Ik nam de slapende mannen op. Wij vormden een groep mensen die een nieuw continent innam op de manier waarop kinderen een pas geopende kermis op rennen. Het verleden was merkwaardig betekenisloos en de toekomst kwam ons elke seconde tegemoet. Alles lag in onze eigen handen. We hadden geen idee in hoeverre onze verantwoordelijkheid onoverzienbaar groot was of niet verder ging dan ons eigen welbevinden.

Ik ging rechtop zitten en fluisterde: 'Tanne, we kunnen gewoon doen wat we willen.' Ze knikte en antwoordde: 'Er zijn geen beperkingen in welke richting dan ook.' Ik kroop tegen haar aan en begon de dieren te noemen die in de zonsondergang in steeds grotere getale op de vlaktes verschenen.

Zoals onder de Europeanen in Oost-Afrika de gewoonte was, nuttigden we het bruiloftsmaal in nachtgoed. De pyjama van prins Wilhelm fladderde in de tocht van de open ramen en MacMillan verscheen in een wit nachthemd – het leek net of zijn hoofd boven op een tent was geplaatst. Waar hij zich ook bevond, het werd altijd dringen.

De in rokkostuum geklede negerbedienden serveerden lekkernijen die ik sinds mijn vertrek uit Europa niet meer gezien had. Sjögren schoot de champagnekurken recht de wildernis in, daverend gelach zwol aan en ebde weg en iedereen greep naar zijn glas. Opeens vroeg ik me af waar Tanne was. De anderen waren al even verwonderd als ik.

Ze had vast staan wachten totdat we haar zouden missen. Net toen we naar dat deel van het treinstel wilden gaan waar we ons allemaal in een paar kleinere coupés hadden omgekleed, kwam ze tevoorschijn. Ze was gekleed in een diep gedecolleteerd nachthemd en liep op blote voeten naar ons toe. Zonder schoenen werd haar lopen zacht en intiem, vrouwelijk maar tegelijkertijd vervuld van een kinderlijke onschuld. Het was een gebaar van vertrouwen in de mannelijke groep en wij beantwoordden dat vertrouwen door haar te accepteren als een kostbaar sieraad. Ik had haar niet eerder zo begeerlijk gezien. Haar blanke, mooie voeten waren het geopenbaarde geheim van de avond, heerlijk shockerend in vergelijking met alle openstaande gulpen in de pyjamabroeken. Haar voeten waren voor ons reden om onze luidruchtige omgang te temperen en wat beschaafdere vormen te laten aannemen.

Haar luchtige kleding maakte dat ik begon te letten op de negerbedienden. Ik was benieuwd naar hun reactie en zag achter hun doodse blikken complete verwarring. Waar ze ook keken, overal zagen ze heren in shockerende privé-uitmonstering terwijl zijzelf ondertussen waren opgedoft in de feestkleding van een blanke. In hun gezichten zag ik bobbelige lapjes grond, ik zag vlaktes met dieren en rokerige hutjes met de zure geuren van oud voedsel en excrementen.

Het feit dat ik hen opnam, schiep nog meer onrust onder hen; alsof ik hen beschuldigde van stiekem kijken naar iets verbodens. Ik boog me voorover en vroeg fluisterend aan Tanne wat zij dacht dat de inlanders vonden van ons huwelijksfeest. 'Ze vinden het leuk', antwoordde ze zonder aarzeling. 'Ze zien dat het leven voor ons geen beperkingen kent.' Ik antwoordde dat ik dacht dat ze het angstaanjagend vonden dat de blanke zo grillig en ongecontroleerd was.

We aten en dronken en de nacht werd steeds donkerder. Toen MacMillan het teken gaf dat de tafel kon worden afgeruimd, stond Tanne op om te zeggen dat ze een wens had: ze wilde dat de bedienden de resten mochten opeten. Ook de inlanders mochten deel hebben aan haar huwelijksfeest. Haar wens werd gezien als een excentrieke gril onder invloed van champagne. Die beantwoordde waarschijnlijk aan het karakter van het feest. Tanne liep op blote voeten – uit nieuwsgierigheid ging ik mee – naar het keukentreinstel en nodigde de in rokkostuum geklede negers uit om te gaan zitten en van het voedsel te genieten. Voorzichtig namen ze plaats rond de kommen en schalen en bekeken het eten dat ze zojuist hadden geserveerd met andere ogen: kon je dat eten? Tanne beschreef de verschillende gerechten voor hen, spoorde hen aan om te proeven en volgde belangstellend hun eerste happen. Een van de bedienden schoot in de lach, een ander kon zijn afkeer niet verbergen en toen Tanne en ik in lachen uitbarstten om zijn afwijzende gezicht begonnen er steeds meer te praten, luisteren en met een ziende blik rond te kijken. Iemand informeerde zelfs naar de naam van een gerecht. Het bijzondere was dat Tanne hen bijna als gelijken behandelde, maar niettemin handelde met een vanzelfsprekende autoriteit die er geen twijfel over liet bestaan wie in het gezelschap de beslissingen nam.

De trein klom zwoegend omhoog naar de hooglanden en het werd steeds koeler in de coupé. Buiten scheen de maan. De vlaktes werden eigenaardig licht en de bossen en rotsen wierpen donkere schaduwen. De sterrenhemel brandde zoals die dat alleen in Afrika kan doen.

Voor de nacht verkleedde iedereen zich in omgekeerde volgorde: de pyjama's werden vervangen door gewone kleding. Ik had dekens en lakens meegenomen; slaapwagons waren er niet en iedereen bereidde zo goed als dat ging een slaapplek op de britsen.

Midden in Tsavo bleef de trein een half uur staan. Het

geluid van de jungle drong onmiddellijk door in de coupé. Krekels, nachtvogels, uilen en hyena's bevonden zich niet ver weg.

Tanne wilde naar buiten. In het licht van een stallantaarn liepen we een stukje bij de trein vandaan. Het was voor het eerst dat ze zich in de wildernis bewoog. Tanne ademde de geuren van de nacht diep in en luisterde met open mond naar alle geluiden. We spraken pas weer toen we op een heuveltje waren geklommen. Ik doofde de lantaarn. In de maneschijn zagen we het warme licht van de treinramen. Fluisterend vertelde ik over de '*man-eaters of Tsavo*'. Toen de spoorlijn werd aangelegd werden de Indische spoorwegarbeiders negen maanden lang elke nacht aangevallen door een paar mensenetende leeuwen. Hoe ze zich ook beschermden, de leeuwen vonden hen en sleepten elke nacht een paar van hen weg. Het werk lag drie weken stil, totdat een van de voormannen erin slaagde de leeuwen neer te schieten.

Terwijl ik beschreef hoe de reusachtige katten in de nacht kwamen aansluipen, wierp ik een steelse blik op Tanne. Niemand wist wanneer en waar hun dodelijke aanval zou plaatsvinden. In een bosje achter ons begon iets te ritselen – waarschijnlijk een kleine dikdikantilope – en Tanne keek me met een brede glimlach aan. Ze pakte mijn hand en we slenterden naar de trein terug.

We sliepen die nacht als landlopers. Tanne nestelde zich op een brits, ik spreidde op de grond een jas uit en vouwde een colbert op tot hoofdkussen. Ik sliep in met haar hand op mijn wang.

9

Farah had onze komst op de plantage voorbereid. Hij had me gevraagd of hij een kleine receptie mocht organiseren. Ik had nee geantwoord; dat was niet nodig. Tanne vond het echter een goed idee. Ze haalde me over mijn besluit te wijzigen.

Het liefst had ik gewild dat we de plantage alleen tegemoet zouden treden, dat we haar zwijgend en met bedachtzame stappen als een heiligdom zouden betreden. Zorgvuldig zou ik Tanne vertellen over het huis en haar elk afzonderlijk detail laten zien. Ik zou haar meenemen naar de tuin en de naaste omgeving. Nadat we hadden gegeten en gerust, zouden we naar de pas geplante koffiestruiken wandelen. Ik had gehoopt dat we samen over het terrein zouden rondstruinen om de plantage tot ons gemeenschappelijke territorium te maken.

Toen we na een rustige autoreis vanuit Nairobi, waarbij de koele lucht geleidelijk warmer werd en vervuld raakte van de geuren van bomen en struiken, Mbagathi naderden, hoorden we een lawaai alsof er een grote mensenmenigte op de been was. Bij de inrit naar het huis konden we noch het gebouw, noch de tuin of het open veld voor het huis zien. Het zicht werd volledig belemmerd door mensenlichamen. Iedereen die maar enige band met de plantage had, zat of stond rond het huis. Toen ze ons in de gaten kregen, deden ze er even het zwijgen toe en ze stonden allemaal op. Vervolgens brak er opnieuw lawaai uit, nu nog heftiger. De mensen schreeuwen en zongen, klapten in hun handen en stortten zich op ons.

Omdat er geen doorkomen aan was, moesten we ver van het huis uit de auto stappen. Ik werd kwaad en riep Farah. Met gepor en geklap met mijn neushoornzweep duwde ik degenen weg die al te opdringerig waren en ik schreeuwde tegen

Farah dat hij een eind aan het spektakel moest maken. Tanne stapte echter geheel onbevreesd uit de auto, legde haar hand op mijn arm en verzekerde me dat het allemaal 'fantastisch' was. Ze liep zo de rumoerige menigte stinkende lijven in en verdween tussen de negers; ik kon haar grote hoed nauwelijks meer onderscheiden. Ik perste me achter haar aan om ervoor te zorgen dat haar niets vervelends overkwam.

Wat ik zag was een wonder. Inlanders, die haar nooit eerder hadden gezien, aanbaden haar vanaf het moment dat ze voet op Mbagathi zette, ze raakten haar aan met hun handen en schreeuwden opgewonden tegen haar. Zij beantwoordde dit door met een soort goddelijke genade haar hand op vrouwen en kinderen te leggen. Het was alsof je een terugkerende profetes zag op wie iedereen gewacht had en van wie de legende beloofde dat ze zou komen als de tijd rijp was. Tanne ging met veel waardigheid en groot talent op in die rol.

Van mij trokken ze zich niets aan. Het werd leeg om me heen. Mij kenden ze, ik was iemand die ze vreesden en voor wie ze respect hadden; van Tanne hielden ze zonder te weten wie ze was.

Aangekomen bij het huis zei Tanne tegen mij dat ze een klein dankwoord wilde uitspreken. Ze wilde hun ook iets teruggeven. Wat kon ze hun aanbieden, vroeg ze me. 'Vlees', antwoordde Farah, die achter ons stond. Ze keek me smekend aan. Ik knikte.

Ze klom op een tafel en hield een verheven speech met zo'n intensiteit dat haar handen en benen ervan trilden. Ze sprak over het feit dat ze in een vreemd land was thuisgekomen en dat de bevolking van dat land haar grote liefde betoonde. Ze verklaarde dat we elkaar op de plantage allemaal toebehoorden, dat ze een deel van haar waren en dat zij een deel van hen was. Ze bedankte hen en beloofde dat ze hun over een paar dagen wild zou laten brengen dat haar goedhartige echtgenoot zou schieten. Ze keek er ook naar uit om hun huizen te bezoeken om te zien hoe ze leefden. Ze verzocht hun om nu het erf te verlaten, omdat ze moe was van haar lange reis en rust nodig had.

Het gejubel hield minutenlang aan. Tanne ging naar binnen en liet zich in een stoel zakken. Ze was zo uitgeput dat ze bijna in tranen was. 'Het is uniek!' fluisterde ze.

Tien minuten nadat ze haar speech had beëindigd, was het leeg en stil rond het woonhuis. Het heelal was over ons neergedaald. Met een glimlach rond zijn lippen stond Farah peinzend op de veranda in de richting van het Ngong-gebergte te kijken. En in de grote stilte na het grote lawaai kwamen de vogels uit de bossen en van de vlaktes aangevlogen en ze gingen in de bomen rond het huis zitten. Hun gezang was krachtiger dan ooit.

Na een week voelde ik me verplicht prins Wilhelm uit te nodigen voor een diner. Tanne wilde meer. Ze wilde een groot feest geven voor zowel onze Zweedse vrienden als voor de inlanders op de plantage. Maar, zo zei ze, het feest moest een uiting van respect zijn voor ieders eigen aard. Men zou elkaar ontmoeten in een grote *ngoma* en vervolgens zouden de inlanders en blanken zich verder afzonderlijk vermaken.

Ik vroeg haar hoe ze wist wat een ngoma was. 'Dat heeft Farah verteld', antwoordde ze en ze stelde voor dat we op het veld naast het huis een brandstapel zouden maken waar de donkere Kikuyu morans omheen konden dansen. Een paar dagen na haar aankomst had ze een bezoek afgelegd bij stamhoofd Kinanjui en nu wilde ze ook hem en zijn raadsheren uitnodigen.

Ik was één keer eerder van een afstand getuige geweest van een ngoma. De dans en de festiviteiten maakten eerst een belachelijke indruk; het was een saai gehuppel en gestamp dat werd aangezwengeld door een eentonig, steunend en jankend gezang. Hoewel de feitelijke dansbewegingen dezelfde bleven, veranderde mijn kijk op de dans na een poosje. De herhaling van het ritueel maakte dat het andere contouren kreeg, precies zoals wanneer je lang naar een voorwerp staart. Elk detail kreeg een hallucinatoire scherpte die indringend werd. De deelnemers toonden een mengeling van blijdschap, vertwijfeling, woede en trots die onaangenaam was, en toch aanlokkelijk. Ik bleef een hele tijd naar hen staren en er sloop een soort roes in mijn bewustzijn. Pas toen Åke Sjögren naast mij kwam staan en lachend iets zei over 'het wilde' van de inlanders kwam ik bij mijn positieven en ik ging snel weg.

Die herinnering maakte me een beetje nerveus.

Prins Wilhelm en Gustaf Lewenhaupt kwamen laat in de middag uit Nairobi aangereden. We dronken samen wat op de veranda. Hoewel ze er zelf nooit getuige van was geweest, vertelde Tanne enthousiast over de komende dans. Het bijzondere was dat haar beschrijving heel goed overeenkwam met het beeld dat ik er van had.

Vlak voor de schemering inviel, verschenen de Kikuyudansers. De jongemannen, de morans, en de jonge meisjes kwamen in afzonderlijke groepen. Ze werden gevolgd door een honderdtal toeschouwers dat meer passief aan de dans zou deelnemen. Onder hen bevond zich een van mijn voormannen, die naar voren kwam om te vertellen dat stamhoofd Kinanjui besloten had te komen om van deze ngoma getuige te zijn. Hij wilde het feest met zijn aanwezigheid vereren, omdat hij had begrepen dat een Zweedse prins en de jonge barones aanwezig zouden zijn. Hij wilde met zijn bezoek ook duidelijk maken dat ik in zijn ogen een plantagehouder was op wie je kon vertrouwen.

Precies op het moment dat de grote brandstapel op het veld een eind bij het huis vandaan werd aangestoken, arriveerde

Kinanjui met zijn gevolg. Onaangedaan door wat zich om hen heen afspeelde, schreden de oude mannen, gehuld in mantels van apen-, luipaard- en leeuwenhuid, met vreemde hoofddeksels op hun hoofd en steunend op hun smalle speren, in de richting van het huis. Met een geloken, niet-ziende blik begroetten ze ons afgemeten. Hun handen waren klein, benig en hard. Kinanjui bleef een poosje voor prins Wilhelm staan om diens lange lichaam in ogenschouw te nemen, daarna mompelde hij iets en aanvaardde zonder verder commentaar Tannes en mijn welkomstwoorden. Zijn aanwezigheid was voor ons een eer.

Wij loodsten de oude mannen, die respect en eerbied afdwongen hoewel ze eruitzagen als een stelletje uitgebluste gieren, naar tafels en stoelen die we een eind bij het vuur vandaan op het grasveld hadden gezet. Er stonden glazen en whisky klaar en zonder verder iets te zeggen begonnen ze van de drank te slurpen.

Een paar jongemannen begonnen zich bij het vuur op te warmen voor de dans. Ze maakten bewegingen met hun speren, zetten danspassen en deden net of ze elkaar aanvielen. Er was iets in hun gedrag waar ik nerveus van werd. Ze lachten hard en trots en met behulp van woorden en blikken haalden ze als roofdieren naar elkaar uit. Ze waren op weg het alledaagse te verlaten en zich te laten opslokken door de rite.

Ik vroeg Farah of hij mijn paard wilde halen en besteeg het. Deze ngoma vond plaats op mijn grondgebied en ik was degene die bepaalde hoever deze zou gaan.

Toen Kinanjui door een nauwelijks zichtbaar teken van zijn op een klauw lijkende hand aangaf dat de dans kon beginnen, voerde Tanne de beide Zweden dichter naar de dansers toe. Zelf bleef ik op enige afstand op mijn paard zitten. Opnieuw was ik getuige van dat vreemde spektakel waarbij de deelnemers elkaar tot een aan elke controle ontstijgende extase opzweepten. Het was niet zozeer een kwestie van een verhevigd bewustzijn, maar eerder van een intense aanwezigheid. Ze bevestigden de meest basale expressiemogelijkheden van het lichaam: springen, schudden, steunen en janken. De monotonie ervan joeg de temperatuur omhoog en de omringende werkelijkheid verdween uit hun bewustzijn. Alle energie leek naar binnen te zijn gericht, naar een ervaring buiten mijn bevattingsvermogen.

De meisjes en de jongemannen dansten in aparte groepen. Ik was bang dat ze zich tot elkaar zouden wenden – dat zou krachten vrijmaken waarvan ik dacht dat ze die niet onder controle hadden. Ze keurden elkaar echter nauwelijks een blik waardig. De mannen dansten juist steeds intenser en dichter naar elkaar toe, ze staken hun speren in de lucht en schudden daarmee, hun naakte schouders glommen van het zweet en hun gelaatstrekken droegen een masker van dreigende onverschilligheid. Vonken en rook stegen op naar de sterrenhemel en de hitte van de brandstapel kwam in golven op ons af.

Als door een toeval omringden de morans prins Wilhelm en Lewenhaupt, terwijl de meisjes hetzelfde deden met Tanne. Tanne liet zich hun aandacht welgevallen en schonk hun bijval met afgemeten gebaren en een hoog opgeheven hoofd, maar de beide mannen keken angstig en leken zich met hun houding geen raad te weten. De dansers kwamen steeds dichterbij, de gebaren werden steeds heftiger en daarmee steeds bedreigender. Je kon onmogelijk vaststellen of het een poging was om hen uit te nodigen en te overtuigen of om hen buiten te sluiten en bang te maken.

Maar bang werden ze. En de dans werd een jacht op hun angst.

Ik aarzelde niet en reed recht op de dansers in, sprong van mijn paard en voerde de beide hologige Zweden uit het centrum van de dans weg. Met een teken gaf ik aan dat het dansen kon doorgaan. Slaapdronken begonnen de jongemannen weer, maar dezelfde intensiteit bereikten ze niet opnieuw. Kinanjui wierp me een gelige blik toe, zijn gezicht verwrongen in een stille lach.

Een uur later zaten we van het porselein van Näsbyholm ganzenlever en gebraden patrijs te eten en dronken we Franse wijn uit kristallen glazen. De sfeer was nerveus en gejaagd. Prins Wilhelm kreeg heimwee en zette een Zweedse evergreen in. Lewenhaupt dronk te veel en begon Tanne complimentjes te maken. Hij werkte zichzelf in de nesten door te zeggen dat hij niet kon begrijpen waarom de Engelsen in Nairobi zo kritisch over haar waren. Hij zag niets arrogants of excentrieks in haar. Tanne luisterde gespannen en ik zag dat ze inwendig ten prooi was aan verdriet en woede. Haar gemoedstoestand ging me aan het hart en ik werd erdoor aangestoken. Haastig stond ik op en wendde me tot Lewenhaupt. De prins zag dat zijn adjudant in gevaar was en kwam tussenbeide. Precies op het juiste moment verscheen Farah om te vragen of wij koffie wilden. Tanne knikte en het bleef een hele poos stil, waarna de geschrokken Lewenhaupt zich verontschuldigde met een kronkelende, tamelijk onbegrijpelijke reeks woorden. Het was duidelijk dat hij zelf niet in de gaten had hoe onnadenkend hij was geweest.

'De gouverneur, de mensen op de farm en stamhoofd Kinanjui waarderen me. Dat is voor mij genoeg', waren de woorden waarmee Tanne de avond afsloot.

10

Tanne schreef vaak brieven naar huis. Ze las ze hardop aan mij voor. Het waren vrolijke uitroepen uit een streek waar voortdurend gejubeld werd. Ik weet niet hoe ze dat deed. Zelf schreef ik zelden. Het was alsof elk woord dat ik formuleerde een leugen werd. De plantage groeide uit tot één grote zwendel, de natuur tot een Europees park met Afrikaanse bomen en dieren die daar als standbeelden waren neergezet. De negers veranderden in de hulpeloze wilden van de schoolplaten en de blanken deden denken aan flaneurs uit een lunapark die in Afrika verdwaald waren.

Elke keer dat ik een brief van Hans kreeg, rukte ik die open in de verwachting woorden te lezen die een roep uit mijn eigen binnenste waren. Elke keer was ik weer even teleurgesteld. Onze gemeenschappelijke broedertaal, die was ontstaan vanaf het moment dat we om hetzelfde speelgoed ruzieden, ontbeerde een geschreven equivalent. We hadden nooit een volwassen taal gedeeld en het gemis daarvan werd onverdraaglijk. Ik wilde Hans levend in mij hebben. Toch wist ik dat hij een vreemd wezen in mij zou zijn geweest, een parasiet. Het gelukkigst was ik wanneer ik niet aan hem dacht. Die momenten groeiden uit tot weken, maanden.

Niets was belangrijker dan compleet te zijn in wil en gevoel. Het is namelijk gemakkelijker, misschien zelfs eerlijker, om als een slecht geheel te leven dan als twee goede helften.

Kinanjui had mij met zijn vermoeide blik opgenomen en hij had gezien dat ik, de wilde eend Wahoga die zich door grote gebieden bewoog, mijn ziel op één plek moest hebben. Ik begon het te leren. Een paar dagen, misschien een week, waggelde ik rond op de plantage en dacht ik er niet aan het vertrouwde territorium te verlaten. Maar soms gebeurde het dat ik op een ochtend mijn nek uitstak, om me heen keek en mijn neus snuffelend in de lucht stak. Een paar seconden later had ik lucht onder mijn vleugels, en weg was ik.

Ook wanneer ik op de grond stond, had ik het talent om het landschap te zien alsof ik me op een verhoging bevond: een vlakte waarop enkele afzonderlijke doringbomen aan onzichtbare draden uit de hemel hingen, een eenzame kongoni-antilope op een heuveltje, in de verte een zoutmeer met blauwe, witte en roze flamingo's. Een visarend zweefde cirkelend rond, zachtjes fluitend. Tegen de bergrug een kloof begroeid met kreupelhout, een door hoeven uitgetrapt pad, een kleine poel met zegge, omgeven door kleurrijk groen, waaruit een beek stroomde. De buffels stonden doodstil in de middaglucht die brandde in de zon die recht naar beneden scheen. De luchtspiegelingen vormden wachtposten op hun ruggen. Beneden in het Rift-dal roerden zich wervelwinden van stof die als wandelende zuilen over het droge, verschroeide gras gingen. In de regenwouden van het hoogland viel het licht gefilterd door het gebladerte. Je trok door duisternis en licht en boven je hingen baardige mossen als sprookjeswezens aan lianen en knokige, harde boomtakken. Een luipaard hoestte in de nacht, de hyena's reageerden en vervolgens nam het gebrul van de leeuwen de overhand. Cicaden en vuurbuikpadden hielden tot de ochtendschemering koppig de maat.

Daar was ik een compleet mens. Ik kan het niet anders uitdrukken.

Ik kwam laat in de middag vanaf de droge Athis-vlakte binnen. Het zweet was tot een verkoelend vlies rond mijn borst en rug opgedroogd. Mijn handen roken naar het vet van mijn geweer en het leer van de riemen van mijn rugzak. De ijle, naar naaldhout geurende lucht rond de plantage pompte nog door mijn longen toen ik met de passen van de wildernis ons huis binnenstapte.

Daar heerste nacht. De gordijnen en zonneschermen hingen voor de ramen. De koele duisternis rook naar cement, slechte adem en warm beddengoed. Farah stond op de drempel van Tannes kamer. Zij zat half onderuitgezakt in haar bed en haar grote ogen gloeiden in haar magere, bleke gezicht. Was ze in één dag afgevallen?

'Ik ben zwaar ziek', zei ze en ze tilde haar hand met een berustend gebaar op. Ik zag dat ziekte een toestand was die ze even goed beheerste als gezondheid en succes. Ze gaf zich eraan over. 'Kom binnen. Wat ben je lang weggeweest', klaagde ze.

Ik aarzelde of ik de kamer zou binnenstappen. Toen ik voorzichtig naar haar bed sloop, werd er een knop in mijn borst omgezet. De vraag 'Is mama weer ziek?' glipte door mijn bewustzijn. Mijn stem veranderde in een zacht falset toen ik mijn medeleven met haar toestand uitsprak.

Twee uur zat ik aan haar bed zonder me te wassen, me te verkleden of te eten. Alles wees erop dat ze malaria had. Farah haalde vochtige handdoeken waarmee ik haar voorhoofd depte. Ze kneep met krachteloze vingers in mijn armen, benen en wangen en mompelde dat ik zo gezond en sterk was. Het was moeilijk te zeggen of ze de tegenstelling met haar eigen toestand wilde benadrukken of mijn energie op zichzelf wilde overbrengen.

Het bijzondere was dat ik me zo thuis voelde aan haar ziekbed. Het kostte me geen enkele moeite om haar te verzorgen en te voeren. Farah ging soep halen en ik probeerde die bij haar naar binnen te krijgen, maar zoals gewoonlijk wilde ze niet eten. Ze kreeg kinine en thee met honing en hikte als een kind.

Opeens keerde ze zich van me af en zei dat ik moest weggaan. Ze moest rusten. 'Ga jij maar rusten, ik blijf hier bij je zitten', antwoordde ik. 'Ga jij je maar wassen!' zei ze met nadruk en een ontoegankelijke blik.

Toen ik een half uur later in bad lag, kwam Farah aanrennen om te zeggen dat *memsahib* om mij riep. Ik sloeg een badlaken om me heen en haastte me ongerust naar haar bed. Ze zei dat ze stervende was aan een onbekende tropische ziekte. 'Verlaat me niet!' hijgde ze en ze pakte mijn handen. Ik probeerde haar te troosten door te zeggen dat iedereen die naar de tropen ging de eerste tijd ziek werd. Dat stelde haar niet gerust. Toen ik aanbood een dokter te laten komen, werd ze nog banger en ze zei dat ze absoluut geen Engelse kwakzalver met een naar gin stinkende adem aan haar lijf wilde. 'Haal dan liever Kinanjuis tovenaars!' zei ze terwijl koortsblossen op haar wangen verschenen. Ze was bang en even wist ik niet wat ik moest doen. Farah stapte daarop naar voren en vroeg of hij iets mocht zeggen. Tanne zweeg en strekte zich naar hem uit alsof haar leven in zijn handen lag. 'Memsahib hoeft zich helemaal niet ongerust te maken. Als God het wil, is ze zo weer beter.' Dat was het enige wat hij zei, maar Tanne zonk terug in de kussens, tevreden zuchtend over het feit dat haar het leven was teruggeschonken. 'Mohammedanen weten iets wat wij niet weten. De wegen van het lot zijn al opgetekend in een geheim schrift.'

Een kwartier later lag ze op haar zij te slapen met haar knieën opgetrokken tegen haar buik en haar handen gevouwen onder haar kin. Het was moeilijk om vast te stellen of er een kind of een heel oude vrouw in bed lag.

Toen ik de volgende ochtend wakker werd, krijsten de wevervogels harder dan anders in de palm ten oosten van het huis. Het zonlicht wierp zich door een spleet tussen de gordijnen naar binnen en buiten hoorde ik de tuinjongen met de gieter rammelen. Ik opende de deur naar de veranda en de frisse ochtendlucht stroomde me tegemoet. Hoewel ik naar buiten verlangde, haastte ik me naar Tannes ziekbed. Onderweg kreeg ik het idee haar een pup te geven.

Omdat ze nog sliep, ging ik me snel wassen en ontbijten. Toen ik haar het watercloset hoorde doortrekken (het enige in Brits Oost-Afrika!) beëindigde ik de maaltijd en liep naar haar kamer. Ze had nog steeds koorts, maar was rustiger dan de vorige dag. Ze nam me met een tedere blik op en zei dat ze zich geen betere en zorgzamer man had kunnen wensen. Ik antwoordde dat ik aan haar bed zou blijven zolang ze ziek was. Ze protesteerde, maar pakte mijn hand en hield die stevig vast.

Na een half uur werd ze weer onrustig en ze begon over safari en jacht te praten. Als ze de ziekte overleefde, zouden we samen op safari gaan. 'Verlang je niet naar buiten?' vroeg ze. 'Op dit moment niet', zei ik eerlijk, en mijn antwoord verbaasde ook mijzelf. Ik voelde me thuis aan haar ziekbed, het kostte me geen enkele moeite om haar te drinken en te eten te geven, haar voorhoofd te deppen en haar te troosten. Ik zat daar net zozeer voor mezelf als voor haar. Het gaf me rust. Zij kreeg echter geen rust. Met woorden en handen zocht ze mijn steun, maar een kracht die dieper zat dan de berusting van de koorts maakte dat ze zich uit mijn helpende handen probeerde los te kronkelen.

Opeens ging ze op haar zij liggen met haar rug naar me toe en zei beschuldigend: 'Laat me alleen, ga maar op jacht, doe wat je wilt, maar zit niet hier! Dit is geen taak voor jou.'

Dat deed pijn. Haar woorden raakten me niet alleen op de

plek waar koppigheid en zelfmedelijden wortelden, maar kwetsten me ook diep. Ik stond op en zei tegen haar dat mijn leven niet alleen bestond uit jagen op groot wild en feesten in het Norfolk en de Muthaiga Club. Het belangrijkste was haar steunen. Maar ze was onverbiddelijk. Toen ik de kamer verliet, riep ze me na: 'Verdwijn!'

Ik liet een van onze *toto's* mijn paard halen. Een stevige rit naar Nairobi en een avond feesten zouden mijn humeur weer in evenwicht brengen. Ik kon best een paar dagen wegblijven. Terwijl ik zelf het paard zadelde, dat rond trappelde alsof het een straf onderging, hoorde ik haar met matte stem vanuit het huis mijn naam roepen. Het was de kreet van een drenkeling, maar ik ging niet naar haar terug. Nairobi moest weliswaar wachten; ik koos ervoor naar Bursell en zijn arbeiders te rijden om mijn belangstelling voor de zorg voor de plantage te tonen. Maar zelfs dat kon ik niet opbrengen. Ik liet mijn paard zelf zijn weg kiezen. Met hangend hoofd liet hij de koffiestruiken voor wat ze waren en slenterde door het bos naar de Mbagathi-rivier.

Ik was geen ongespleten mens. Bij Tannes ziekbed was ik rustig en helemaal vervuld van mijzelf. De wildernis was niet het enige wat mij een 'thuis' bood. Het genoegen waarmee ik met de ene hand haar hoofd van het kussen had gelicht en met de andere een drankje naar haar lippen had gebracht, was volkomen zuiver. Het deed me denken aan al die momenten dat ik als kind zelf ziek in bed had gelegen en werd verzorgd of aan mijn moeders ziekbed had gezeten om haar te troosten. Mogen opgeven, zwak mogen zijn, je mogen overgeven aan de zorg van een ander kan intiemer zijn dan wat ook. Dat kun je alleen vergelijken met de intimiteit die je voelt wanneer je zelf de kans krijgt iemand anders te verzorgen.

Maar méér nog deed het me denken aan vroeger, toen ik in

een hoek van een salon naar meisjes luisterde die over hun dromen en hun geheime verwachtingen vertelden. Na de eerste vermoeiende en tamelijk zinloze woorden waarmee we ons aan elkaar voorstelden en waarbij ik het niet kon laten mezelf een beetje op te blazen, trad die fantastische stilte in waarin we niets hoefden te zeggen. De gedachten kregen vrij spel. Ik liet de meisjes altijd beginnen met praten. Dat was geen bewuste verleidingskunst, ik genoot er gewoon van te horen hoe ze zich openstelden en hun gevoelens en gedachten steeds verder onthulden. Met leidende vraagjes opende ik nog meer deuren, en opeens zag ik in de gezichten van de meisjes dat ze iets over zichzelf begrepen. Dat waren momenten die ik bijna heilig zou willen noemen. Wanneer ik hen daarna aanraakte door hen te strelen of te kussen, aanvaardden ze dat als een huldeblijk aan degene die ze waren gebleken te zijn. En dan wist ik dat ze reddeloos verliefd op me waren.

Toen ik me als vierjarige ooit bezeerd had aan mijn been, liet een dienstmeisje mij in een lauw bad zakken. Als je op dezelfde manier een vrouw laat zakken, is dat een duizelingwekkende ervaring waarbij je je net zo kwetsbaar opstelt.

Als Tanne mij van de mogelijkheid beroofde om haar te verzorgen en te helpen, resteerden de kroeg en de wildernis. Dan werd ik gedwongen een geheel te zijn dat ik niet zelf had verkozen. Dan moest ik mijn mannelijkheid afschermen, hard worden.

Toen ik rond lunchtijd bij haar langsging, was ik op mijn hoede. Ze was vertwijfeld en bood haar excuses aan, trok me op het bed en drukte zich stevig tegen me aan. Ze huilde van radeloosheid. Een kwartier later deed ze of ze sliep. Ik wist dat ze me weer ver weg wenste, liefst op een plek waar de leeuw op me af springt en ik een schot los.

Ik zat een poosje stil bij haar, maar vertrouwde haar daarna aan de zorgen van Farah toe. Vlak voor de duisternis inviel, reed ik in galop naar Nairobi. In de Muthaiga Club bestond er geen twijfel over wie ik was. Een in de club verdwaalde dochter van een Engelse ambtenaar vormde een gemakkelijke prooi. Ze bekeek me met grote ogen en mompelde bewonderend mijn naam. Nadat ik een poosje net had gedaan of ik naar haar gebabbel over kleren en naar haar roddels luisterde, droeg ik haar naar een kamer. Ze protesteerde verrukt, maar ik draaide de deur op slot en zonk weg in haar willoze vlees. Het was net of ik hoge sprongen maakte in kwikzand. Geen weerstand. Na afloop klampte ze zich als een angstig schoothondje aan me vast en ten slotte was ik genoodzaakt de procedure nog een keer te herhalen om haar in slaap te krijgen.

Nadien, onder de mannen in de bar, voelde ik woede over me heen komen. De anderen behandelden me als springstof en het drinkgelag van die nacht werd een evenwichtsoefening boven ravijnen. De hele tijd had ik het bijna akelig sterke gevoel dat ik die avond juist had gehandeld. Dit was de weg die mij gegeven was. Hier was ik onkwetsbaar, hier stond ik naast de menselijke gemeenschap en schreef ik mijn eigen wetten.

De volgende dag reed ik op het heetst van de dag Mbagathi op. Mijn fles met vers water had ik allang op en mijn paard gedroeg zich alsof het blind was of verdriet had. Zelf deed ik mijn ogen alleen open wanneer we in de schaduw reden.

'Het is goed dat je uit de band bent gesprongen', zei Tanne, die als een oosterse prinses in kussens opgestopt in een rieten stoel op de veranda zat. 'Dat had je wel verdiend na al dat verpleegsterswerk.'

Ik pakte een stoel en ging naast haar zitten. Ze begon te vertellen over het leven van de Somaliërs. Ik nam aan dat

Farah haar daarover verteld had. Somaliërs hielden hun families bijeen, ook al waren ze honderden mijlen van elkaar gescheiden. De overtuiging dat de weg die ze bewandelden de juiste was, gaf hun een veilig gevoel in het leven. Ze kenden geen pijnlijke schuldgevoelens en voelden geen sentiment bij ziekte en dood. Een huwelijk duurde een leven lang. Hun verdriet en hun geluk waren diep en helder, maar totaal ongekunsteld. Trots en waardigheid waren voor hen belangrijker dan pleziertjes en succes.

Terwijl ik van het citroenwater dronk dat Farah was komen brengen, sprongen de tranen me in de ogen. Er brak iets in mij bij de herinnering aan Tannes woorden van de vorige dag toen Farah haar het leven had teruggegeven. 'De wegen van het lot zijn al opgetekend in een geheim schrift.' Ik snapte die woorden maar gedeeltelijk, maar herinnerde me ze duidelijk. Ze zeiden me dat het net van het lot voor Tanne een bevrijding en een troost was, maar voor mij slechts een gevangenis. Ik kon uit een paar eenvoudige wegen kiezen, maar misschien was er slechts één die ik kon gaan zonder door zelfverachting te worden verteerd.

II

Tanne zat onderuitgezakt in de schaduw voor het huis. Een van haar huisjongens, volgens haar de meest eigenzinnige toto en daarom haar favoriet, stond naast haar om met behulp van een reusachtige waaier die de vorm van een spade had de vliegen weg te houden. Zodra ze haar ogen sloot, sloop de jongen weg van zijn saaie taak. Enkele seconden later hoorde je hoe Tanne hem met klagende stem terugriep. Toen hij aan was komen sloffen en zijn plicht weer had aanvaard, kreeg hij als straf een harde tik met de waaier op zijn hoofd. Daarop begon hij onmiddellijk zo hard te brullen dat ze hem snel een snoepje moest geven om hem het zwijgen op te leggen.

Ik sloop stiekem naar hen toe en legde een geweer, een .256 met vizierkijker, op haar schoot. Ze schrok van het gewicht en de hardheid van het wapen en probeerde het weg te duwen, maar ik drukte het resoluut op haar schoot en hield aan: 'Houd het eens vast! Dit geweer is een geschenk van mij aan jou.'

Ze werd stil en bedachtzaam. Ik stuurde de jongen weg. Huppelend van blijdschap verdween hij. Ik pakte Tannes handen en legde haar linker rond de loop en de rechter rond de trekker. Daarna droeg ik haar op het geweer stevig vast te houden en goed te luisteren naar wat ik haar te zeggen had.

Ik vertelde hoe je je in het veld beweegt, hoe je voorkomt dat je je voeten op takken en droge bladeren zet, hoe de wind moet staan zodat jij je prooi kunt benaderen, hoe je het terrein gebruikt om ongemerkt vooruit te komen, hoe je het schot strelend afvuurt, waar je moet richten opdat het schot zo effectief mogelijk is, hoe je een gewond dier opspoort en waar je op moet letten bij de grote roofdieren. De neushoorn komt altijd in een blinde, onverwachte aanval. De buffel is slimmer, die trekt naar onbegaanbaar terrein voor een verrassingsaanval van opzij of van achteren. De gewonde leeuw wacht tot je vlak bij zijn schuilplaats bent voordat hij aanvalt. De olifant is de meest 'menselijke' van alle dieren, zorgzaam voor de zijnen, rustig van aard zolang hij niet uitgedaagd wordt, maar dan kan hij ook in een woede ontsteken die zich ontwikkelt tot rancune en wraakzucht.

Ik vertelde over verschillende soorten jacht: te paard, spoorzoekend te voet, wachtend in een schuilplaats bij water of bij *kills*, een lokaas dat je neerlegt, om in de maneschijn de roofdieren die ervan komen eten onder schot te nemen. Ik vertelde hoe je naar sporen zoekt, niet alleen naar pootafdrukken in de grond maar ook naar bomen en takken die zijn afgebroken toen er dieren langsliepen of zijn gaan liggen om te rusten, hoe je aan de vegetatie kunt zien welk dier er onlangs van het gras en de struiken heeft gegeten.

Tanne zei de hele tijd niets. Toen ik klaar was, deden we er een poos het zwijgen toe, onze blik gericht op de toppen van het Ngong-gebergte.

'Wie heeft je dat allemaal geleerd?' vroeg ze ten slotte met zachte stem.

Ik antwoordde dat ik mezelf het een en ander had geleerd door ervaring, maar dat ik het meeste had opgestoken van mijn spoorzoeker Simba, mijn geweerdrager Juma en alle andere Afrikanen met wie ik op jacht was geweest. 'Ze zeggen dat ik nu al de beste blanke jager ben die ze kennen. Toch weten zij oneindig veel meer dan ik.'

Ook dat overpeinsde ze lang. 'En jij spreekt Swahili met hen?' Ik knikte. Ze keek naar het geweer en vroeg of het geen pijn deed om zulke mooie dieren te doden. 'Nee, ik dood ze met respect voor hun schoonheid en karakter', antwoordde ik. Daar dacht ze een poosje over na. Toen stond ze op uit haar ligstoel en liep, nog steeds met het geweer in de aanslag, naar het huis. De kleine toto die haar eerder koelte had toegewuifd, kwam net de hoek om rennen en liep in de loop van het geweer. Hij bleef abrupt met een gil staan, maar zocht vervolgens snel dekking achter het huis. Tanne lachte, draaide zich naar mij toe en zei: 'Morgen ben ik weer beter.'

'Mooi,' antwoordde ik, 'want dan gaan we volgende week in het Masai-reservaat op safari.' Ze knikte en liep door naar binnen.

Het was vreugdevol om voorbereidingen te treffen, alsof je een liefdesbed opmaakte. Ik zat op de veranda elke denkbare situatie voor te bereiden. Ik hielp mee met inpakken en genoot ervan dat elk voorwerp zijn gewicht en vorm had, elk ding zijn functie. Alles was doelmatig.

We laadden een messtent, een keukentent, een slaaptent, een toilettent en een douchetent op de wagens, bedden, matrassen, beddengoed, tafels, stoelen, glazen, aardewerk, potten en pannen, bestek en andere keukenspullen, kleren, boeken, wijn, alcohol, drinkwaren, conserven, meel, aardappelen, rijst, zout, kruiden, uien, spades, hakken, gereedschap, reservewielen, lampen, petroleum voor de lampen, toiletartikelen, vijf geweren en een heleboel andere dingen die nodig waren. Ik maakte minutieuze lijsten en streepte elk voorwerp af dat was opgeladen.

We reisden met drie door muilezels getrokken wagens. Tanne en ik zaten op een kleine wagen, waarop we bescherming tegen de zon hadden. Onze rijpaarden, die we misschien tijdens de jacht nodig zouden hebben, droegen bepakking in plaats van ruiters. We hadden gidsen, spoorzoekers, geweerdragers, koks, waspersoneel, een handvol boys en natuurlijk Farah bij ons. Het was een pretentieloze safari; we wilden beweeglijk zijn en niet te veel lawaai maken. Maar het was wel bewerkelijk voor ons toen we, met zo weinig bedienden, ons kamp moesten opslaan.

We daalden eerst van het hoogland af langs een stenige weg die af en toe tot een pad versmalde. De vegetatie van struiken was eentonig en hoe dichter we beneden in de buurt van de vlakte kwamen, hoe warmer het werd. Voordat we het Kedong-dal bereikten, sloegen we ons kamp op aan de voet van Mount Souswa. Tanne werd steeds rustelozer. Ze zwierf van de ene tent naar de andere, maar wist niet wat ze moest beginnen. Vlak voor zonsondergang klom ze op een stenige heuvel die aan de rand van ons kamp lag. Ik hield een oogje op haar toen ze daar op de hoogste steen zat totdat de zon was ondergegaan en de antilopen beneden op de vlakte in de duisternis waren opgelost. Toen ik riep dat het eten klaar was, waren de krekels inmiddels gaan zingen. In gedachten verzonken verliet ze de heuvel. Ze sloop in het donker voor de messtent naar me toe, stak haar hand onder mijn overhemd en streelde mijn rug. 'In Mombasa zijn we in de echt verbonden, nu worden we tot een gemeenschappelijk leven verbonden. We horen bij dit landschap.' Daarna kuste ze me met open mond op mijn keel. Zoiets had ze nog niet eerder gedaan.

We aten en dronken in stilte. Tanne at bijna niets en toen ik haar aanspoorde dat wel te doen om energie voor de jacht te verzamelen luisterde ze niet naar mijn advies. Wie dik en gezet is, is natuurlijk een slechtere jager, zei ze zelfverzekerd. Kijk maar naar de grote roofdieren! Wie mager en hongerig is, beweegt efficiënter en heeft een opener en sensitiever gemoed, beweerde ze. Er zat een verwrongen waarheid in haar redenering die het moeilijk maakte hierover met haar in discussie te gaan. Zelf was ze trots op haar knokigheid. Het ergste wat ze wist waren ‘mollige, Engelse wijfjes uit de burgerij die argeloos in hun huis lopen te wroeten als zeugen die net biggen hebben geworpen’.

We gingen vroeg slapen. Tanne kroop naakt bij mij in bed met een doelbewustheid die me verwonderde. Er zat een besluit achter haar gepassioneerde warmte. Die beantwoordde ik door voor het eerst te proberen dieper tot haar door te dringen dan tot huid en slijmvliezen, haar als vrouw te raken, het harde, trotse en afgekeerde te breken, haar zacht te laten worden, ontvankelijk, haar genotvol klauwend en speels loom te maken. Ze ontving me met een ijzeren wil. De krekels en vuurbuikpadden hitsten ons op. We grepen naar elkaar, stootten tegen elkaar aan, beten en streelden, maar overal zat weerstand.

Na afloop huilde ze van nijd en ze bezwoer dat ze ‘het weldra zou bereiken’. Zwetend liep ze de nacht in en ze zat een half uur voor de tent te luisteren naar de nachtgeluiden voordat ze rillend terugkwam en in haar bed ging liggen.

We hadden het zo goed met elkaar voor, maar waren zo hulpeloos in elkaars armen.

Na de regens was de hele vlakte bedekt met bloeiende violen. Waar ceders en olijfbomen groeiden, stonden de bergen en bergketens om ons heen in een blauwe gloed. De Masai trokken langzaam verder met hun vee en soms liepen ze recht door een kudde zebra’s of Thomsongazellen zonder dat dit een enkel dier stoorde.

Hoe dichter we het wild naderden, hoe zwaarder mijn ademhaling werd. De stilte van buitenaf, die me aanvankelijk rust en kalmte had geschonken, ontstak nu een groeiende begeerte in me. Tanne merkte de verandering bij me op, likte haar lippen en glimlachte naar me. Ze greep haar geweer, maar ik legde kalmerend mijn hand op haar arm.

Haar ongeduld had bijna iets komisch. Ik moest haar tegenhouden toen ze in het wilde weg een schot wilde afvuren op een handvol Grants gazellen die een paar honderd meter verderop liepen. We slopen op enkele van hen af en toen we op ruim honderd meter afstand waren, liet ik haar schieten. Het dier raakte ernstig gewond. Het strompelde achter zijn vluchtende verwanten aan, stortte neer, maakte een koprol en lag vervolgens met zijn tong uit zijn mond te hijgen terwijl er een gorgelend geluid uit zijn keel kwam. Tevergeefs probeerde het weer op de been te komen. Ik wierp Tanne een steelse blik toe om te zien hoe ze reageerde op deze pijnlijke doodsstrijd. Ze was verrukt. Haar gezicht straalde en ze begon te rennen. Ze bewoog zich verbluffend snel in het terrein en was weldra bij het dier, dat er met een laatste wanhopige krachtsinspanning in was geslaagd op te staan en er met een trillende kop van angst bij stond. Tanne zette de loop tegen zijn slaap en haalde de trekker over. Vervolgens boog ze zich over haar prooi om hem te bekijken.

Toen ik bij haar aankwam, stond ze nog te hijgen. Ze wendde zich met een vurige blik naar me toe. 'Bror, Bror, ik zag hoe het leven in de blik van de gazelle uitdoofde. Het was ongelofelijk!' En ze draaide zich om en speurde de vlakte af op zoek naar een nieuwe prooi. Zelf was ik helemaal koud van binnen.

Het was alsof de dieren in deze streek nooit reden hadden gehad om de mens te vrezen. In het begin gingen ze niet aan de kant, maar onderbraken ze het grazen slechts om ons als vreedzame nieuwkomers te bekijken.

Tanne werd voor mij een vreemdeling. Wanneer ze het over de jacht had, gebruikte ze woorden als 'rite', 'toewijding' en 'respect', maar wat ze leuk vond was de slachting zelf. Ze wilde bloed en dood zien. Voor mij, die misschien meer van de jacht hield dan van wat ook, was het alsof je met een alcoholist aan het drinken was. Het grote genot werd door de onmatigheid weggenomen. Het beklemde me, ik werd voorzichtig en – wat nooit eerder gebeurd was – ik begon met de dieren mee te lijden.

Tanne luisterde niet langer naar mijn adviezen. Ze loste schoten van vierhonderd meter afstand, schoot op alles, niet alleen op prooi op vier poten, maar ook op gieren, papegaaien, secretarisvogels, struisvogels. De loop van haar geweer zocht alles wat leefde. Ze vuurde de ene kogel na de andere af op een kudde vluchtende zebra's, ze schoot op een giraf, die in een oneindig langzame, uitgerekte doodsstrijd een bizarre dans opvoerde. De poten van het dier vouwden zich alle kanten op, zijn nek ging heen en weer als in een storm, en toen het einde naderde, sloeg het lichaam als een huis en de nek als een toren tegen de grond. Zijn kop dreunde tegen het aardoppervlak.

Levende en gezonde dieren vluchtten uit de streek weg en op de vlakte bleven alleen gnoes die jankten van pijn en gazellen die rond hinkten achter. Overal waar we gingen, lagen bloedsporen en lijken. Boven de kadavers en stervende dieren cirkelden duizenden zoemende vliegen. De dichtstbijzijnde Kikuyu-dorpen konden de hoeveelheid vlees niet aan. Hyena's, jakhalzen en leeuwen slopen op de kadavers af voor een gemakkelijk te verschalken maal. Op hen schoot ze eveneens. Ook het eigen reinigingssysteem van de natuur verdween in wilde galop. Boven ons hoofd hoorden we alleen het akelige geluid van de zware wiekslag van de gieren. Dat waren de enige die iets te winnen hadden bij onze jacht.

De boys, die aanvankelijk voor haar jachtdorst hadden geapplaudisseerd, werden stil en introvert. Zonder vreugde sneden ze de mooiste filets uit het vlees, die wij bij het ontbijt, de lunch en het diner aten. Ongeacht hoe vers en lekker gekruid het vlees ook was, het smaakte naar bloed en verrotting. Tanne at bijna niets. Ze maakte aantekeningen van de diersoorten die ze had gedood en hield statistieken bij van elk exemplaar. 's Nachts bleef ze mij vol vertwijfeling en woede met liefde bewerken.

We braken op en sloegen een nieuw kamp op aan de overkant van de Nyeri-rivier. Er trok een kudde Masai-vee in de buurt voorbij. Toen die verdwenen was, ontdekten we dat hij zwermen vliegen had achtergelaten die overal gingen zitten: op voedsel, op het tentdoek, rond je mond en ogen. Ze gingen op ons gezicht zitten en maakten een trektocht over onze armen en benen. Ze waren als een besmettelijke ziekte, een wraakactie, een vloek. Ons kamp lag laag, bij een ongezonde poel, en we zagen geen wild, behalve een angstige kleine dikdik die zich snel in het struikgewas verborg. Het gerucht van ons verwoestende optreden had blijkbaar deze streek bereikt.

'S Avonds zaten we vol weerzin en schaamte in de messtent te eten. Tanne keek op en bestudeerde me peinzend met haar grote ogen. De vliegen wandelden ongestoord over haar oogbol en dronken bij het watergat. Ze trok zich niets meer van ze aan. Ze deed haar mond open om iets te zeggen, maar blies in plaats daarvan een paar insecten weg die haar mond probeerden binnen te komen. Ten slotte vroeg ze: 'Doe ik het verkeerd?' Ik knikte.

Ik beminde en respecteerde haar als echtgenote, niet als een tijdelijke erotische passie, legde ik uit. Ze sloeg de vliegen van haar gezicht en voegde er, steeds geëxalteerder, aan toe dat we compagnons voor het leven waren, dat ons pact op traditie, respect en verantwoordelijkheid voor elkaar gestoeld was. Ik sloot bij haar woorden aan door te zeggen dat ik van haar hield om wie ze was, en zij reageerde lachend door te zeggen dat ze eigenlijk altijd had gevonden dat erotiek overschat werd.

Later die avond kwam ze net als anders bij me liggen, maar ditmaal was ze zacht, rustig en kuis. We lagen naast elkaar als twee kinderen die genieten van een gezamenlijk geheim. Er was een last van ons afgevallen en het feit dat we weer een weg naar elkaar hadden gevonden, stemde ons vrolijk.

Maar we waren pas halverwege gekomen. Ze vroeg voorzichtig hoe ik het vervolg van de safari gedacht had. Ik zei dat er een eind moest komen aan de slachting. In het vervolg mocht niemand een schot lossen als de buit niet bijzonder begeerlijk was. Elk schot moest dodelijk zijn. We zouden ons nu op grote leeuwen richten en we gingen op een heel andere manier jagen.

Ze lag ernstig en stil naast me. 'Ben je boos op me?' vroeg ze. 'Nee,' antwoordde ik, 'maar dat doden in het wilde weg wil ik nooit meer meemaken.' Haar excuses en schaamte hingen in de lucht, maar er kwam geen woord van over haar lippen. 'We gaan het doen zoals jij beslist', zei ze en ze viel in slaap.

We zochten het hogerop en vonden een kamp dat paradijselijk was. De vliegen verdwenen, de boys begonnen weer te lachen en grappen te maken, Farah zei dat God aan onze kant stond en Tanne glimlachte, vertelde verhalen en at tijdens het diner bijna een heel bord leeg. Het kamp lag in de schaduw, we hadden vers water uit een beekje en uitzicht over de vlakte. De eerste nacht brulden de leeuwen en ze kwamen naar ons kamp toe. We lagen hand in hand met ogen open te luisteren hoe er twee om onze tent liepen. We luisterden naar hun zware ademhaling en het nauwelijks waarneembare sloffen van hun grote poten. Daarna werd het stil.

'Vertel hoe het is om echt te jagen', vroeg Tanne. Ik legde uit dat je lichaam moet zingen en warm moet zijn, maar je hoofd stil en koud. Je spieren moeten gretig zijn als voor een afspraak met je geliefde, maar je moet je hoofd er net zo goed bij houden als wanneer je een wiskundig probleem oplost. Je moet nooit jagen met kracht en lawaai, maar altijd met aandacht, in elke beweging moet je weemoed voelen zoals wanneer je afscheid gaat nemen. Het moet altijd een strijd zijn tussen je eigen zintuigen en die van het dier. Zowel de jager als de prooi moet in een bepaalde situatie waakzaam, paraat en met een kloppend hart stilstaan – de bliksem kan elk moment inslaan. De jager moet rekening houden met vluchtwegen, de wind, de omstandigheden van het terrein; dat moet je allemaal meenemen in een besluit dat niet in eerste instantie op techniek berust, maar op een intuïtie die op talent en een duizenden jaren oude traditie is gestoeld. Het dier uiteindelijk doden is iets in jezelf doden waarop je trots bent.

Toen de leeuwen ons hadden verlaten en weer op enige afstand begonnen te brullen, wilde Tanne onmiddellijk naar buiten om hun sporen te bekijken. 'Ben je nooit bang?' vroeg ik. 'Jawel,' antwoordde ze, 'maar ik ben altijd moedig.' Ik nam een geweer mee – in dit soort situaties koos ik altijd mijn betrouwbare .318 Westley Richards – en we liepen de nacht in. Terwijl wij het licht op de grote sporen vlak buiten de tent lieten vallen, hoorden we schuin achter ons gegrom en in het licht van de lamp ontwaarden we een leeuw die er met enkele zware sprongen vandoor ging. Tanne vroeg me het licht te doven en we stonden stil naast elkaar in het donker.

'Bror,' fluisterde ze, 'ik hou van je.' Het was de eerste en enige keer dat ze dat tegen me zei.

We sliepen de volgende ochtend lang uit, deden een paar uur over het ontbijt en daarna was het tijd voor een middagdutje.

Later in de middag slopen we naar het wild toe, maar zonder te schieten. We baadden in de beek, waarna we vroeg aan het diner begonnen en daarna kleedden we ons voor de jacht van die nacht.

Farah en Simba bouwden voor ons op zo'n honderd meter van het kamp een *mboma* (een cirkel van neergelegde doornstruiken). Vlak buiten die cirkel, in de richting van waaruit de wind kwam, legden we een zebra neer die we de vorige dag hadden geschoten. Het vlees was al een beetje bedorven en begon te stinken. Toen de zon boven de vlakte van de Masai onderging, kropen Tanne en ik in de mboma. Farah sloot de cirkel achter ons af door nog een doornige struik neer te leggen, maar zorgde ervoor dat we vrij zicht op de zebra hadden. Daarna liet hij ons alleen in de duisternis die binnen een paar minuten inviel.

We zaten tegen een grote steen en waren voorzien van dekens, broodjes en een warme drank in een thermosfles. Het was belangrijk om tot de ochtend zo stil mogelijk te zitten, niet het geringste lawaai te maken en de hele nacht niet in slaap te vallen. Dit was de jacht die je het meest op de proef stelde. Het grootste gevaar zat in het risico dat je rusteloosheid in paniek overging en dat je uit de omheining brak.

Na een half uur maakten de krekels en vuurbuikpadden een schetterend lawaai. Het geluid was zo doordringend dat je onmogelijk kon vaststellen of het van binnen of buiten de cirkel kwam. Na een uur werd ik onrustig en mijn beenspieren begonnen uit zichzelf ongecontroleerde bewegingen te maken. In de doornstruiken klonk geritsel en geschraap, en ik peinsde wat voor dier dat kon zijn. De stank van de zebra was misselijkmakend en kwam in golven met de wind mee. Soms hoorde ik Tanne diep zuchten, als een snik, en na twee uur begon ze nauwelijks verstaanbaar in zichzelf te fluisteren. Ik hield er rekening mee dat ze het na nog een uur zou opgeven. Heel even wenste ik dat ze dat zou doen.

Het was een plezierige onderbreking om op te staan, een stap te zetten en te plassen. Het lichaam schreeuwde van blijdschap dat het zich mocht uitstrekken en zelfs de lucht voelde hogerop anders aan. Tanne deed na mij hetzelfde. Het diertje dat naast ons had zitten krabben, verdween in paniek.

Mijn gedachten gingen hun eigen gang. Moeder lag in bed te kermen en vader kwam met koude lucht in zijn kleren en een geur van paarden en sigaren haar slaapkamer binnen. Zij zonk neer in het beddengoed, hij glimlachte met heel zijn gezicht, zijn lichaam zwol op en hij verliet haar met een akelige lach. Onze vrolijke dienstmeiden kwamen meteen op hem af rennen om hem zijn laarzen en jas uit te trekken – ze verdwenen en bogen zich in een treincoupé gillend en lachend over hem heen. Ik wilde van de kokkin een versgebakken broodje, maar Hans was sneller, griste het weg en kauwde er de rest van de dag op. Hans' gezicht was zo rond en bekend, maar opeens onderging het een gedaanteverwisseling en verschenen Lotty's lieflijke gelaatstrekken, en ik schrok van de rilling die door mijn lichaam ging. Tanne legde een hand op mijn arm, maar ik zag Lotty's hand – ik probeerde aan de doornstruiken om me heen te denken, maar die hadden geen realiteitswaarde voor me, mijn blik gleed naar beneden, naar Lotty's navel. Ik was vertwijfeld bij de gedachte dat ik die nooit meer zou zien. Ik herinnerde me hem zo duidelijk dat ik hem van duizend andere had kunnen onderscheiden, en haar zachte achterwerk voelde soepel in mijn handpalm en haar vriendelijke, een beetje hese stem wanneer ze mij riep, hoorde ik aan de binnenkant van mijn schedel, en wanneer ze haar hoofd achteroverboog en liefdeswoordjes fluisterde...

Ik werd wakker omdat de maan van achter een wolk tevoorschijn gleed en de wereld een paar seconden door het eigen licht van de nacht verlicht werd. Alles was zo duidelijk te zien dat ik een boek had kunnen lezen. Tanne slaakte een gelukkig 'o' en haar donkere ogen gloeiden. Bij de zebra zagen we een kleine jakhals die we in het donker niet hadden gehoord. Hij rukte met moeite hapjes vlees los en keek angstig om zich heen. De maneschijn maakte hem bang en hij vluchtte.

De nachtgeluiden en de stank van de zebra werden versterkt door het blauwgrijze licht, het gevoel van onwerkelijkheid nam toe: de wereld openbaarde zich weer voor mijn ogen, maar nu als een schaduw, een schijnbeeld, een fantasie zonder werkelijkheid.

Voor mijn geestesoog zag ik weer beelden. Ik bevond me in onze tent en Tanne kroop naakt bij me in bed, waarin ik ook zonder kleren lag. Aangezien ik de scène van opzij bekeek, was ik echter niet degene die daar lag. Het was Hans. Ze kroop op hem en bedolf hem van top tot teen met kussen. Ze wond hem op met de brutaalste strelingen. Ze waren beiden buiten zinnen van begeerte en mompelden onophoudelijk liefdeswoorden. Ik zag dat ze tegelijk een orgasme kregen – niettemin bleven ze vrijen. Ze gingen tot in het oneindige door, er kwam geen eind aan en ik wilde zelf evenmin dat er een eind aan zou komen. Het was opwindend om te zien dat ze elkaar zo bloedig beminden, dat ze elkaar pijn deden uit lust en dat hun liefde ergens in de toekomst in vertwijfeling zou eindigen.

Onwillekeurig snikte ik even en Tanne pakte mijn hand. 'Wat is er?' fluisterde ze en het was raar om na zo'n lange stilte een menselijke stem te horen. 'Ik denk aan de mensen thuis', antwoordde ik en ze streek me over mijn haar.

Vlak na middernacht kwamen de hyena's. Eerst voorzichtig, snuffelend, daarna steeds dichter bij de dode zebra en ten slotte wierpen ze zich met uitzinnige honger op het vlees. Het bloed spatte in het rond, botten werden gebroken, je hoorde het gesop wanneer ze reusachtige happen namen, ze gromden en haalden naar elkaar uit. De stank werd erger en ik wilde niets liever dan dat ze zouden weggaan. De maan verdween achter een wolk en we zagen ze niet meer.

Toen hield het gezwelg opeens op en het werd helemaal rustig en stil. De duisternis werd nu nog dieper, dreigender. Ik had het gevoel dat ik zowel blind als doof was geworden. Een gevoel van groot geluk bekroop me. Ik was totaal overgeleverd aan de nacht en wachtte af in een steeds groter wordende roes. Weldra klonk een ander geluid, er at weer een dier van het vlees, maar nu rustiger, waardiger en onbevreesd.

Pas na vijf lange minuten gleed de maan weer tevoorschijn en bij de zebra lagen twee leeuwen, een vrouwtje en een mannetje. Enkele meters bij hen vandaan zat de jakhals hun maaltijd gade te slaan. De leeuw was groot en had donkere manen. Hij was languit op de zebra gaan liggen en de leeuwin moest genoegen nemen met een achterpoot. Een iets kleinere leeuwin kwam uit de vegetatie tevoorschijn, maar de leeuw stond niet toe dat zij at.

Ik wist niet of ik de mijnwerkerslamp zou aandoen in de secondes voordat ik schoot of dat ik erop zou vertrouwen dat de maan voldoende licht gaf. Ik koos ervoor geen lamp aan te doen. Het was moeilijk om het vizier duidelijk te zien, maar de afstand was niet groot. De knal was gigantisch en ik voelde de terugslag sterker dan anders. Ik zag de kogel in het voorhoofd inslaan en een tel later waren alle dieren verdwenen. Ook het mannetje. Overal hoorde je geritsel en kreten – we waren omringd geweest door roofdieren die op hun beurt wachtten. Toen werd alles weer stil.

Mijn instinct zei me dat ik de mboma moest verlaten om de leeuw op te sporen en hem het genadeschot te geven voor het geval hij nog leefde, maar ik wist dat dit onbezonnen zou zijn.

Het zicht was te slecht en zowel de aangeschoten leeuw als de leeuwinnen zouden kunnen aanvallen.

De maan verdween en liet zich die nacht niet meer zien. Na enkele uren hoorden we bij de zebra een luipaard hoesten, maar die sloeg op de vlucht toen een leeuw gromde. Ze zaten dus nog in de buurt. En ze wisten waar wij ons bevonden. Vlak achter ons hoorden we een leeuw luid grommend naderbij komen, zijn neusgaten vol van onze geur. Ze bevonden zich vlak bij de ingang van de doornstruiken en liepen heen en weer om een weg erdoorheen te vinden. Ik keerde me snel om en richtte de loop op de duisternis en het gegrom. Tanne deed hetzelfde. Na een poosje klonk het alsof de leeuw ging liggen. Het dier bleef liggen tot de dageraad. Af en toe hoorden we hoe het bewoog en ademde. We leefden urenlang met het beest, ons sterk bewust van zijn nabijheid. Precies toen het licht begon te worden zagen we, door een melkachtige nevel, een leeuwin opstaan en vertrekken.

Enkele meters achter de stinkende resten van de zebra lag het mannetje. Hij had een sprong genomen, weg van het gevaar, en was daarbij gestorven.

Tanne bestudeerde de leeuw geruime tijd, daarna keek ze naar mij op en liet haar dodelijk vermoeide lichaam tegen me aan vallen. Ze sloeg haar armen om mijn nek en verborg haar gezicht onder mijn kin. Ik tilde haar op en droeg haar de hele weg terug. Voordat we het kamp bereikten, was ze al in slaap gevallen.

12

Er klopte iets niet. Volgens Sjögren had ik van hem de beste plantage in het Nairobi-district gekocht en ik had Bursell, de beste voorman die er in heel Oost-Afrika te krijgen was – en toch vloog het geld erdoorheen. Bursell wiste zich het zweet van zijn door de zon gebruinde gelaat en zei dat het niet aan hem lag. Hij beweerde dat de grond te hoog lag voor koffieteelt. Mijn collega's haalden hun schouders op en troostten me met de opmerking dat het jaren duurde voordat een plantage geld begon op te brengen. Heb geduld!

Geduld – wat een afschuwelijk woord!

Rusteloosheid en nijd dreven me naar een beruchte woekeraar in Nairobi. Ik refereerde aan mijn vriendschap met de gouverneur en haalde hem ertoe over een groot geldbedrag uit te schrijven. Aan een onervaren koffie-inkoper verkocht ik een relatief groot aantal tonnen koffiebonen die de koffiestruiken nog niet hadden verlaten. De opkoper jubelde van geluk toen ik verklaarde dat de zakken in de achtertuin van diezelfde gouverneur lagen opgestapeld.

Zelfs de geduldige heeft iets nodig om van te leven, en het zakenleven vereiste list en gewiekstheid. Dat lag in de aard der zaak. Hoe vaak was ik zelf niet beduveld?

Enkele dagen later kwam Tanne laat in de middag terug uit Nairobi. Ze zag eruit alsof ze tussen de golfplaten hutjes de dood in de ogen had gezien. Zonder te groeten wankelde ze naar haar kamer. Haar hoed viel in de deuropening van haar hoofd. Niemand kon spoken en demonen oproepen zoals zij. Haar onbehagen verspreidde zich als een brandlucht door de vertrekken. Zelfs Farah trok zich terug om hurkend in een hoekje de ramp lijdzaam te ondergaan.

Na enkele minuten kwam ze alweer naar buiten; ze gaf opdracht om haar paard te halen en antwoordde op mijn aanhoudende vragen dat ze naar de *squatters* moest om ervoor te zorgen dat die kregen wat ze nodig hadden. 'Ze noemen me "Jerie", zij die zich bekommert', sprak ze plechtig en met gebroken stem.

Uren later, het was al donker geworden, kwam ze met een behuild gezicht uit hun *shamba's* terugrijden. Op mijn vraag of er iets met de inlanders gebeurd was, antwoordde ze dat ze elke dag leden. Ze wilde niet dineren en stuurde de bedienden weg. Zelfs Farah moest het huis verlaten. Ze trok een witte jurk aan, maakte haar haren los en liep blootsvoets alle vertrekken door om de lichten te doven. In de salon mocht één lampje blijven branden en ze ging op een stoel midden in de kamer zitten. De schaduw op de muur schuin achter haar verbeeldde een bejaarde die ineengezakt op een troon zat. Ze ensceneerde geen voorleesuurtje of een vertrouwelijk gesprek, maar een nachtelijke rechtbank. De verstikkende lucht van Rungstedlund verspreidde zich over heel Mbagathi en werd in mijn longen geperst. Er had in Nairobi vast een meisje zitten roddelen. Of misschien was ze de gouverneur tegengekomen die verbouwereerd had gevraagd waarom er mensen in zijn achtertuin naar de balen koffiebonen van baron Blixen kwamen zoeken. De lijst van zonden kon je zo lang maken als je wilde.

Ze begon met te zeggen dat ze mij vertrouwde en steunde. Alles wat ik had bereikt en al het respect dat ik genoot, was uitsluitend te danken aan het feit dat zij me uit mijn gebrek aan ruggengraat en ambitie had gehaald. Zonder haar was ik een mikpunt van spot, een zuipschuit die geld over de balk smeet en een vagebond wiens pathetische pogingen om zich als verleider voor te doen in heel Brits Oost-Afrika bij zowel vrouwen als mannen een spottende lach of een verlegen blos op het gezicht bracht.

Nu volgde er een lange kunstmatige pauze, waarna ze zei: 'Ik ben stervende en dat is jouw schuld.'

Ik probeerde mij liefde- en begripvol op te stellen – 'de eerste tijd in de tropen is hard voor een vrouw' – maar ze nam me op met een kille blik en dreigde me te bespugen als ik in haar buurt kwam. Ik gaf het op, liet me aan de andere kant van de kamer op een stoel zakken en vroeg wat ik had misdaan. 'Je hebt me met syfilis besmet.'

Mijn keel werd droog en koud. Instinctief ging ik met mijn hand naar mijn kruis. Vervolgens gebruikte ik mijn verstand. Als je ervoor koos in Afrika te wonen, moest je ziektes verdragen. De meeste konden een dodelijke afloop hebben. Ik luisterde afwezig naar haar verhaal over haar doktersbezoek in Nairobi en de diagnose waar geen twijfel over bestond. Het klonk weliswaar geloofwaardig, maar Tanne kon de gebeurtenissen allemaal net zo goed zelf hebben verzonnen. Toen ze zweeg vroeg ik droog: 'Wie kan je hebben besmet?'

Ze schoot in de lach en wendde zich met een medelijdende blik tot mij. 'Wanneer jij er met eenenveertig graden koorts en bloedende wonden over je hele lichaam bij ligt en je benen zijn verlamd, dan weet je het antwoord.' Toch snapte ik het niet. 'Ik ben toch niet ziek!' protesteerde ik.

Een uur lang luisterde ik naar haar verwijten en vragen. Was het 'Kikuyu-syfilis', 'Masai-syfilis' of 'gewone, burgerlijke Engelse syfilis'? Wat moest ik antwoorden? Ik kreeg er genoeg van en verlangde naar buiten. Het was toch allemaal voorbij, de grond verbrand en verwoest, en ik kon het niet uitstaan dat me als een schooljongen de les gelezen werd. Ze was me nog steeds verwijten aan het maken, maar ik onderbrak haar. Onverwacht kreeg ik de woorden in mijn macht. Ik vertelde dat ik in het geheim een grote lening had genomen en dat ik koffiebonen had verkocht die nog niet geoogst waren. Ik verklaarde dat ik absoluut niet van plan was om dat aan oom Aage te vertellen, maar wel om het allemaal terug te betalen wanneer de plantage winst begon te maken. Ik gaf toe dat ik niet alleen een bedrieger was, maar ook een ontrouwe echtgenoot, dat ik een slecht mens was en haar niet waardig. Mijn intellectuele capaciteiten deden ver onder voor die van haar, ik was een pretentieloze avonturier die hield van jagen en het goede leven op de weidse vlaktes. Het enige wat ik ter verdediging kon aanvoeren, was dat ik nooit bewust een mens schade had toegebracht.

Ik legde uit dat syfilis – als we echt waren besmet – mij niet méér beangstigde dan gewone tropische ziektes, dat ik bijna elke week gedood kon worden door een buffel die me met zijn hoorn doorboorde of een leeuw die me aan stukken scheurde. De nabijheid van de dood joeg me geen angst aan; ik zocht juist eerder situaties op waarbij mijn leven in gevaar was. Doodsangst voelde ik nooit, omdat ik wist wat de dood was. Wat anderen ontrouw noemden, had voor mij niets met goed en kwaad te maken. De seksuele lust bevredigen was voor mij even natuurlijk als eten en drinken. Het geklets van moralisten betrof vooral angst voor zowel het leven als de dood. Ik had geen van beide ooit gevreesd. Vrouwen en mannen hielden dan ook van mij vanwege die eigenschap, maar ze veroordeelden de handelingen die erop volgden. Verantwoordelijkheid? Niemand had ooit verantwoordelijkheid van mij verwacht. Ik was altijd een schaduw geweest. Hans was het originele exemplaar; hem kon je ter verantwoording roepen. Ik had nooit meegeteld.

Mijn eigen woorden openbaarden waarheden voor me die ik nog niet kende. Ze maakten me gelukkig. En ze maakten indruk op Tanne.

Ik stond op en legde uit dat ik van plan was die nacht naar

Nairobi te gaan en mijn intrek in de Muthaiga Club te nemen. De volgende stap was de plantage verkopen en ervoor zorgen dat Tanne in Denemarken medische zorg en rust kreeg. Ik zou alles doen om haar te helpen, maar er verder voor zorgen dat ik uit de buurt bleef. Aan wraak en opspraak beleefde ik geen genoegen. Verder was ik als plantagehouder een lachertje. De wildernis was waar ik thuishoorde.

Na een paar kilometer in de duisternis kwam Farah aanrennen om met vermoeide stem te vragen of ik wilde terugkeren. 'Memsahib wil dat.' De krekels speelden, er was een levendig geritsel in het struikgewas en in de verte op de vlakte hoorde ik het gejank van wilde honden. Een koele bries ontstak een vrolijkheid in me en bijna overheerste de aandrang om mijn tocht voort te zetten. Niettemin ging ik in het licht van de stallantaarn op een omgevallen boomstam zitten om een besluit in mij te laten rijpen. Na een poosje stond ik op, ik wees in de richting van de wilde honden en zei tegen Farah dat mijn leven daar, buiten, lag. Hij antwoordde, nog steeds met afgewend gelaat, dat dat waar was, maar dat het ook waar was dat je vanwege een onenigheid niet tegen je eigen lot inging. 'Kom, we gaan', zei hij en ik volgde hem terug.

Tanne was buiten zichzelf van woede. 'Je hebt beloofd me nooit te verlaten! We zijn in de echt verbonden en hebben verplichtingen ten opzichte van elkaar. Ik kan je je ontrouw en je onverantwoordelijke gedrag vergeven, ik vergeef je zelfs de syfilis, maar ik vergeef het je nooit als je mij verlaat!' Het was de eerste en enige keer dat ze me wilde slaan. Instinctief dook ik weg en haar hand zwiepte langs mijn gezicht. Door de kracht waarmee ze uithaalde, verloor ze haar evenwicht en ik ving haar op. We barstten allebei in lachen uit.

Meteen daarna werd ze weer serieus. 'Blijf! Ik heb je nodig

zoals ik het droge gras en de stoffige aarde nodig heb. Jij bent gelukkig en wreed, als de savanne. Binnen in mij zijn fantasiewerelden, verlaten als paleiszalen, waarin het erg eenzaam wonen is.'

Om half vier in de ochtend openden we een fles champagne en we begonnen plannen te maken hoe we ons het best konden vermaken met het geld dat ik op slinkse wijze in handen had gekregen. Met een auto misschien? Zij sprak over de intensiteit van het leven in de schaduw van de dood, over hoe we samen de hele omgeving voor de gek zouden houden en ten slotte als overwinnaars uit de bus zouden komen, ook al waren we berooid en werden we veracht. We beloofden elkaar dat de ziekte ons geheim zou blijven. Ik wist dat ik die belofte niet zou verbreken – het geheim betekende immers niets voor mij, maar Tanne zou zo'n zwaar kruis nooit kunnen dragen zonder er de wereld opmerkzaam op te maken.

Een uur later sliepen we in elkaars armen in.

De volgende ochtend werd ik wakker van bulderende mannenstemmen. Door het raam zag ik twee Britse officieren te paard met naast hen enkele inlandse Askari's. De Britten spraken zo gemaakt dat het kwijl hun langs de kin droop en ze zaten met ruggen zo recht als staken. Tanne wilde niet eens met hen praten en stuurde Farah naar buiten, maar ze behandelden hem als een hond. Ik ging naar buiten om te vragen wat ze wilden. Toen ze mij zagen, ontdooiden ze en hun snorren golfden op en neer boven hun hijgende excuses. Het ging om de paarden die de barones aan de vijand had verkocht. Als Von Lettow de tien fokmerries kreeg die de barones naar Duits Oost-Afrika probeerde te sturen, kon dat ernstige gevolgen krijgen. De gouverneur zou dat als verraad beschouwen. Het was een kwestie van moraal, riepen ze en ze salueerden ten afscheid. Onder de opgewekte en triomfantelijke kreet 'Binnenkort breekt de oorlog uit!' draafden ze weg, als rubberen ballen in het zadel stuiterend.

Tanne merkte droog op dat ze nooit een belofte verbrak. Von Lettow zou zijn paarden krijgen. Ik antwoordde dat we dan geïnterneerd zouden worden. Tanne keek me met grote ogen aan. 'Geïnterneerd door die daar?' zei ze, terwijl ze de officieren nawees. 'Dan verbreek ik liever een heilige belofte!'

Ze was in een geweldig humeur en wilde plannen maken voor een safari. De oorlog kwam er echter tussen.

13

Ik nodigde een paar Zweden bij mij thuis uit. Het was belangrijk dat we de oorlog met een doordachte strategie tegemoet traden. Holmberg, Von Otter, Fjaestad, Kjellberg, Fägerskjöld en Rundgren waren eerst bloedserieus over het uitbreken van de oorlog, maar toch zag ik dat het krijgsenthousiasme als een gistend deeg in hen opzwol. Toen ik voorstelde dat we ons er helemaal niets van zouden aantrekken – wat hadden wij Afrikaanse Zweden met de oorlog van de Engelsen en de Duitsers in Europa te maken? – waren ze geschokt. Oorlog is niet iets lichtzinnigs, zeiden ze, en ze werden steeds opgewekter, als voor een jacht op groot wild.

We besloten trouw te zijn aan ons protectoraat en het als dat nodig was ook met wapens te verdedigen. Als Zweden zich in de oorlog aan de zijde van Duitsland zou scharen, zouden we om vrijstelling van dienstplicht vragen. Erik von Otter, ernstig en uitgemergeld als een woestijnkluizenaar, vroeg zich af of zijn islamitische geloof de situatie voor hem nog complexer zou maken. Zoals altijd wanneer het om geestelijke vraagstukken ging, begreep ik er niets van, maar ik antwoordde hem dat het vertrouwen van de Britten in zijn moed in het veld er alleen maar door zou worden versterkt. Een Zweedse edelman en mohammedaan die voor de Engelsen tegen de Duitsers in de Afrikaanse wildernis vocht – hoe kon iemand daar de logica van inzien?

Een paar dagen later fietsten Von Otter en ik naar Nairobi om ons bij het rekruteringskantoor te melden. Erik stapte niet alleen op zijn fiets alsof het een kameel was, maar behandelde hem ook als een groot dier dat respect afdwong. Toen we halverwege waren en ik ging plassen, vouwde hij zijn mat uit om naar het noordoosten gekeerd zijn gebeden te verrichten. Met Erik kon je geen grappen maken – je schoot toch altijd mis – en hij jaagde op groot wild met een ernst die geen spel of onbezonnenheid toeliet. Maar Allah stond wel aan zijn kant wanneer hij zijn schoten afvuurde. Erik was de enige die beter schoot dan ik.

In Nairobi was het een gekkenhuis. Zelfs de rustige Indiërs riepen vanuit hun dukka's om dood en vernietiging. De stad was overspoeld door boeren, jagers en avonturiers van Europese afkomst die allemaal hun bloeddorstigheid uitschreeuwden. Ze droegen hagelgeweren, zware olifantengeweren, voorladers, speren, schilden, veren en luipaardmutsen en zwaaiden met zelfgemaakte vlaggen. Er piepten doedelzakken, er schetterden trompetten en er pingelden gitaren. Baardige mannen met een stetson op schoten met hun pistool in de lucht en maakten de schapen en geiten aan het schrikken. Velen droegen zelfgemaakte uniformen die zwaar doorhingen onder het gewicht van medailles en andere dingen die aan krijgshaftige prestaties konden doen denken. Ze schreeuwden hun haat tegen de Duitsers uit en voegden zich bij haastig geformeerde patrouilles, die uit de maat door het stof stampten. De meesten waren dronken en hun mannelijke moed kende geen grenzen. Eén bende dreigde ons ter plekke dood te schieten omdat we 'halve Duitsers' waren.

Von Otter aanschouwde het spektakel met bezorgde ernst en vroeg of men dit nu 'carnaval' noemde. Op mijn antwoord dat dit het Brits Oost-Afrikaanse leger was, glimlachte hij voor de eerste en enige keer die dag.

Toen ik hoorde dat de reumatische snob Berkeley Cole een compagnie strijdlustige Somaliërs had geformeerd die onderweg was naar Nairobi, capituleerde ik voor de oorlogshysterie. We hadden geen keus. Je kon er niet tussenuit knijpen. We gingen langs bij een heleboel quasiregimenten, die glorieuze namen droegen als Bowkers Ruiters, King's African Rifles en Wessels Speurders, om te informeren of ze onze diensten konden gebruiken. Binnen dertig seconden was ik inlichtingenofficier bij Bowkers Ruiters, met als taak verbindingen tot stand te brengen tussen Lord Delameres patrouilles aan de grens met Duits Oost-Afrika en de hoogste inlichtingenofficier in Nairobi. Ik tekende voor de ontvangst van mijn hulpmiddelen: een motorfiets, een paar stevige laarzen (die stuurde ik de volgende dag aan stamhoofd Kinanjui die van laarzen hield) alsmede een vlucht postduiven.

Toen ik de kooien met de duiven achter op de motor had bevestigd en vol gas naar Mbagathi terugkeerde, was mijn houding ten opzichte van de Afrikaanse nepoorlog veranderd. Ik was een fladderend en lachend monster toen ik, met een leren helm en een veiligheidsbril op, angst zaaide tussen Nairobi en het Ngong-gebergte. Ik had daarvoor nog nooit zo hard gereden, en ik ben maar één keer gevallen. Zowel de duiven als ik overleefden het.

Toen ik twee dagen later knetterend de plantage verliet om op de motor naar Kijabe te gaan, stond Tanne voor het woonhuis te lachen. Ik maakte een paar afscheidsrondjes op het erf, deed kunstjes voor haar, stond met één been op de zitting en met het andere gestrekt naar achteren. Ik trok oorlogszuchtige gezichten, rende naast de motor en sprong er dan op, ik slipte in de bochten en salueerde wanneer ik langs haar reed. Tijdens het laatste rondje schreeuwde ze iets wat ik interpreteerde als 'Ik kom je achterna'.

De moeilijkheid was om Lord Delamere en zijn strijdlustige Masai überhaupt te vinden. Ik rende, liep, en reed op de motor van Mara in het noorden tot aan de Kilimanjaro in het zuiden, maar ik ving geen glimp van hem op. Toen ik bij rondtrekkende Masai naar hem informeerde, wezen ze in allerlei richtingen over de vlakte en ze verklaarden dat hij overal kon zijn. Ten slotte trof ik op de terugweg een paar Masai-morans die doodstil in de schaduw onder een acacia stonden. Toen ik bij hen informeerde, wezen ze naar beneden. Aan hun voeten lag Delamere op de grond zijn middagslaap te doen. Toen ik hem wilde wekken, werd ik bedreigd met speerpunten op mijn keel. Ik moest een uur wachten. Daarna werd hij wakker en verwelkomde hij me met de woorden *'Oh, there you are!'*, een kop thee en een groot glas whisky. Hij praatte alsof hij zich in het Engelse Hogerhuis bevond, maar zag eruit als een Amerikaanse pelsjager uit een of ander avonturenboek. Zijn haren hingen tot op zijn schouders, hij kende geen honger of dorst, was verstrooid en idealistisch en altijd op weg naar de horizon. Hij was de enige blanke man voor wie de Masai hun leven zouden kunnen offeren.

Ik vroeg hem welke informatie hij voor de inlichtingenofficier in Nairobi had aangaande de oorlog aan de grens. 'Geen,' antwoordde hij, 'we zijn nog niet met de oorlog begonnen.' Er was een probleem. Omdat men Afrikanen niet op blanke mannen kon laten schieten – dat zou verwoestende consequenties kunnen krijgen voor de toekomst van de koloniën – was hij de enige die de strijd met Von Lettow kon aanbinden. Maar hij had sinds zijn jeugd geen Duitser meer gezien. Eigenlijk zouden hij en Von Lettow de hele zaak in een duel moeten afhandelen, vond hij.

De Masai vertelden echter in een plotselinge stroom van woorden dat er zich een zwaarbewapende Duitse patrouille in het zuidwesten bevond, precies aan de andere kant van de grens. Delamere stelde voor dat ik daarheen zou gaan om ze dood te schieten. 'In mijn eentje?' vroeg ik. Hij keek me verwonderd aan. 'Dat lukt je met gemak. Je staat immers al bekend als de beste schutter van Oost-Afrika, zowel hier als daar.' Hij grinnikte en gaf me een por in mijn kruis.

Daarna omhelsde hij me, gaf me een smakzoen op beide wangen en vervolgde in ijltempo zijn doelloze mars over de savanne met de zwijgende en ernstige Masai in zijn kielzog.

Samen met mijn beide Afrikaanse metgezellen zocht ik een weg naar de plek die de Masai hadden beschreven. We slopen rond alsof we op jacht naar groot wild waren en ontdekten een paar tenten en enkele Afrikanen die in de schaduw bij een dovend kampvuur zaten. Verder weg op de vlakte, in de snikhete zon, waren drie dikke Duitsers de wildernis aan het afpassen. Niet ver bij hen vandaan stapte een secretarisvogel rond en het was niet gemakkelijk om te zeggen wie eigenlijk wie imiteerde. De Duitsers hadden enorme meetinstrumenten opgetuigd waarin ze stonden te turen. 'Kanonnen', fluisterden mijn metgezellen en ze zochten dekking.

Ik hing mijn geweer over mijn schouder en liep op de Duitsers af. Ze begroetten me met blijde kreten en klopjes op de rug. Met enkele korte bevelen zetten ze de bedienden aan het werk en ze boden me natuurlijk geconserveerde worst en schnaps aan. Toen we ons aan elkaar hadden voorgesteld, vroegen ze of ik groot wild had geschoten. Ik legde uit dat ik tegenwoordig soldaat was en in krijgsdienst. 'Hebben de Zweden de Engelsen de oorlog verklaard?' vroegen ze met grote ogen van verbazing. Ik moest alles uitleggen. Ze wisten niet dat Engeland en Duitsland in oorlog waren, ze wisten helemaal niets, behalve dan dat ze Serengeti in reusachtige stukken opdeelden voor toekomstige Duitse boeren.

Ik dacht erover om hen voor de grap gevangen te nemen en als krijgsgevangenen naar Kijabe mee te drijven. Maar een grap die dagen duurde, zou onverdraaglijk worden.

In Kijabe lag een brief van Tanne voor me. Bursell zorgde zo goed als hij kon voor de plantage. Enkele ernstige officieren hadden onze salon een paar dagen als liaisonhoofdkwartier gebruikt, maar wat ze vooral hadden gedaan was zwijgend croquet spelen op het grasveld voor ons huis. Een paar hysterische Engelse vrouwen hadden haar opgezocht en haar ervan beschuldigd dat ze een spionne was. Dat kon ze wel verdragen, maar wat ze niet kon verdragen waren hun lelijke make-up, vreselijke kleren, snerpende stemmen en giebelende manieren. 'Ik moet hier weg!' schreef ze.

Na een aantal zinloze maar redelijk aangename tochten over de vlaktes – er was vaak gelegenheid om te jagen – arriveerde ik op een middag in Narok om proviand in te slaan en 'het onderhoud van de troepen' te regelen. Het kamp in Narok, dat bestond uit tenten en golfplaten hutjes, lag op een groot veld. Het was er stoffig en heet, ossen loeiden, enkele paarden stonden te dommelen onder een mangoboom en overal zaten of lagen zowel blanke als zwarte mannen apathisch van verveling. Een Engelse boer met een zelfgemaakte rangonderscheiding op zijn kaki-overhemd schreeuwde zonder eerst te groeten naar me: 'Je vrouw is hier! We zijn allemaal onder de indruk!' Ik was moe na de mars en geïrriteerd. De ironie die ik in zijn stem meende te bespeuren was voldoende om te zorgen dat ik me tot hem wendde, klaar om hem zijn tanden uit de mond te slaan. Hij kwam snel bij zijn positieven en ging er vandoor. 'Het is waar!' schreeuwde hij terwijl hij in het hoge gras verdween.

Even later kreeg ik een slanke gestalte in de gaten, gekleed in een rijbroek, met een mannenhoed op en laarzen aan, die op een wagen het afladen van proviand stond te dirigeren. Ik kwam dichterbij en zag vuil en stof, maar ook een blik vervuld van wilde blijdschap. Het was Tanne. Ze stak me een ruw handje toe en vroeg met een superieure glimlach of ik kon helpen.

Zelf onderbrak ze het werk. Ze was net aangekomen en liep over van verhalen.

Vier dagen lang had ze een transport van Kijabe naar Narok geleid, een traject van honderdvijftig kilometer. Ze had samen met Farah, de kok Ismaël en twintig Kikuyu naast de drie ossenwagens gelopen. Ze had geen minuut op de wagens gezeten of zich laten dragen. Op een nacht had ze leeuwen gehoord. Ze was de tent uitgevlogen en had gezien dat een grote mannetjesleeuw de mboma was binnengedrongen en op de rug van een os hing. Omdat ze in de gauwigheid alleen haar zweep had mee gegrist, verdreef ze de leeuw met harde klappen op zijn rug.

Zes uur lang vertelde ze onafgebroken over haar avonturen. Een enkele keer werd ze onderbroken door een Engelsman die riep: 'Goed gedaan, barones!', maar verder onderhield ze me terwijl ik mijn tent opzette, me waste en tijdens het diner, waarbij ze trakteerde op een fles Franse kwaliteitswijn die ze speciaal voor deze gelegenheid had bewaard. Ik had Tanne niet eerder zo gelukkig en gezond gezien. Ze was een vent onder de mannen.

Die nacht was ze speels en zacht, en toen we de liefde bedreven slaakte ze een kreet van verbazing. Na afloop zei ze: 'Moet je je voorstellen dat er een voorspel van vier dagen onmenselijk hard werken voor nodig is om mij een orgasme te bezorgen.'

Terwijl ik zachtjes wegzonk in mijn slaap hoorde ik hoe ze de tent uit liep en buiten op een stoel ging zitten. Ze streek een lucifer aan en stak een sigaret op. 'Bror, ik ben gelukkig. De sterrenhemel is weergaloos!'

Eigenlijk vond ik mijn taak tijdens de oorlog best prettig. Er was veel dat deed denken aan een jachtexpeditie: rondtrekken over de vlaktes, een kamp opslaan bij een bosje, bij zonsondergang buiten dineren en de koelte voelen bij een watertje. Het verschil was dat jagen doel en zin had, terwijl de oorlogsactiviteiten niet tot concreet resultaat leidden.

Ik overnachtte vaak bij de Masai en sliep in hun *manyatta's*. Een paar keer at ik met hen. We gingen met respect met elkaar om, maar spraken onderling niet veel. De mannen betoonden me soms een soort vriendschap door een poosje stil naast me of bij de hut waarin ik sliep te gaan staan. Jonge, slanke vrouwen met een soepele huid en pezige, stalen spieren kwamen 's avonds zonder voorafgaande waarschuwing bij me binnen. Vaak zwegen ze, maar het gebeurde ook wel dat ze uitbarstten in een spraakwaterval. Ze waren ongegeneerd geïnteresseerd in mijn witte huid, mijn dunne, steile haar en het feit dat ik niet besneden was.

Toen ik op een middag onderuitgezakt in een stoel van bosbokleer zat, ontdekte ik dat er buitengewoon veel Masai in mijn buurt waren gaan staan. Sommige waren morans met speren en in oorlogskleuren, maar er waren ook oudere mannen bij. Je kon aan hen zien dat ze vol woorden en gedachten zaten waar ze al een tijdje mee rondliepen en die ze graag kwijt wilden. Na een uur vroeg ik of ze iets op hun hart hadden. Een op een gier lijkende bejaarde schraapte zijn keel, spuugde een keer en kraste met krachtig stemgeluid. Hij vroeg waarom de Masai geen Luo, Kamba en Kikuyu mochten doden; iets wat ze, naast het stelen van vee en de leeuwenjacht, misschien meer waardeerden dan wat ook. Ik antwoordde dat het een kwade zaak was om een ander mens te doden. De man zei dat hij die mening begreep, hoewel hij haar niet deelde, en vervolgde: 'Hoe kun je weten dat het leven beter is dan de dood?'

Vervolgens deed hij er het zwijgen toe en iedereen stond weer stil, de blik rustend op een gebeurtenisloze horizon. Na enkele minuten vroeg een andere oudere man waarom de blanken elkaar in deze oorlog ombrachten als het iets slechts was om een mens te doden. Eerst wist ik niet wat ik moest zeggen, maar na een poosje hervond ik me en ik zei dat ik van mening was dat dit ook fout was, maar dat er conflicten waren die je niet anders dan met oorlog kon oplossen. Daarop bromden ze instemmend, maar ik voelde dat ik steeds meer moeite met de logica kreeg. Ze vroegen ook of ze de Duitsers als blanke mannen moesten behandelen en hun vrijwillig vee moesten geven wanneer ze dat verlangden, of dat ze hen als vijanden moesten beschouwen en hen moesten doden. Ik antwoordde dat ze hun geen vee moesten geven maar hen ook niet moesten doden, en toen barstten ze in lachen uit. Ik voelde me steeds minder op mijn gemak. Tanne zou hier veel beter mee uit de voeten hebben gekund.

Een jonge man vatte de situatie samen. Hoewel de zwarte mannen zich in hun eigen land bevonden, hadden de blanken de zwarten verboden elkaar bij ruzies te doden. Maar in het land van de blanke mannen doodden de blanken elkaar en in het land van de zwarte mannen doodden de blanken niet alleen elkaar maar ook de zwarten. De blanken mochten dus elkaar en ook de zwarten ombrengen, maar de zwarten mochten noch de blanken noch de zwarten ombrengen, zelfs niet in hun eigen land. Dat begrepen ze niet. Masai, die erop uit wilden gaan om te doden om op die manier een roemrijke krijger en een dappere man te worden, mochten dat niet, terwijl de blanken dat wel mochten, hoewel ze het doden als iets slechts beschouwden.

Ik kreeg hoofdpijn. Deze kronkelige redenering was onmogelijk te pareren; hun omgekeerde logica was onweerlegbaar. Ze hadden gelijk. Dat gaf ik toe, maar om te voorkomen dat de autoriteit van de blanke man ter discussie zou worden gesteld, voegde ik eraan toe dat dit iets was wat de blanke na verloop van tijd zou oplossen. De oorlog van de blanken was iets verkeerds dat weldra zou ophouden. De Masai staarden me ongelovig aan.

Dit was de enige keer dat de Masai teleurgesteld waren in mijn woorden of daden. Verder begrepen we elkaar heel goed. Het ergste was dat ze hun redenering niet konden afmaken.

De volgende ochtend werd ik vroeg wakker en ik moest rennen om op tijd buiten te komen, waar ik mijn darmen leegde in een waterval van bloed en ontlasting. Het was duidelijk dat ik dysenterie had opgelopen. De morans stonden nog voor mijn hut en elke keer dat ik naar buiten vloog, overvielen ze me met vragen over het recht van de blanke en zwarte man om te doden. De koorts steeg en de pijn in mijn buik golfde af en aan alsof er voortdurend messen in werden gestoken.

Ik miste Tanne meer dan ooit, de proviand begon op te raken en ik was zowel de vragen van de Masai als de dysenterie beu. Het was honderdveertig kilometer naar Tannes kamp bij Kijabe, ongeveer vier dagen stevig doormarcheren, een lastig traject om af te leggen met een ziekte die mij van binnen efficiënt uitholde.

Niettemin brak ik de volgende ochtend vroeg voor zonsopgang op. Spoorzoeker Simba en geweerdrager Juma sputterden tegen; ze hadden geen zin in de tocht. De afstand was te lang voor een mars in ijltempo, zeker gezien mijn toestand. Ze verwachtten moeilijkheden.

Ik liep, dronk en poepte. Zo goed als het ging, probeerde ik rustpauzes te vermijden omdat ik daarna moeilijk weer op gang kwam. We zeiden niets tegen elkaar. De mars werd meer een strijd van mijn bewustzijn dan van mijn lichaam. Twee dagen lang bewoog ik eerder in een geestelijk dan in een fysiek landschap.

Ik liep voorop, op de voet gevolgd door mijn norse metgezellen. Simba mompelde af en toe iets en gaf met zijn hand aan in welke richting we moesten lopen. Juma klaagde luidkeels. We liepen recht door de eentonige wildernis en letten niet op dieren of op de conditie van het terrein. Ik maakte een trektocht op een voor mij ongekende manier: grof en ongevoelig, blind en doof voor de omgeving. Koortsdromen en de realiteit raakten vervlochten en ik was een vreemdeling in het veld. We liepen vlak langs alle mogelijke soorten wild dat zich nauwelijks iets van ons aantrok. Zelfs de olifanten en leeuwen trokken zich voorkomend terug toen wij eraan kwamen. Het was alsof de dieren begrepen dat wij geen bedreiging voor hen vormden.

De eerste ochtend was ik moe en dorstig en ik dronk bij elk beekje zonder erbij na te denken dat het water eigenlijk gekookt moest worden.

Daar reageerde mijn lichaam natuurlijk op en een aantal keren scheelde het niet veel of ik viel onder het lopen in slaap. Toen de vermoeidheid overging in pure uitputting ontdekte ik dat het toch mogelijk was om je in staande positie te bewegen. Het was gewoon een kwestie van je er mentaal op instellen dat je je in een natuurlijke toestand bevond. Het landschap kwam als een rivier op me af stromen en werd door mijn lichaam opgeslokt. De zon veroorzaakte door de hitte scheuren in de grond, de tijd begon zich in een spiraal te bewegen en ik was de enige in de hele wereld die reisde, of die de grond naar zich toe liet reizen. Een paar keer zag ik uit mijn ooghoek, als door een convexe lens, Tanne in de schaduw onder een boom van een drankje nippen. Ik kreeg het idee dat ze dood was en ik miste haar verschrikkelijk. Soms kwam ik mijn broer Hans tegen, die glimlachend in elegante sportkleding kwam aanlopen, soms liep hij langs me heen en wekte een absurde liefde in mij op voor zijn nek, die ik zo goed kende. Ik hoorde mijn vader met ingeblikt stemgeluid praten over mijn moeders ellendige, zwakke gezondheid en over de mooie vrouwen die hij altijd in Kopenhagen ontmoette. Ik hoorde mezelf iets zeggen; Hans antwoordde: 'Jij mag haar wel nemen', en toen ontdekte ik dat Tanne boven haar drankje zat te huilen en om haar vader riep. Een komisch koor van kakelende stemmen onderbrak haar, en te midden van dat alles verschenen de gezichten van Simba en Juma. Pas toen ze met me begonnen te worstelen en me heen en weer schudden, kwam ik bij zinnen en ik zonk neer op een houten brits in iets wat een hutje bleek te zijn.

Ik verloor het bewustzijn, misschien sliep ik, maar ik werd wakker omdat ik moest poepen. Ik kroop de hut uit, leegde me, kroop terug, greep me vast aan de oneffenheden van de muren en trok mezelf aan mijn armen omhoog. Juma werd wakker en verzocht me weer naar bed te gaan, maar ik trok mijn schoenen aan en bleef doorlopen. Achter me hoorde ik dat hij Simba wekte en toen ze zich opmaakten om mij te volgen, werd er stevig gevloekt.

Toen de zon opging, liepen we er recht op af. Hij kwam ons steeds groter, steeds heter tegemoet. We bewogen in een sterk verlichte wereld waarin alle contouren op een pijnlijke manier scherp waren. De geluiden werden duidelijk, de grond werd harder en de bomen en struiken groter. We kwamen rondtrekkende grijze lichamen tegen, groot als huizen en met dreigend klapperende oren. Hun buiken rommelden en uit hun slurven werden geluiden uitgestoten die te krachtig waren voor je oren. Voor mijn voeten kropen schorpioenen, mestkevers en spinnen zo groot als konijnen, en om mij heen vlogen vlinders zo groot als gieren. Soms sloeg ik mijn ogen neer om te controleren of mijn voeten zich beurtelings heen en terug bewogen. De stemmen en gezichten van mijn familieleden keerden terug, spottend en twistziek.

Ik heb geen idee hoelang dit doorging. Ten slotte voelde ik armen om mij heen die me stevig vasthielden. De gelaatskleur van mijn metgezellen was van zwart in grijs veranderd. Luidkeels smeekten ze me de tocht te onderbreken – ze konden niet meer lopen. Ze wezen op een dorpje dat vlak in de buurt lag. Ik vroeg Simba in welke richting Kijabe lag en hoe ver het nog was. Hij antwoordde dat het misschien twintig kilometer was en wees over de vlakte. 'Blijven jullie maar, ik loop het laatste stuk.' Ze vervloekten me en schreeuwden me na, maar lieten me gaan. Het geestelijk wandelen was aanlokkelijk. Zolang ik liep, hield ik de dood op afstand.

Ze hebben me nadien verteld dat ze me toen ik in Kijabe aankwam als een plank hebben opgetild en naar Tanne hebben gedragen. Ik was uitgedroogd en na twee dagen onafgebroken lopen bijna tien kilo afgevallen. Tanne zei dat ik veertien jaar ouder was geworden, een jaar voor elke Zweedse mijl die ik had afgelegd. 'Waarom?' vroeg ze. 'Ik verlangde naar je', antwoordde ik en even ging er pijn als een schaduw over haar gezicht.

De volgende ochtend was ik weer gezond en sterk. Alleen een beetje stijf in mijn gewrichten en ik had nog steeds dorst. Ik opende een fles en dronk. De complete hel stroomde mijn mond in. Brullend rende ik naar de rivier en ik was bijna verdronken bij mijn pogingen de brand in mijn mond en keel te blussen. Ik had geconcentreerde lysol gedronken en toen ze me van de rivier wegdroegen, begreep ik dat er een heleboel mensen waren die het 't gemakkelijkst zouden vinden om mij ter plekke te begraven.

In de loop van de middag voelde ik me beter en ik nam Tanne mee op jacht. De volgende dag verplaatsten we het kamp vijftien kilometer en daarna liep ik dertig kilometer naar Delamere. Ziektes zijn er om te overwinnen.

De oorlog in Oost-Afrika bloedde dood bij gebrek aan doelstelling, strategie en resultaat. De boeren stopten met hun oorlogszuchtige strijdkreten, ze verlieten hun compagnies en keerden terug naar hun bedrijven, die weer weggezakt waren in de wildernis. Von Lettow was de enige die succesvol oorlog voerde, maar het ontbrak hem in dit verband aan iets zo belangrijks als een competente vijand om tegen te vechten.

14

Onze nieuwe plantage was een synthese van de gezamenlijke dromen van Tanne en mij. Åke Sjögren, de oude schurk, had het mooiste huis van de hooglanden gebouwd en als door een wonder waren wij erin geslaagd het te kopen. Het lag in het bos, niet ver van ons oude Mbagathi, en er hoorde een plantage van achtenveertighonderd hectare bij en een honderdtal Kikuyu-gezinnen, squatters. Het Ngong-gebergte zag je vanaf de achterkant van het huis duidelijk liggen. De salon stond vol met Engelse en Zweedse meubels. Er was ook een grote bibliotheek en Tanne streelde de boekruggen met haar vingertoppen voordat ze plechtig een boek uit de kast haalde. Zelf las ik alleen Stevenson.

De weg die we naar de koop hadden bewandeld, was een reeks van halve leugens, misverstanden en roekeloze beslissingen. Hoewel de koffieprijzen stegen, raakte Mbagathi in verval vanwege de oorlog. Tot Tannes vreugde moest ik mijn toevlucht nemen tot gemanipuleer met de boekhouding, en ik maakte lange lijsten met fictieve uitgaven en inkomsten en zorgvuldige verslagen van de financiële situatie. De vreugde van Tanne en mij werd nog groter toen bleek dat oom Aage, die ervaren zakenman, de leugens grotendeels slikte. Het was ook bijzonder hoe gemakkelijk ik zowel in Oost-Afrika als in Europa geld kon lenen. Amper begon ik over de plantage te praten of de geldschieters trokken hun portefeuille al. Tante Bess en tante Fritze waren de enigen die ons niet geloofden. Het scherpe moralisme van de eerste en het spottende cynisme van de tweede – eigenschappen die ik bewonderde – maakten dat ze helderder zagen dan anderen. Onze ergste vijand bevond zich echter in Tannes absolute nabijheid. Haar jongere broer

Thomas was een monument van vreugdeloze rechtschapenheid. Elke glimlach van mijn lippen was een zonde tegen de schepping. Niet de plantage wilde hij uit de zinnenwereld verbannen, maar mij. Daar kwam bij dat hij met pretentieuze stem verheven idealen predikte, en dat is het ergste wat ik ken. Meer dan naar wat ook verlangde hij naar de 'eer' die op hem zou afstralen nadat hij als vrijwilliger aan de oorlog had deelgenomen en zo veel mogelijk mensen had omgebracht. Hij snoefde met valse diepzinnigheid, en verdroeg met een lijdzaam gezicht de domheden van zijn medemensen. Als Tanne niet naar hem had geluisterd en van hem had gehouden, had ik hem nog geen handdruk waardig geacht.

Eerst reisde Tanne terug naar Denemarken. Ze lag in het ziekenhuis om van haar geheim te genezen, maar tegelijkertijd bereidde ze de weg voor mijn toverkunsten in de hogere boekhoudkunde. Een vol jaar later kwam ik in Scandinavië aan om de cijfers te vergulden met mijn glimlach en grappige verhalen. De mensen wilden me graag geloven en ze deden er alles aan om ervoor te zorgen dat ik zou blijven wie ik was. Ze waren gek op mijn ideeën, vooral die waarmee veel geld gemoeid was: een spoorweg tussen onze plantage en Nairobi, een collecte voor soldaatboeren in Oost-Afrika zodat de 'dapperen' nieuwe huizen konden krijgen, het opzetten van een dekenfabriek in Zuid-Afrika. Had ik 'olifantenfarm' gezegd, dan waren ze helemaal gelukkig geweest. Ik kon zo veel absurde projecten verzinnen als ik wilde, ze stonden overal voor open. De familie, mensen uit het bankwezen, ministers en koninklijke hoogheden beschouwden mij als een visionair, iemand die verder keek dan anderen en wiens kracht in het geheel lag, niet in de details. Ik was niet de bron van de dwaasheden; dat waren anderen, die me op ideeën brachten en me er vervolgens toe verlokten ze uit te voeren.

Toen ik Hans over de plannen vertelde, lachte hij erom alsof het een grap was, maar hij moedigde me wel aan.

Europa was minder werkelijk dan Afrika. Meer herinneringen en verleden tijd dan heden en toekomst. In Oost-Afrika had je weliswaar veel mensen die slechts een parasiterend bestaan leidden, maar hun passiviteit getuigde van een optimistischer levenshouding dan de grootste actievelingen in Zweden hadden. Daar was Hans de enige die het leven ten volle leek te leven.

De terugreis naar Afrika was een vlucht voor Duitse oorlogsvaartuigen. Zigzaggend varend door sneeuwstormen en hoge golven verlieten we Londen. De mensen moesten overgeven van zeeziekte en van angst dat het schip door Duitse onderzeeërs tot zinken zou worden gebracht. Verder naar het zuiden, langs de Afrikaanse westkust, sloegen de angst en de misselijkheid van de ene dag op de andere om in euforie en orgastische losbandigheid. We feestten, zongen en dansten. Echtgenoten deden aan partnerruil zoals normale feestvierders van conversatiepartner wisselen. Tanne sloeg het allemaal met een hatelijke glimlach gade en diende elke dame die belangstelling voor mij toonde elegant en giftig van repliek. Een groep acteurs, voornamelijk jonge meisjes die ervan hielden in dunne kousen en korte rokken te dansen, maakte de bals en cabarets levensgevaarlijk.

Bij onze terugkeer in Oost-Afrika werden we serieus en melancholiek. Tanne en ik liepen over de landerijen van onze nieuwe plantage en voelden ons zowel opgelucht als ongerust. Europa was niet langer ‘thuis’ en ons nieuwe thuisland kreeg daarom een betekenis die ons beangstigde. Stel je voor dat we het niet konden bolwerken met de plantage en alles zouden moeten verlaten? We waren nog steeds vastbesloten ons uiterste best te doen om er een succes van te maken.

Toen we begrepen dat de inlanders die naam al gebruikten,

noemden we ons nieuwe thuis Mbogani, 'het huis in het bos'. De hoge koffieprijzen waren bemoedigend en gaven ons argumenten om oom Aage en tante Ingeborg over te halen geld in de nieuwe plantage te steken. Dat ging verbijsterend gemakkelijk. Het betekende wel dat ik, die een heel jaar als een vrije vrijgezel had geleefd, weer terug moest keren naar een bestaan van werken en een geregeld dagelijks leven.

We waren nog maar net gearriveerd of Bursell nam ontslag. Hij merkte droog op dat hij zo'n mooie plantage niet naar de knoppen wilde zien gaan. Enkele dagen eerder had hij zelf een farm gekocht, waar hij met zijn hardwerkende gezin naartoe verhuisde. Je hoefde hem maar in de grond te zien schoppen om de conditie ervan te onderzoeken, of je begreep dat hij succes zou hebben. Tanne vervloekte hem en noemde hem een verrader, ook al had hij zijn best gedaan. Toen hij in mijn werkkamer stond en haar harde woorden hoorde, kletterde de regen op het dak en de koffiestruiken bloeiden als nooit tevoren. Toch zei Bursell dat het niet zou gaan. De plantage lag te hoog voor koffie. Met gedempte stem raadde hij ons aan om een gemengd bedrijf te beginnen met veehouderij als voornaamste component.

En toen kwam de droogte. We gingen op reis om de verwoesting niet te hoeven zien en ik verrichtte nog een paar gewaagde transacties om aan contant geld te komen. We keerden terug om te constateren dat de ellende alleen maar groter was geworden. Tanne huilde en sloeg met haar rijzweep tegen de koffiestruiken. Ze huilde toen ze in een brief las dat haar vriendin Daisy, ons gemeenschappelijke en haar favoriete nichtje, zich in een hotelkamer in Londen van het leven had beroofd. Ze huilde toen we niet samen werden uitgenodigd voor officiële recepties in Nairobi. Ik was welkom, maar zij niet. Er werd gefluisterd dat ze niet alleen een Duitse spionne was, maar ook een arrogante snob die buitengesloten moest worden. Er zaten vrouwen achter die vijandelijkheden. Ik wist niet hoe ik haar moest verdedigen. Die snibbige ambtenaarsvrouwen kon je niet op hun bek slaan.

Wat we ook aanpakten, het glipte tussen onze vingers door. Geld, bezit, oogsten, vrienden en familie stortten onverwacht in een afgrond. Hoe meer ik mijn best deed om, met eerlijke en oneerlijke middelen, voor Tanne en mij een basis te bouwen, hoe meer ik met lege handen kwam te staan. De enige zekerheid was de ochtenddauw op het grasveld voor het huis, de hitte midden op de dag en het schaduwspel onder de loofbomen. De zonsondergang liet je nooit in de steek en het wild trok langs de heuvels van het Ngong-gebergte ongeacht of er hitte heerste of de regenperiode aanbrak. Dat was het enige wat overbleef, en als dat er niet geweest was, zou het geen zin hebben gehad 's ochtends op te staan. De onweerswolken in de verte waren al wekenlang een belofte. Maar ze lieten hun neerslag ergens anders vallen, altijd ergens anders. Na de regenrijke inleiding van dat jaar volgde een droogte waardoor de koffiebonen aan de takken verschrompelden. Bursell had natuurlijk gelijk.

Ik zat in de schaduw op de veranda van ons nieuwe huis. Op tafel voor me, verlicht door de vuurgele middagzon, lag een telegram uit Zweden. Ik had het bijna opengescheurd, maar hield me op het laatste moment in en besloot het pas te openen wanneer Tanne was thuisgekomen. Ze was naar de shamba's van onze inlanders gereden, kleine lapjes grond, om *shauries* op te lossen, dat wil zeggen juridische geschillen. Telegrammen waren bedreigend en noodlottig. Ze konden je leven veranderen.

Het was laat in de middag maar warmer dan anders. In het zuidwesten stonden onweerswolken als zwarte rookpluimen aan de hemel en achter het Ngong-gebergte straalde de lucht geel, rood en oranje. Er viel echter geen regen. Je werd gek van de droogte. Ik voelde me al een paar weken krachteloos en neerslachtig. Een vreemde angst, waardoor ik schrok van onverwachte geluiden en bewegingen, wekte een absurde woede bij me op. Enkele dagen eerder had ik een brutale Kikuyu-jongen bestraft door hem tot bloedens toe te slaan. De wond op zijn achterhoofd achtervolgde me nog dagen. Het maakte niet uit dat ik hem de volgende dag schadeloos had gesteld.

Ik hoorde het geluid van een dravend paard, boog me voorover en zag Tanne naar het huis toe komen rijden. De wind speelde met het rode stof rond de hoeven en kleurde struiken en bomen. Haar toto's renden samen met de hond Dusk met haar op en heetten haar met luide kreten welkom. Ze hield halt en nam me op. 'Er is een telegram gekomen.' Iets in mijn stem maakte dat de jongetjes verdwenen en dat de hond wegliep om in de schaduw te gaan liggen. Tanne bleef lang op Rouge zitten. Het anders zo onrustige paard stond doodstil. 'Daisy is toch al dood', zei ze, terwijl ze van het paard sprong en woedend naar binnen verdween.

We lieten het telegram een paar keer tussen onze handen heen en weer gaan voordat ik het greep en openmaakte.

Het is weinig mensen vergund een telegram over hun eigen dood te lezen. Ik las en las en Tanne begon me duwtjes te geven en vroeg wat er aan de hand was. Ik antwoordde dat er iets geks was, een vergissing, dat ik het niet begreep. Ze rukte het papier naar zich toe om het te lezen. Vervolgens wierp ze me een donkere blik toe, gaf me een oorvijg en verliet de kamer. Ik las de tekst opnieuw. Hans was dood. Hij was omgekomen bij een vliegtuigongeluk. Wat kon dat betekenen?

Ik zag hoe de eetkamertafel naast me verbleekte tot iets

zonder betekenis. Het hout stierf gewoon weg voor mijn blik en veranderde in iets waardeloos. Het stond niet meer in verbinding met het leven, het was verlaten. Op het grasveld achter het huis speelden Tannes toto's. Maar hun spel was slechts een imitatie van andere spelen, want hun sprongen en gelach werden door het moment bepaald. De voorwerpen en mensen hadden voor mij niet alleen hun ziel verloren, maar ook hun zin in de toekomst.

Tanne kwam terug en wierp zich tegen mijn borst. Ook dat voelde als een herhaling. Ze huilde met een vertwijfeling die ik niet eerder had gehoord, maar haar huilen was een weerklank van een ander gehuil. Om een glimp van de werkelijkheid op te vangen draaide ik me snel om, maar ik was te laat. De wereld had zich teruggetrokken. Overal was het leeg. Elk geluid was een echo.

Al mijn zintuigen waren intact, maar verder was ik dood.

Daarna kwam de woede. Dit was een aanval op mij! Maar waar moest ik mijn woede op richten? Ik ging mijn geweer halen en terwijl Tanne zich schreeuwend aan mijn arm vastklampte, liep ik naar buiten om, dom genoeg, een paar schoten recht op de zwarte onweerswolken af te vuren. Op weg terug naar het huis gaf ik over in een van Tannes bloemperken.

Zij kroop in bed en koos er zoals gewoonlijk voor om ziek te worden. Ik trok me echter niets van haar aan en liep het bos in waar ik ging zitten. Geen insect, geen blad had met mij te maken. Alles had zich van me afgekeerd.

Na een uur ging ik terug. Tanne zat beheerst op de veranda en zag mij aankomen. 'Ik heb verdriet om jou. Wat jij hebt verloren, mis ik.' Ik ging naast haar zitten en pakte haar hand. Een bliksemflits en een hevige knal probeerden ons te wekken. Een korte regenbui legde een vochtig vlies over de stoffige aarde. Het had echter geen betekenis.

De droogte hield aan. In de hete, droge lucht weerklonk voortdurend een toon. De wind gaf geen verlichting. Die toon maakte dat mensen zich geïrriteerd en moe van elkaar afwendden. De baby's van onze squatters stierven om onverklaarbare redenen. Het rouwgehuil was in de wijde omtrek te horen. Het vee vermagerde en stierf. De inlanders werden steeds vuiler. In Nairobi pleegden een paar Engelse vrouwen zelfmoord en tijdens een caféruzie schoten twee boeren elkaar dood. Zelf zat ik dagen achtereen op de veranda voor me uit te staren, er was gewoon niets waardevols om naar te kijken. Door een plotselinge onrust gedreven ging ik soms naar binnen om mijn geweer te pakken, maar de aanblik daarvan alleen al deed mijn verdriet zwaarder wegen.

Wanneer ik alleen thuis was, kreeg ik soms het gevoel dat er iemand in huis was. Ik liep rond om te zoeken, maar vond niemand. Eén keer trof ik een van Tannes toto's in haar kamer aan die iets deed wat niet mocht. Hij was doodsbang en rende naar buiten. Maar hij was niet degene die ik zocht.

Tanne probeerde me te voeren als een kind, maar was zelf bijna opgehouden met eten. 'Verdriet is mager en hongerig', zei ze terwijl ze haar bord wegschoof. Toen ik vroeg waarom dat niet voor mij gold, antwoordde ze dat zij iemand was die niet at om haar levensgevoel te intensiveren. Ik was het tegendeel, iemand die nooit nee zei. Ik wist niet zeker of ik begreep wat ze bedoelde, maar had het stellige gevoel dat zij een waarheid op het spoor was.

De ene tragedie volgde op de andere. Emil en Olga Holmberg hadden tijdens een diner met gasten weer eens onenigheid gekregen. Ze stonden allebei bekend om hun ontrouw, wilskracht en opvliegendheid. Tijdens het hoofdgerecht haalde Emil zomaar een geweer en schoot Olga neer. Vervolgens schoot hij zichzelf in zijn slaap. Hij stierf, maar Olga overleefde het.

De dood van mijn oude vriend deed me niets. Als hij op die manier wilde sterven, dan stond hem dat vrij. Het tragische lot van Olga en Emil kwam mij onder de heersende omstandigheden als natuurlijk voor. Alles was toegestaan.

De enige die ik om me heen kon verdragen, was Erik von Otter. Hij snapte dat hij zijn mond moest houden en hij had geen gevoel voor humor. Hij maakte Tanne het hof op een manier die serieuzer was dan een hoogmis. Het kwam erop neer dat hij over de profeet sprak. Ik liet hen maar begaan, maar verbood Tanne om met mij te praten over iets wat met de islam te maken had. Ik verveelde me al genoeg.

Ik liet hen samen op safari gaan en ze keerden magerder dan ooit terug, zwaar beladen met vlees maar gebukt onder duistere gedachten over de onverbiddelijkheid van het leven.

Er kwam een brief van Hans' weduwe Brita. De woorden vlogen alle kanten op en het was aanvankelijk moeilijk om eruit wijs te worden wat ze wilde. Aan het eind van de brief sprak ze echter opeens duidelijke taal. Ze wilde dat ik naar huis kwam om met haar te trouwen. Ik moest de leegte in haar leven vullen. In een passage beschreef ze liefdevol en correct mijn lichaam, hoewel ze dat nooit had gezien. Een hele dag lang liep ik met het aanbod rond; het was een onweerstaanbare verleiding. Dit kon echt een manier zijn om de leegte te vullen. Die moest immers gevuld worden opdat ook ik verder zou kunnen leven.

Tanne was in die tijd liefdevol en attent voor me. Ik waardeerde haar goede wil, maar aan de leegte kon ze niets veranderen. Die zat ook bij haar en wanneer we de liefde bedreven, werd die voor ons allebei nog groter.

Zij kwam in een periode van verheven ernst en sprak met me over het gewicht van woorden, de ruimte van muziek en de vlammende lijnen van de schilderkunst. Wat voor mij mooie woorden waren, was voor haar het dagelijks brood.

In plaats van te eten stak ze monologen af over de reinigende kracht van de tragedie en de mysterieuze correspondenties in het leven. Ik ontbeerde daar de woorden voor en ging naar mijn eigen kamer om mijn wapens schoon te maken.

Tanne en ik gaven echter geen van beiden de plantage op. Mbogani was weliswaar ook een zinloos project, maar het hield me bezig en bracht me op andere gedachten. Tannes strijd was anders: zij vocht met haar hart. Ze vocht voor haar leven en in die strijd was steeds minder ruimte voor mij. Van de plantage, de kunst en haar verheven gedachten bouwde ze een wereld waarvan ik buitengesloten was. Steeds geïrriteerder spoorde ze me aan om me te amuseren of op jacht te gaan. Ik sprong in onze nieuwe auto en hobbelde naar Nairobi, waar ik dronk, danste en me vermaakte met vrouwen in de Muthaiga Club. Zij zat thuis aantekeningen te maken, ontving Kikuyu, probeerde de hele administratie op orde te houden en ervoor te zorgen dat onze nieuwe voorman zich goed gedroeg.

Noch de drank, noch het vrouwelijk lichaam schonk me enig plezier. Van het mechanisme van de herhaling raakte ik in paniek. En Tannes geduld was niet onuitputtelijk. Mijn verdriet verleende me 'grootsheid', een van haar favoriete uitdrukkingen, maar ik zag aan haar dat ze weldra een verandering in mijn levenswijze zou verlangen, wilde ik aan haar verwachtingen kunnen voldoen. Zonder mijn honger was ik geen man. Ik pakte mijn buks en verdween naar de Athis-vlakte, maar keerde met lege handen terug.

15

De oorlog was afgelopen en Hans was een half jaar dood. De ergste droogte sinds jaren liep op haar eind. Het had de laatste weken diverse keren geregend. Toch leverde ons dat dit jaar geen koffie op. Terwijl groepjes blanke mannen glimlachend over een nieuwe tijd spraken, leden in de straten van Nairobi massa's negers honger. Zelf liep ik lukraak rond op de plantage in een poging de tijd te vinden die ik verloren had.

Mbogani was verraderlijk mooi. Het woonhuis, dat op een open plek in het bos lag, scheen me elke keer dat ik het zag mooier toe. Was het maar lelijk geweest!

Nooit eerder heb ik zo veel plichtmatig op de veranda of in de schaduw onder een boom zitten praten met gasten die even plichtmatig kwamen en gingen. Tanne stak haar monologen af – soms waren de toehoorders verrukt, soms verveeld – en ondertussen maakte ik mijn geweren schoon en probeerde ik met een grappige anekdote een bijdrage te leveren. Op het laatst zat ik met de gasten grappen te maken zonder dat ik zelf moest lachen. Een enkele keer schoot ik verstrooid op een voorwerp waarop mijn blik toevallig viel: een vogel, een autoband of een verloren hoed. Ik trok me niets aan van de somberheid die volgde op de echo van het schot.

Een tijdlang had ik het gevoel dat ik op Erik von Otter begon te lijken: een stijve, harde bolster rond een grote eenzaamheid. Maar het verschil tussen ons was dat hij zijn mohammedaanse geloof had dat als een baken in zijn ziel zat, en dat op de grond slapen in de woestijnachtige wildernis van Turkana voor hem het hoogtepunt van zinnelijkheid was. Graag had ik alle vrouwen van Nairobi ingeruild voor Mohammed, of de cafétafel vervangen voor een stoffige kuil bij een kampvuur – als ik er maar iets mee had teruggekregen.

Tanne drong erop aan dat we mensen thuis zouden uitnodigen voor een safari. De jacht, die ze dom genoeg midden op de dag gepland had, zou ter ere van generaal E.H. Llewellyn worden gehouden, een man over wie ik nauwelijks iets had gehoord en die Tanne maar één keer had ontmoet. Haar enthousiasme deed denken aan de geestdrift die ze tijdens ons eerste jaar in Oost-Afrika tentoonspreidde. Ze poetste haar rijlaarzen, nam haar kakibroek in en reed speciaal naar Nairobi om een nieuwe blouse te kopen. Ze probeerde hoeden en kleren uit en nam voor de spiegel allerlei poses aan om de sportieve elegantie op te roepen die ze nastreefde.

Erik was uitgenodigd samen met enkele buren, meegaande boeren die als opvulling moesten dienen. Pas na enkele dagen vertelde Tanne dat ze ook de Britse edelman Denys Finch Hatton had uitgenodigd. Over hem had ik alleen nog maar verhalen gehoord; een betweter en een snob die zich af en toe als kunstenaar vermomde. Hij vond zichzelf ontwikkeld en ging niet met stomkoppen om. Deze man moest ik dus in mijn huis ontvangen en met hem moest ik mogelijk converseren. Anderzijds, wat maakte het uit? Ik had haar broer Thomas bij verschillende gelegenheden de hand geschud! Tanne, die Finch Hatton een maand eerder tijdens een lunch had ontmoet, wilde natuurlijk schitteren in de glans van zijn afkomst en zijn contacten met het Engelse koningshuis. Zelf was ik van plan met Erik en de buren te gaan jagen. Die waren tenminste niet bang voor wilde dieren. Tanne mocht de generaal onderhouden en samen met hem Finch Hatton leren hoe je een geweer vasthield.

Maar eigenlijk was het niet de afspraak met de gasten waar ik tegen opzag. Ik was bang dat ik emotioneel zou worden bij de aanblik van de dieren of zou veranderen in een hoer van de jacht, zou gaan jagen zonder lust en blijdschap, zonder spel en begeerte.

Het was tien uur 's ochtends en Erik had zich al in de woonkamer opgesteld naast het enorme buffet dat Tanne dagenlange voorbereiding had gekost. De generaal stak een luidruchtige monoloog af tegen iedereen binnen een omtrek van tien kilometer, en de buren waren achter het huis met de honden en de kinderen aan het donderjagen. Finch Hatton was laat. Toen hij op het huis kwam aanrijden, liet Tanne alles uit handen vallen en ze vloog weg. In de deuropening bleef ze abrupt staan, ze strekte haar hals, haalde een paar keer diep adem en zette haar ene hand tegen de deurpost alsof ze steun zocht. Toen ik zag dat haar hand trilde, was mijn belangstelling voor het eerst in zes maanden gewekt. Ik begreep onmiddellijk wat er aan de hand was en observeerde haar toen ze met rustige, waardige passen doorliep het erf op. Ze hoefde me niet eens te roepen, want ik volgde haar al om de gast te verwelkomen.

Toen ik buitenkwam, zat Finch Hatton op zijn hurken naast de wagen om een band te inspecteren. Hij zat diep weggezonken met zijn rug naar Tanne toegekeerd, zijn knieën en ellebogen staken onder de wijde rand van zijn hoed alle kanten op. Toen hij overeind kwam, bleek hij lang, mager en pezig te zijn. Hij gaf een schop tegen de band, 'die moet vervangen worden', draaide zich om en begroette Tanne alsof hij verbaasd was dat hij haar nou net hier aantrof. Terloops wierp hij mij een onverschillige blik toe en gaf me een korte, droge handdruk. Vervolgens liep hij naar zijn kofferbak en haalde daar een .350 Rigby, een .450 Holland&Holland en een versleten jagerstas uit. Niets bijzonders, maar de juiste uitrusting. Elke beweging duidde erop dat hij hiermee vertrouwd was. Vlak voordat hij de kofferbak wilde dichtgooien, stokten zijn bewegingen en hij pakte een plat pakketje in bobbelig bruin cadeaupapier. Hij overhandigde dat in het voorbijgaan aan Tanne, die het meteen openmaakte. Een grammofoonplaat. Tanne bloosde en was van haar stuk gebracht. 'Heb je die al?' vroeg Finch Hatton. 'Nee,' antwoordde ze, 'maar we hebben geen grammofoon.' Hij haalde zijn schouders op, zei dat dat een andere keer geregeld moest worden, wendde zich tot mij en vroeg waarom wij midden op de dag gingen jagen.

De generaal voelde zich op zijn gemak tussen de joviale buren en ze aten en dronken alsof het om een laat diner ging en ze de hele dag nog niets te eten hadden gehad. Finch Hatton at niet veel, hij nam alleen hier en daar een hapje van en wekte vooral de indruk te wachten totdat we konden vertrekken. Tannes gepraat irriteerde hem aanvankelijk, maar toen ze iets zei wat zijn belangstelling wekte, vergat hij zowel het wijnglas in zijn hand als zijn gedachten aan de komende jacht. Erik sloeg hen met een strenge blik gade, maar zijn gezicht verraadde niets van wat er in hem omging en hij gaf zich over aan gepeins. Toen hij uiteindelijk zijn mond opendeed om te vragen hoe de jacht in zijn werk zou gaan, wendde Finch Hatton zich tot hem en zei: 'Meneer Eénschot mag wel aan tafel blijven zitten en door het raam op antilopen in het Ngong-gebergte schieten.' Eriks glimlach leek op een lelijk litteken.

Voordat we in de auto's stapten om naar de bergketen toe te rijden stelde Finch Hatton voor dat we ons in twee jachtgroepen zouden verdelen: ik en de buren in één groep en hijzelf, Tanne, de generaal en Erik in de andere. Het gepeupel dus apart. Zelfs ik protesteerde niet, hoewel ik Finch Hatton graag had zien jagen.

Er viel een motregentje en de lucht was koel en vochtig.

Nauwelijks waren we uit de auto's gestapt en hadden we ons van de andere groep afgescheiden of we stuitten, in tegenwind, op enkele bosbokken. We deden wat we moesten doen, we verspreidden ons voorzichtig, spraken met tekens af wie welk dier zou nemen en vuurden de schoten af. Weinig dramatisch, maar wel efficiënt. Vlees voor de hele farm. Ik stond toe te kijken hoe onze dragers de dieren in stukken verdeelden en de dampende brokken vlees in manden legden om terug te dragen. In de verte hoorde ik de andere jachtgroep schieten. Ik veegde met mijn hand het vocht van mijn gezicht, en voelde dat er onder mijn vingers een nieuw gezicht zat. Was het de motregen die mij en de dingen schoon waste? Waarom begon ik met plezier aan de hertenjachten op Näsbyholm te denken? Het duurde een poosje voordat ik doorhad wat er was gebeurd. Mijn verveling was weg. Ik was weer op mijn plek.

Toen ik me omdraaide, kruiste mijn blik die van Juma. Hij glimlachte geheimzinnig en ik wist niet of dat kwam van blijdschap dat hij me weer herkende of dat hij iets te vertellen had. 'Een goede jacht', zei hij terwijl hij zich afwendde. 'Voor de draad ermee!' zei ik op gedempte toon tegen hem. 'Verse luipaardsporen', fluisterde hij met een knik in de richting van een kloof. Terwijl mijn jachtgenoten een pauze namen en een kampvuur aanstaken, verklaarde ik dat ik een heuvel op zou gaan om te kijken of er buffels zaten.

Vanwege de regen was het moeilijk vast te stellen hoe vers het spoor was, maar toch was duidelijk dat het dier daar had gelopen nadat het die ochtend was gaan regenen. Het spoor voerde naar bosschage rond een klein ravijn. Op sommige plekken zaten sporen op de grond die erop duiden dat de luipaard een kleine prooi had meegesleept (misschien een gnoekalf of een jonge antilope). We moesten om het bosje heen lopen om in de wind te komen. We ontdekten diverse oudere sporen die van en naar het bosje liepen en die erop wezen dat de luipaard een aantal malen was teruggekeerd. Misschien was het niet nodig om tegen de wind in te lopen, het waakzame dier had ons vast al ontdekt. Maar het was nauwelijks aannemelijk dat het zijn schuilplaats zou verlaten en open terrein in zou gaan. Voordat ik oog in oog met de luipaard stond, had ik een langzame weg die door dicht struikgewas voerde voor de boeg. Hijgen deed ik al en mijn hart sloeg met zijn zachte hamer tegen mijn ribben.

Juma pakte me bij mijn arm en wees naar de overzijde van het ravijn waar we zelf zojuist het verse spoor hadden gevolgd. Daar bewogen zich een paar mannen langzaam voort, hun blik naar de grond gericht. Het waren Finch Hatton en zijn Somalische bediende. Even later kregen ze ons in de gaten. Ze bleven staan en namen ons op. Ik legde mijn hand voorzichtig op Juma's arm om te voorkomen dat hij die groetend opstak. Ik fluisterde tegen hem dat hij op mij moest wachten terwijl ik de struiken in ging. Ik wierp een steelse blik opzij en zag dat Finch Hatton hetzelfde deed. Voordat we daaraan begonnen, zag ik nog net dat hoger op de helling, boven het bosje, Tanne en Farah naar ons stonden kijken.

We gingen er elk vanaf onze eigen kant in. Tussen ons lag een waakzame luipaard die bereid was zich te verdedigen. Een verkeerd gericht schot... en een van ons kon worden getroffen. Het was helemaal fout, dat wist hij ook. Terwijl zich een jubelend gevoel door mijn lichaam omhoog perste, sloop ik geruisloos, stap voor stap, de dichte vegetatie in. Toen Finch Hatton en ik door het struikgewas werden opgeslokt, was het absoluut stil rond het ravijn.

De struiken waren nog dichter dan ik had gedacht. Ik was bang dat ik er niet als eerste bij zou zijn en het scheelde niet veel of ik was een paar keer te snel gegaan. Eerst hoorde ik niets anders dan mijn eigen ademhaling. Daarna werd ik me bewust van het gekwetter van de vogels, het geritsel in de struiken van diertjes en het gedruppel van de vochtige bladeren. Ik werd steeds natter en even kreeg ik kramp in mijn linkerarm van het in de aanslag houden van mijn geweer. Ik ving een glimp op van een klip, hoorde het geborrel van een beekje en besloot die kant op te gaan. Voordat ik echter zo ver was, hoorde ik een paar korte hoestjes en ik begreep dat de luipaard in de buurt was. Tussen ons in was dicht groen. Een meesje ging op het uiterste puntje van een dunne tak zitten, die tak boog neer en onthulde een gevlekt patroon. Het leek de hals te zijn. Ik hief mijn geweer, legde aan – maar de mees vloog weg en de vegetatie sloot zich weer rond de luipaard.

Terwijl ik voorzichtig een omtrekkende beweging maakte, hoorde ik een tak knappen, de luipaard vloog met dof gegrom op, ik zette een paar snelle stappen door een struik recht op hem af en in een tel zag ik de rug van het dier en enkele meters verder Finch Hatton. Toen de luipaard mij hoorde aankomen, draaide hij zich met ontblote tanden om – we schoten bijna tegelijkertijd.

Beide schoten waren dodelijk. 'Denys', zei hij en hij gaf me een hand. 'Blix', antwoordde ik. Hij verliet het bosje terwijl ik de luipaard bleef staan bekijken. Het was het mooiste dier dat ik ooit had gezien.

Pas toen we op de plantage waren teruggekeerd en van een drankje waren voorzien, vroeg Tanne hoe het gegaan was toen we de luipaard schoten. Iedereen zweeg, zelfs de generaal onderbrak zijn verhaal over hoe hij met een welgemikte kogel een jakhals had geveld. Toen Denys geen antwoord gaf, nam ik het woord. Het was allemaal weinig dramatisch geweest. We hadden het dier elk van een kant beslopen, waren gelijktijdig gearriveerd en hadden tegelijk geschoten. Punt. Het werd stil. Denys knikte bevestigend.

Ten slotte zei Erik: 'Gelijktijdig? Je kunt niet gelijktijdig schieten. Er is altijd iemand de eerste, of niet?' We knikten allebei bevestigend. Denys zei: 'Er is altijd iemand de eerste. Wij weten de waarheid, maar voor jullie is er geen waarheid.' Ze zwegen. Sommigen wekten een terneergeslagen indruk, anderen een plechtige. Tanne zat kaarsrecht en haar gloeiende ogen waren gericht op Denys' bruine, magere handen die speelden met een amulet. Zij verbrak de stilte: 'Jullie waarheid zullen we nooit achterhalen, maar voor ons, die jullie erop af zagen gaan en de schoten hoorden, is er ook een waarheid. En over die waarheid weten jullie niets!' Denys keek haar aan en vertrok zijn mondhoek in een scheve glimlach.

Erik had moeten zwijgen, maar dat kon hij niet: 'Er is maar één waarheid en die is voor iedereen dezelfde.' Er was voor hem geen plaats meer in ons huis. Dat vonden we jammer, maar er was niets aan te doen. Even later stond hij op, bedankte namens iedereen voor de jacht en het onthaal, kuste Tannes hand en sprak de hoop uit dat hun wegen zich in de toekomst ooit weer zouden kruisen. Samen met zijn trouwe inlanders uit Turkana wandelde hij weg. Zijn ernst en zwaarmoedigheid waren zo sterk dat het mij voorkwam alsof hij al mijn verveling en vermoeidheid wegdroeg. Toch deed het me verdriet om hem te zien vertrekken. Bijna een jaar lang was hij een organisch deel van mijn gemoedstoestand geweest.

Denys was de enige die bleef voor het diner. Hij zei dat hij de autoband moest repareren, omdat die steeds leegliep. Met een longdrink in mijn hand ging ik in de schaduw naast de auto zitten kijken hoe hij de wagen op de krik zette, de buiten- en binnenband eraf haalde, onderzocht waar het lek zat en dat plakte. Zijn Somalische bediende gaf hem het gereedschap aan alsof het van kristal gemaakt was. Tanne liep nerveus in huis rond en af en toe ving ik een glimp van haar op wanneer ze door een van de ramen keek.

'Maakte Von Otter je vrouw nou het hof?' vroeg Denys midden onder zijn werk. 'Ja', antwoordde ik, terwijl ik toekeek hoe hij de gerepareerde maar slappe binnenband weer in de buitenband propte. 'En daar had je geen bezwaar tegen?' Ik gaf pas antwoord toen de band er weer op zat en was opgepompt. 'Het hangt ervan af wie het doet. Het is wel voorgekomen dat ik in de Muthaiga mannen in elkaar heb geslagen die het probeerden.' Denys kwam overeind en bekeek zijn vuile handen. 'Dat weet ik', zei hij, waarna hij wegliep om zich te gaan wassen. Precies op dat moment rook ik een geur die uit de keuken kwam en ik voelde dat ik in lange tijd niet zo hongerig was geweest.

Kristallen glazen, champagne, Franse wijnen, Russische kaviaar, antilopefilet en brandende kaarsen. Tanne had aan elk detail gedacht. Die avond roept bij mij een beeld op van een zacht, bruingeel licht, met een sfeer van winter en Europa, een herinnering aan voorbije tijden. Zelfs Zweden kwam die avond in een gelukkiger daglicht te staan.

Voor het eerst zag ik Denys zonder hoed. Zelfs tijdens de lunch had hij die opgehouden. Het was een verrassing dat hij bijna kaal was. Daardoor zag zijn gezicht er gek genoeg jonger uit, zachter.

Het eten was bijzonder goed; alsof de smaken uit gevangenschap waren bevrijd. Denys becommentarieerde de wijnen en gerechten en vertelde over pas gecomponeerde muziek die hij onlangs in Parijs had gehoord. Die muziek brak, voor zover ik het begreep, met de traditionele harmonieleer. Hij neuriede zelfs een vreemd melodietje en haalde iemand aan die het karakter van deze muziek had beschreven. Het kwam erop neer dat het weerzinwekkende tot schoonheid werd getransformeerd. Tanne vroeg naar de klankkleur van de harmonieën en ik was verrast dat ze er zoveel van wist dat ze in staat was een vraag te formuleren. Onwillekeurig kwam ze op de dichtkunst en ze citeerde iets, 'Shakespeare', zei ze snel tegen mij, waarop Denys verderging waar zij was opgehouden. Ze kwamen tot de ontdekking dat ze het beiden leuk vonden om beurtelings gedichten te declameren, en Tanne vergat helemaal om te eten.

Het bijzondere aan Denys was dat hij totaal afwezig leek te zijn, met zijn gedachten ver weg, en toch aandacht had voor details. Hij merkte elke verandering snel op en hoewel hij er niet uitzag als een man die kon luisteren, miste hij nooit de inhoud van Tannes replieken.

Ik genoot van de avond. Het deed denken aan een plechtigheid, aan een sacrament bij de thuishaard. Zelf ontbeerde ik echter de woorden om eraan deel te nemen. Voor mij waren muziek en poëzie aantrekkelijk of afstotend, mooi of lelijk, maar ze 'spraken' niet tot mij. Voor Denys en Tanne was het hele bestaan vol mysterieuze inzichten en ervaringen. In de kunst en de realiteit was niets een gegeven, alles kwam neer op interpretatie. Ik ontdekte die avond dat ze met gevoelens 'dachten' op een manier waartoe ik niet in staat was. Ik handelde naar beste weten, tijdens het werk, de jacht en de liefde, en dat wekte gevoelens bij mij op: ik was blij, tevreden of ongelukkig. Mijn gemoedstoestanden waren korte intervallen die gestimuleerd moesten worden. Denys en Tanne leefden met hun gedachten en gevoelens verstrengeld in een continu proces dat op zijn beurt nieuwe gedachten en gevoelens opriep. Ik leefde in een wereld van dingen en bewegingen, zij leefden in een oneindig aantal werelden waarin de dingen noch de bewegingen hun omschreven plaats hadden. Als ongeluk en geluk voor mij een gesloten respectievelijk een open deur waren, dan waren ze voor Tanne in beide gevallen een moeizame tocht die nooit ophield. Niemand kon zo vanzelfsprekend en met zo'n autoriteit lijden of genieten als zij.

Na het diner stak ik de open haard aan en ik installeerde me met een glas cognac in een fauteuil in een hoek van de kamer. Ik wilde niet te dicht in hun buurt zitten.

Denys was de eerste van de twee die het toneel betrad. Hij vouwde zijn lange ledematen – hij was verrassend lenig – en maakte het zich gemakkelijk op een paar kussens voor het vuur. Als Erik dat gedaan had, was ik in een bulderende lach uitgebarsten. 'Jullie wonen goed', constateerde hij, zich naar mij wendend. Tanne liet zich op een krukje naast hem zakken en begon te vertellen over een van haar toto's die ze tot kok had opgeleid. Ze was nauwelijks haar verhaal gestart of ze begon al schaamteloos te liegen. Ik had de jongen ook gevolgd en ik wist dat ze niet de waarheid sprak. Tegenover mij had ze nooit zo gelogen. Waarom zou ze het risico nemen te worden ontmaskerd in aanwezigheid van een man op wie ze blijkbaar indruk wilde maken?

Zoals zij het voorstelde had de jongen, die natuurlijk analfabeet was, slechts een elementaire introductie in de kookkunst gekregen en zich als door een wonder de Franse keuken eigengemaakt – en zonder ooit van het eten te proeven! Dientengevolge had hij geen idee welke unieke kunst hij beoefende! Ik wist dat ze wekenlang op de lummel had gefoeterd en gevloekt en dat hij uiteindelijk behoorlijk aardappels en soep kon koken. De zojuist genoten maaltijd was bijvoorbeeld met veel pijn en moeite tot stand gekomen, en met behulp van een Deens kookboek voor gevorderden! Maar Tanne vertelde met zo'n intensiteit dat ik heel even aan mijn beeld van de gebeurtenissen begon te twijfelen.

Ik wierp een steelse blik op Denys. Het bijzondere was dat zijn argwanende blik opklaarde naarmate het verhaal onwaarschijnlijker werd, zijn strakke gelaatstrekken ondergingen een metamorfose en hij begon jongensachtige verrukking uit te stralen. Hij moest lachen om Tannes blijdschap dat haar fantastische leugen in goede aarde viel. Ze stond op en haastte zich onverwacht de kamer uit. Toen we alleen waren, wendde Denys zich tot mij en zei met overdreven sentimentaliteit: 'Blix, het moet fantastisch zijn om elke dag van die kookkunst te genieten.' 'Ja,' antwoordde ik, 'dat moet fantastisch zijn.' We barstten allebei in lachen uit.

Na een minuut was Tanne terug om het lelijke kokje te presenteren, dat niet alleen klein van stuk was maar ook kreupel. 'Zo ziet de kunstenaar eruit!' zei ze, terwijl ze wees naar de verschrikte jongeling die verbaasd om zich heen keek en zich afvroeg wat er gebeurde. Denys verzonk in gepeins en mompelde: 'Ja, zo ziet de kunstenaar eruit', waarna hij met een lach een muntstuk opwierp, dat de jongen van zijn ene hand in zijn andere liet stuiteren en vervolgens liet vallen, waarna het onder een kast terechtkwam. De jongen wierp zich op de grond om de munt op te vissen, stond op en zei met een verlegen glimlach op de lippen: 'Bedankt, meneer Bédar!' Denys' gezicht betrok en de jongen haastte zich hinkend weg.

'Hoe noemde hij je?' vroeg ik. Denys gaf geen antwoord. Ik vertelde dat ik Wahoga genoemd werd en Tanne Jerie. Hij antwoordde ten slotte dat hij vele namen had, maar dat ze hem niet interesseerden.

Ik had ergens lucht van gekregen en mijn nieuwsgierigheid moest meteen bevredigd worden. Ik verontschuldigde me, liet Denys en Tanne alleen en ging naar de keuken. De 'Franse' kok zat op een krukje overblijfselen van de maaltijd naar binnen te werken. Schuldbewust slikte hij zijn hap door en keek me verschrikt aan.

'Hoe noemde je meneer Finch Hatton?' Nu was hij echt doodsbenauwd en het kostte me minuten om hem te kalmeren. Uiteindelijk kreeg ik eruit wat ik wilde horen. 'Bédar' betekende 'hij die zijn haar verliest'. Had hij nog meer namen? Denys werd vereerd met nog een naam: 'Makanyaga', 'hij die met woorden op een kleinere man kan trappen'.

Ik gaf mensen nooit een fooi. Dat was voor beide partijen vernederend. Nu maakte ik een uitzondering en de jongen staarde opnieuw naar een beloning die alleen maar bevestigde dat de blanke grillig en ondoorgrondelijk was. Hij had geen idee dat hij een brug was geweest tussen twee zielen, dat hij de kunst had gesymboliseerd en dat hij mij zojuist twee sleutels tot *the honorable* Denys Finch Hatton had gegeven. Opeens smeet hij beide munten weg alsof hij zich eraan gebrand had. 'Ik wil ze niet hebben! Ze brengen ongeluk!' Ik haalde mijn schouders op, zei dat hij zijn buik vol mocht eten aan de resten en daarna naar huis mocht gaan.

Iets maakte dat ik rond het huis liep om door een raam naar Tanne en Denys te kijken. Zij zat alleen voor het vuur. Aan de voorkant van het huis hoorde ik iemand bewegen in de buurt van Denys' auto. Ik gluurde om de hoek en zag hem in de duisternis een groot foedraal uit de kofferbak halen. Zou hij zijn geweren willen laten zien? Ik liep weer terug naar het raam en zag Denys de kamer binnenkomen. Hij opende het foedraal en haalde een gitaar tevoorschijn. Ik hoorde hun stemmen, maar kon niet verstaan wat ze zeiden. Denys beantwoordde Tannes enthousiasme met een grimas. Terwijl zij praatte, stemde hij het instrument. Daarna begon hij te zingen. Het klonk als een oud Engels volksliedje. Hij had een goede stem en de hele manier waarop hij het lied ten gehore bracht was eenvoudig en ongekunsteld. Toch had de scène iets onaangenaams. Er was een intimiteit en een naaktheid die shockerender was dan als ik hen de liefde had zien bedrijven. Ze hadden zich niet zo aan elkaar moeten blootgeven.

Toen hij uitgezongen was, liep ik weer naar binnen om te zeggen dat ik moe was en naar bed ging. Ze keken me allebei slaapdronken aan – met een blik van: ben je er nog? – en wensten me welterusten. Ik ging naar mijn kamer, zette het raam open, sprong naar buiten en liep opnieuw rond het huis naar het raam waar ik eerder had gestaan. Tanne vertelde iets – ik kon nog steeds niet verstaan wat ze zei – en ik zag hoe haar smalle rug zich rechtte en kracht uitstraalde door de intensiteit van haar woorden. Denys lag op zijn zij en steunde met zijn hoofd op een hand. Eén been lag uitgestrekt op de vloer, het andere was gebogen. Zijn bruine ogen gingen over haar gezicht en af en toe gleden ze naar haar knieën en onderbenen. Ze praatte verrukt verder en Denys keek beurtelings glimlachend en serieus. Ik meende te voelen hoe de lucht om hen heen zich verdichtte, hoe de tijd tot stilstand kwam en hun gesloten wereldje in een oneindige ruimte reisde. Tannes stem klonk alsof die uit de diepten der zee kwam, Denys likte met pijnlijke traagheid zijn lippen, terwijl hij langzaam een sigaret van tabak met marihuana rolde. Haar verhaal kronkelde verder en ondertussen rookten ze samen en raakten hun handen elkaar aan wanneer ze de sigaret aan elkaar doorgaven.

Het werd donker in de kamer, er brandde maar één lamp en het vuur zakte ineen tot gloeiende sintels. Ik begreep wel dat ze mijn silhouet achter het raam gemakkelijker zouden ontdekken naarmate het donkerder werd in de kamer, maar toch bleef ik staan.

Toen ze was uitgesproken, trok hij haar naar zich toe. Hij zei heel zakelijk en resoluut iets tegen haar en zij knikte. Ze ontving concrete informatie, geen liefdeswoorden of verleidingscomplimenten, en aanvaardde zijn woorden. Net toen hij haar wilde kussen, kreeg hij mij in de gaten. Eén tel hield hij zich in, daarna kuste hij haar lang maar op een zachte, kuise manier terwijl zijn bruine ogen de hele tijd op mij rustten. Er lag geen spot of triomf in zijn blik, maar een waarschuwing: kom ons niet te na!

Ik liep terug, kroop door het raam naar binnen en ging naar bed. Ik was klaarwakker en er gingen pijnlijke scheuten door mijn borst en onderbuik. Mijn hart bonsde in mijn keel als bij de jacht, en mijn bewustzijn was een koude, geventileerde kamer. Het lukte me niet om een gedachte of gevoel vast te houden. Mijn toestand deed denken aan toenemende koorts.

Ten slotte ging er een snik door mijn lichaam, ik barstte in huilen uit en kreeg iets te pakken wat ik herkende: pure, onbedorven vreugde over het feit dat ik leefde, en het vanzelfsprekende verdriet over het feit dat ik Tanne verloor aan een zielsverwant. Het was een gelukkige, maar pijnlijke thuiskomst.

De volgende ochtend ging ik al vroeg naar de velden die werden gerooid voor nieuwe koffiestruiken. Ik inspecteerde het werk, bemoeide me met de manier waarop de bomen gekapt moesten worden, pakte zelf een bijl en werkte uren achter elkaar door. Toen ik voor de lunch naar huis reed, was ik weliswaar moe maar toch onbevredigd.

Op mijn bureau lag een briefje: 'Lunch met Denys in Nairobi. Kom vanmiddag thuis. Je Tanne.' Die zakelijke woorden raakten iets in me wat me zelfs gisteravond niet had weten te raken. Ik vloog naar haar kamer, bekeek haar opgemaakte bed en trok het beddengoed eraf om naar sporen te zoeken. Met een gevoel van afkeer zag ik dat ze haar ondergoed op een stoel gesmeten had – anders was ze altijd zo pietluttig netjes met haar kleren. Ik verliet de kamer en ging aan mijn bureau zitten, maar iets dwong me terug te lopen. Ik bekeek het bed vanuit verschillende hoeken, zag hun naakte lichamen tot in detail verenigd – op dezelfde wijze waarop

Tanne en ik ons verenigden – maar nu zo veel heter, zo veel hongeriger, zo veel inniger. Ik stelde me voor dat ze elkaar bereikt hadden, dat hun versmelting totaal was.

Midden in het hart van ons huis! En zij had het nog wel over de heiligheid van het huwelijk gehad toen ik in Nairobi aan de boemel was geweest. Nooit had ik een vrouw meegenomen naar ons huis, nooit had ik een vrouw gekust in ons huis, zelfs niet in het jaar waarin Tanne in Denemarken was. Ik was weliswaar een paar keer verliefd geweest, en nog vaker ontrouw, maar ik was nooit een nadere relatie aangegaan. In overeenstemming met onze afspraak was ik zorgvuldig omgesprongen met ons huwelijk en ik had ontrouw en tijdelijke passies buiten de muren van ons huis gehouden. Tanne had gesproken over het huwelijk als loyaliteit aan elkaar, aan traditie, familie, huis en bezit – en eventuele kinderen. Passie moest zich elders uitleven. Ze had me vanaf het begin de volledige vrijheid gegeven, vooropgesteld dat ik haar en ons huwelijk nooit zou verlaten. Nu was zij degene die deze gescheiden werelden met elkaar vermengde. Nu ze voor het eerst verliefd was op een andere man koos ze onmiddellijk ons huis als toneel voor haar liefde. Dat was bedrog.

Ik kon niet eten en liep van de ene kamer naar de andere om te constateren dat elk voorwerp geschonden was: de bank, de haard, de kussens op de vloer – vooral die – het aardewerk, de glazen.

Farah kwam binnen en deelde droog mee dat Mr Bédar de volgende dag naar Caïro ging om te leren vliegen; dat had zijn Somalische bediende verteld. 'De lange jaren vormen het leven, niet de korte momenten', zei Farah en hij liep weg. Ik zag een vliegtuig tegen de grond slaan, met een enorme kracht exploderen en in brand vliegen. Toen sloeg mijn gemoedstoestand weer om. Mijn jaloezie was absurd, kinderachtig en ik had alleen mezelf ermee. Als zij het mocht,

mocht ik het ook. Ik ging me scheren, kleedde me mooi aan en stopte een stapeltje geleende bankbiljetten in mijn zak. Maar ik kon nergens heen. Tanne had de auto.

Tegen vier uur die middag kwam ze terug. Ze reed hard en wild op het huis af en stopte abrupt. Met een behuild gezicht stapte ze uit. ‘Ik ben ziek’, zei ze. Ze liep naar binnen en kroop tussen de losgetrokken lakens. Ik stond in de deuropening toe te kijken hoe ze de lakens vertwijfeld naar zich toe trok, zich erin verborg, de geur ervan inademde, en ten slotte instortte en met een lege blik naar het plafond staarde.

‘Denys is naar Caïro vertrokken. Hij blijft maanden weg.’

Opeens verloor ik mijn belangstelling. ‘Ik ga me vermaken in de Muthaiga. Wanneer ik terugkom, reis ik meteen door naar Naivasha om te jagen en grond voor een boer om te ploegen. Je mag je in alle rust en zolang je wilt overgeven aan je verdriet om hem.’ Ze tilde haar hoofd op om mij op te nemen. ‘Maar je komt toch wel terug?’ Ik haalde mijn neus voor haar op.

In de Muthaiga, waar ik laat in de avond aankwam, hing een grafstemming. De drank had geen invloed op me en de vrouwen waren lelijk en saai. Ik wipte even langs bij een eettent van een Indiër, waar bijzonder veel mensen van verschillende rassen kwamen. De sfeer was er uitgelaten, de palmwijn en vreemde drugs maakten de plaats onvoorspelbaar. Er kwam een negerin bij me op schoot zitten en daarna liet ik me helemaal gaan. Het was net één lange duizeling. Mijn tong proefde zout en zee, ik at, dronk en rookte dingen die ik niet kon thuisbrengen.

Toen ik laat in de nacht wakker werd, bonkte mijn hoofd, en mijn lichaam was kwetsbaar als kristal. Naast me, op een rieten mat op de grond, ontwaarde ik minstens twee negerinnen. We zaten met z’n drieën aan elkaar vast met lange lappen stof en toen ik opstond om weg te gaan werd een van hen wakker en ze hield haar handen op. Maar ik was al beroofd; mijn zakken waren leeg en ik kon haar niets geven. Ze had alle begrip voor mijn situatie; waarschijnlijk omdat ze zelf had meegedaan aan de plundering. Daarom begon ze maar over haar situatie te klagen. Ze had haar geboortedorp aan de voet van Mount Kenya al jaren niet meer bezocht. Haar man was overleden en ze was om onduidelijke redenen zowel door haar eigen familie als door die van haar man verstoten. Ze had twee kinderen in haar geboortedorp en nog eens twee in Nairobi. Ze pakte mijn hand en zei dat ze leed, dat haar hart door al haar verdriet was gestorven en dat ze geen toekomst had. De tranen liepen haar over de wangen en ze dolf een handvol gekreukte bankbiljetten op die ze me overhandigde. Die waren van mij, zei ze, en omdat ik zo'n goede blanke man was, die naar haar had geluisterd, wilde ze me niet bestelen. Ik zei tegen haar dat ze het geld mocht houden en ging weg.

Verbaasd stelde ik vast dat mijn auto er nog stond en niet was gestolen of vernield. Tegen zonsopgang kwam ik thuis. Tanne werd wakker en vroeg of ik door een olifant was overvallen. Ik legde uit dat de Muthaiga een grafkamer was geweest en dat je wat positievere plekken moest opzoeken als je je wilde vermaken. Haar reactie was dat ze die nacht bijna was doodgegaan. Ik antwoordde dat ze in alle rust mocht sterven, omdat ik ging pakken voor Naivasha.

Snel maakte ik me gereed. Zij bleef zonder een woord te zeggen in haar kamer liggen. Toen ik op het punt stond om weg te gaan kreeg ik berouw. Was ik te ver gegaan? Ik zou eigenlijk naar haar moeten luisteren, haar moeten troosten.

Ik ging naar haar kamer waar ze als een lijk in bed lag. Opeens kwam ze overeind en ze krabde me over mijn wang. 'Je bent een zwijn!' schreeuwde ze. 'Ik weet het,' antwoordde ik, 'ik ben niet goed genoeg voor je. Ga naar Caïro, doe wat je wilt met Denys, jij en ik passen niet bij elkaar!' 'Ik wil je niet meer zien!' Ze spuugde me in het gezicht en ik haalde naar haar uit.

In de badkamer sloeg ik de spiegel aan diggelen. Nadat ik mijn gezicht had gewassen en mijn mond had gespoeld liep ik naar buiten waar de auto met alle bagage al klaar stond. Tanne stond ernaast in haar ochtendjas en nam me met een razende blik op. Haar onderlip trilde, ook al deed ze er alles aan om zich te beheersen. 'Jij bent mijn man en je mag me niet verlaten!' Heel even kreeg ik een impuls om haar voor de tweede keer in mijn leven te slaan, maar die verdween snel. Haar blik was niet alleen woedend maar ook smekend. En haar magere lichaam dat stond te rillen in de ochtendkou had iets zo aandoenlijks dat ik binnen één tel smolt. 'Als je binnen een uur kunt pakken, mag je mee.' Ze vloog me om de nek. 'O, lieve Bror', fluisterde ze, waarna ze naar binnen rende met de woorden: 'Ik rij wel, dan kun jij slapen!'

16

De regen viel over het Ngong-gebergte en ik stond zonder hoed en jas buiten op het grasveld en liet het water over mijn gezicht stromen. Ik ademde de vochtige, frisse lucht diep in. Ik had het gevoel dat hemelse tranen van geluk over mij heen spoelden.

Tannes beide windhonden zaten elkaar op het open veld achterna, soms gleden ze uit in de nattigheid, maar ze stonden meteen weer op. Ik wist dat de buffels op de Athis-vlakte stilstonden om de regen langs hun glimmende zwarte lijven te laten stromen, dat de olifanten al naar hun oude waterlopen begonnen terug te keren en dat de leeuwen het vocht uit hun vacht schudden en zich installeerden onder beschuttend struikgewas.

De strijd om te overleven was achter de rug. Nu was het een kwestie van leven.

Tanne kwam naar buiten en ging naast me staan. Ze was zo gelukkig als een verliefde bakvis. 'Bror, het regent en gouverneur Northey prijst je de hemel in. Mensen zoals jij zullen het Kenia van de toekomst opbouwen. Ik ben trots op je. We hebben samen een fantastische toekomst voor ons.' Ze kneep in mijn hand en liep terug naar het huis. Ik wist dat ze meteen doorliep naar de logeerkamer waar Denys al een aantal weken ziek lag.

Hij was uit Caïro teruggekeerd en zonder vooraankondiging ons huis binnengestapt. Tannes verliefdheid sloeg als de bliksem bij hem in en hij zakte met hoge koorts op een bed in elkaar. Dagenlang lag hij erbij als een kind en gaf zich over aan haar zorgen en daden uit liefde, die hem langzaam, heel langzaam zijn gezondheid en energie teruggaven.

Zijn aankomst was spectaculair. Tanne was bij de inlanders geweest en ik had de reparaties aan een van de pakhuizen geïnspecteerd. Toen ik midden op de middag naar ons huis terugkeerde, hoorde ik vreemde muziek. Het klonk alsof er een orkestje in de salon zat te spelen. Toen ontdekte ik Denys' auto, die achter ons huis verborgen stond. Ik sloop het bos in, begaf me ongezien in de richting van de keuken en verstopte me achter een boom. Daar moest ik een half uur wachten.

Ik luisterde naar de gesprekken van de bedienden – ze maakten grapjes over onze 'driehoek' en bespraken wie er zou winnen. Het verwonderde me dat ze het allemaal op mij hielden.

Denys moest de grammofoon telkens opnieuw aanzetten om er zeker van te zijn dat Tanne de muziek zou horen wanneer ze thuiskwam. Het deed me genoegen dat hij moest wachten.

Toen ze eindelijk kwam aanrijden zag ik al van een afstand hoe moe ze was. Op zo'n vijftig meter van het huis rechtte ze haar rug en ze liet het paard stilstaan om te kunnen luisteren. Daarna gebeurde er iets merkwaardigs. Tanne was nooit een goede ruiter geweest, maar nu gaf ze Rouge de sporen zodat het beest naar voren galoppeerde, en als een circusartieste liet ze het abrupt voor het huis stoppen. In één vloeiende beweging liet ze zich uit het zadel glijden en ze rende naar binnen. Het paard zette zich in één moeite door af en ging er met heen en weer zwaaiende stijgbeugels vandoor. De plaat liep af en het werd stil. Na een lange omweg keerde ik naar huis terug. Toen lag Denys al in bed met de zweetdruppels op zijn voorhoofd.

Ik herkende het duizelingwekkende van de verliefdheid, de begeerte, de fixatie op de geliefde, de verwarrende aandacht voor de woorden, gebaren, lippen, voeten van de geliefde – ik herkende zelfs een belangstelling voor de afstotelijke trekjes, die slechts bevestigden hoe volmaakt al het overige was. Dat had ik allemaal steeds weer opnieuw beleefd. Wat ik bij Tanne niet herkende was de geluksroes als iets onbevredigends. Ze raakte nooit verzadigd, omdat ze de liefde nooit nuttigde. Ze cultiveerde haar tot volmaaktheid, maar slikte haar nooit. Ik cultiveerde haar nooit, maar slikte haar onmiddellijk, en ging verzadigd en tevreden weg.

Dat Tanne zo door Denys in beslag werd genomen stond mij tegen, omdat het doel en zin miste. Het was een ziekte, een uitwendig kwaad dat zich van haar meester had gemaakt en haar zelfs in het meest bedwelmende moment van de bevrediging niet verliet. Ik snapte niet hoe Denys het kon verdragen.

Dat kon hij ook niet. Vaak vroeg hij haar of ze hem met rust wilde laten. Als hij hoge koorts had, trok ze zich van zijn smeekbede niets aan en zat ze aan zijn bed gekluisterd. Was hij in redelijke conditie, dan durfde ze niet anders te doen dan hem ter wille zijn. Nooit was haar liefde sterker en radelozer dan wanneer ze zich terugtrok.

Toen hij was opgeknapt, zaten ze weer op de grond voor de open haard en speelden ze scènes voor elkaar na. Zij was eerst gekleed in een dure avondjurk, maar trok andere kleren aan en sloeg lappen stof om zich heen om een Somalische vrouw te verbeelden. Hij was gekleed als Robin Hood.

Op een avond besloot ik naar binnen te gaan en een grap met hen uit te halen. Ik verkleedde me als een Masai; in de loop der jaren hadden we voldoende rekwisieten verzameld. Ik was van plan mijn entree te maken als een dansende moran. Vlak voordat ik de kamer in wilde springen, gluurde ik even door de deuropening naar binnen. Hij droeg een smoking en een Homburghoed, terwijl zij eruitzag als de godin Diana. Ik heb me niet meer vertoond. Ze hadden het over iets wat ik niet snapte, behalve dan dat het erover ging hoe je oude idealen, met eer en fatsoen als fundamentele levenswaarden, kon naleven en tegelijkertijd de versplintering en teloorgang van de normen van de moderne tijd kon bevestigen. Ik begreep wel wat ze zeiden, maar hun gedachten spraken me niet aan. Hun ontmoetingen waren een mengeling van verkleedpartij en dispuut. Mijn gekke inval zou alleen maar pijnlijk zijn geweest.

Het deed me verdriet hun omgang te zien. Ik was een kind dat buiten de wereld van de volwassenen was geplaatst, maar dat geen hoop mocht koesteren dat hij ooit toegang tot die wereld zou krijgen.

Wekenlang was mijn huis een theater. Alles werd omgetoverd tot coulissen en rekwisieten. Na de dood van Hans hadden de spullen hun glans verloren. Toen Denys verscheen, kregen ze hun stoffelijkheid terug. Nu gebeurde er iets anders: het hele huis onderging heiligschennis, het meubilair verwerd tot kunstvoorwerpen of prullaria, alles verloor zijn gebruikswaarde en kreeg een rol als snuisterij of feestattribuut. Ik liep in mijn eigen huis rond als een gast en toeschouwer – toch was ook dat een verboden rol. Ze wilden alleen zijn en er was geen plaats voor mij of iemand anders.

Op een ochtend ging ik naar Denys' kamer. Hij hing onderuit gezakt in het logeerbed met een bolhoed op zijn hoofd. Toen ik binnenkwam, keek hij op en knikte. Ik zei hem dat het zo genoeg was, dat het tijd werd om te verhuizen. Ze moesten hun relatie maar elders voortzetten, niet op Mbogani. Hij knikte weer en ik voelde een primitieve vreugde dat ik het overwicht had. Bij een gevecht zou ik winnen. Hij gaf toe dat hij misbruik had gemaakt van mijn gastvrijheid en hij zei dat hij het huis de volgende dag zou verlaten. 'Tania en ik gaan een paar weken op safari.' 'Tania?' Hij vroeg of ik daar bezwaar tegen had.

Die naamsverandering bracht me in verwarring. Het was alsof hij het over iemand anders had dan over Tanne. Ik haalde mijn schouders op en liep naar de deur met de woorden: 'Zorg er gewoon voor dat jullie hier zo snel mogelijk weg zijn.' Toen ik in de deuropening stond riep hij: 'Blix! Het zou leuk zijn om een keer samen met jou te jagen.'

Op de een of andere manier wist hij het initiatief altijd naar zich toe te trekken. In een poging het te heroveren antwoordde ik: 'Maar misschien wordt er wel iemand van ons aangeschoten.' Daarop lachte hij hartelijk! 'Dat risico ben ik bereid te nemen.'

Enkele dagen later zat ik in mijn eentje op de veranda met vier papieren in mijn hand. Het eerste was een telegram, het tweede een lange brief van oom Aage, het derde een schatting van de koffieoogst en het vierde een brief van de politie in Nairobi.

Vader was dood. Eigenlijk had hij na Hans' dood zijn levenslust niet meer hervonden. En oom Aage liet me, op zijn wijdlopige manier, in zijn brief voelen dat mijn dagen als verantwoordelijke voor Mbogani binnenkort geteld zouden zijn. De koffieoogst werd voor dat jaar berekend op een indrukwekkende zestig ton, maar toch was duidelijk dat dit niet genoeg was om de plantage rendabel te houden. De politie schreef dat als ik mijn schulden niet voldeed, ze weldra gedwongen waren me aan te houden. De stapel aangiftes op hun bureau groeide.

Tanne was in haar paradijs, op safari met de man die ze beminde. Ze bevond zich ergens verborgen op de savanne, in de bedwelmende stilte waarin alles wat ze zo waardeerde, trots, eer en moed, werkelijkheid kon worden ten overstaan van de enige die haar op dit moment iets kon schelen. De open vlaktes, de rivieren, ravijnen en bosjes verborgen haar geluk. Haar gemoed bevond zich tussen de Afrikaanse zeearenden in de lucht.

Voor mij waren alle deuren gesloten. Elke keer wanneer ik me probeerde om te draaien stuitte ik op een gesloten deur. Het verleden had me niets te bieden en een toekomst was voor mij niet weggelegd.

Ik liep het bos in. Stil, zonder geweer, sloop ik rond. De geuren van hout, groei en verrotting stroomden als water over mijn gezicht. Het was alsof ik op de bodem van een meer liep. Hoog boven me flakkerde het licht tussen de boomtoppen door naar beneden. Het bos trok zich er helemaal niets van aan dat alles was ik ondernam mislukte. Alleen hier was ik een compleet mens.

Toen ik terugkeerde en het geliefde huis op Mbogani bekeek, had ik het al verlaten. Ik was ergens anders. Dat gaf me een grenzeloos gevoel van vrijheid.

De volgende dag ging ik in mijn eentje het Ngong-gebergte in om te jagen. Terwijl ik vrij langs de bergrug zwierf, kwamen me een paar woorden voor de geest. 'Pas als je alles verliest, kun je iets winnen.' Ik weet niet waar ze vandaan kwamen. Tanne en Denys hadden ze vast weten te herleiden en zouden er allerlei standpunten over hebben gehad. Maar ik wist dat die woorden waar waren.

17

Toen we in 1919 naar Europa terugkeerden, was ik in lange tijd niet zo gelukkig geweest. Ik stond boven en onder de wet, verstoten door alles behalve het Afrikaanse landschap. Tanne en ik reisden samen, we sliepen in dezelfde kamer en gedroegen ons als het gehuwde paar dat we nog steeds waren. Maar onze levens verliepen langs parallelle lijnen. Zij ging nog steeds gebukt onder de plantage, de financiële situatie, haar familie, haar sociale rol, haar liefde voor Denys, haar eer en haar lot. In de Europese salons droeg haar broze lichaam die reuzenlast met gemak, maar op Rungstedlund was die haar veel te zwaar. Voor mij hadden al dergelijke dingen hun betekenis verloren. Ons gemeenschappelijke levensproject was nu nog alleen het hare; wel was ik van plan onze vrienden, de jacht en Oost-Afrika te behouden.

Het vreemde was dat we elkaar tijdens de reis hervonden. We vermaakten ons in Parijs en Londen en zwolgen in luxe. Zij hield ervan de excentrieke en puissant rijke barones uit te hangen, ik amuseerde me door met mijn zakken vol geleend geld de op avonturen beluste baron te spelen. Wat had ik te verliezen? Ik zou willen dat mijn schuldeisers in Nairobi ons hadden kunnen zien toen we verkleed als snobs met het rijtuig heen en weer reden tussen exclusieve winkels en luxe restaurants met in ons kielzog de twee Somalische jongetjes van Tanne. In plaats van mij een sprookje te vertellen hield ze de deur van zo'n sprookje voor me open en lachend stapten we naar binnen.

Het enige wat onze reis eigenlijk verstoorde, was het feit dat er meer mensen waren die mij kenden dan haar. Tot mijn verbazing had mijn reputatie als jager op groot wild zich verspreid en vaak werd me gevraagd hoeveel olifanten en leeuwen ik had geveld. 'Baron Blixen, vertel ons...' Tanne was weliswaar trots op mijn beroep, maar had graag gezien dat de aandacht meer naar haar uitging.

Ik arriveerde in gezelschap van een de Somalische huisjongens op Näsbyholm. In de koude wind stonden we allebei rond te kijken, ons erover verbazend dat mensen daar konden wonen. Het landgoed zelf leek verlaten en het bekende grondgebied was voornamelijk een verre herinnering. Ik durfde amper een stap in de richting van het woonhuis te zetten. Ik kreeg nauwelijks lucht. Het liefst had ik meteen rechtsomkeert gemaakt. Toen ik de kamer binnenstapte, hing moeder Clara verlept in een fauteuil terwijl ze probeerde een vreugdetraan naar buiten te persen. In de keuken zaten twee werkloze meiden mij verwonderd aan te staren toen ik hen begroette. Ze gaven een gil van angst toen ze de zwarte jongen in de gaten kregen.

Uit elke kamer kwam een kille windvlaag: Hans was weg, vader was weg, heel Näsbyholm was weg. Wat restte was slechts een leeg omhulsel.

Moeder begon meteen een klaagzang: haar oudere broer Carl was bezig met intriges om in de toekomst het landgoed te verwerven. Iedereen klaagde; ze hadden verdriet over hun teleurstellingen of cultiveerden die. Carls echtgenote Olga probeerde zowel mijn moeder als mijn zusters uit de streek te verjagen. Iedereen was oud zeer aan het oprakelen en het enige wat de familie nog bond, was de hoop op wraak.

Op kerstavond speelde ik voor de kinderen van mijn zussen kerstman en juist die avond raakte ik het beklemmende gevoel op mijn borst kwijt. Maar op eerste kerstdag zat ik weer alleen met moeder in de 'sittingkamer', een grafkamer waarin het bedompt en kil rook en waar elk woord echode.

Tussen Kerstmis en oudejaarsdag hoorde ik lange monologen aan: dat wie zijn best doet wordt gestraft, dat goed met kwaad wordt vergolden, dat geen van ons met geld kon omgaan en dat ik geen toekomst had. Ik was een te aardige prutser. 'Jij kunt nog geen kind voor de gek houden, maar zult altijd zelf voor de gek worden gehouden', zei ze. Ik leek op haar, beweerde ze, in die zin dat we onszelf als mislukt beschouwden. Ik verzorgde haar, droeg haar naar bed en luisterde naar haar ervaringen van vernederingen en nederlagen.

Op de dag na kerst, toen ik mij klaar had gemaakt om erop uit te trekken en frisse lucht in te ademen, dook tot onze verrassing Tannes broer Thomas op. Toen ik hem zag, kreeg ik hoofdpijn. Groot en lomp, zowel naar lichaam als naar geest, stapte hij als een onheilsprofeet de hal binnen. Hij was nog niet gaan zitten of hij begon al over zijn toekomstige rol op Mbogani. Hij was met oom Aage overeengekomen dat hij naar Afrika zou vertrekken om de zorg voor de plantage op zich te nemen, ervoor te zorgen dat die rendabel werd en om slordigheid en zwendel te voorkomen. In de toekomst zouden Tanne en hij de plantage runnen. Ik kreeg genadig toestemming van hem om er te wonen, voorlopig.

Het spijt me werkelijk dat ik hem niet onmiddellijk de deur uit heb gesmeten. Moeder redde de situatie met een listige klaagzang, die hem na een uur op de vlucht joeg. Ze zei dat het dapper van hem was dat hij ondanks zijn geringe praktische talent en geringe verstand een dergelijke verantwoordelijke taak op zich nam. Het was altruïstisch van hem zich bloot te stellen aan het hoongelach van de andere boeren en ze wenste hem succes in zijn contact met Brors goede vriend gouverneur Northey, die erom bekendstond dat hij de vijanden van zijn vrienden het leven zuur kon maken. Met een schuin hoofd voegde ze er vragend aan toe welke opleiding in

Afrikaanse landbouw hij had genoten. 'Vergeet niet je moeder de groeten te doen!' riep ze hem na toen hij met een grauw gezicht en op elkaar geklemde kaken Näsbyholm verliet.

Toen Thomas weg was, wilde moeder naar buiten om een luchtje te scheppen. Ik reed haar in een sjees over onze bezittingen en zong kerstliedjes voor haar.

Oudejaarsavond bracht ik door op Rungstedlund, die in een klooster gevestigde rechtbank, waar de muren zuchtten en de klokken met moeite het verstrijken van de tijd met hun slag aangaven. Tanne was verontrustend ziek en ongelukkig. In Afrika waren haar ziekteperiodes reinigingsprocessen die ze in scène zette om te overleven tot de volgende euforie. Op Rungstedlund, omringd door moeder Ingeborg, tante Bess en Thomas, was haar toestand bodemloos. Haar lijden had niets eervols of geweldigs. Ze zag eruit als een ziekelijke oude vrijster die berustend op de dood wachtte.

Zodra ik binnenstapte, zag ik aan hun gezichten dat Tanne hun had verteld over 'de ziekte', de syfilis waarmee ik haar had besmet zonder er zelf drager van te zijn. Ik begreep ook dat Thomas over mijn financiële transacties had gepraat en mij als een bedrieger had afgeschilderd. Tanne zag er niet alleen ziek, maar ook schuldbewust uit. De beschuldigende blikken van de anderen hadden me het liefst naar de onderwereld gestuurd.

Alle veinzerij en huichelarij waren verdwenen. Dit wekte een blijdschap en vrolijkheid in mij op die bevrijdend was, maar ook een tederheid voor Tanne, die nog steeds worstelde met haar levensproject.

Nadat ik hun hartelijk had begroet, zei ik: 'Laten we het komend jaar met een heuglijk nieuwtje vieren: jullie zijn in de toekomst van mij verlost, maar jullie zullen altijd een vriend hebben in Bror Blixen, de beste jager en de grootste prutser van Afrika!' Tanne en haar moeder glimlachten bleekjes, maar tante Bess liet een luid 'ha!' horen. De lucht was geklaard en de klokken begonnen vrolijk de toekomst in te luiden. Tante Bess bood me een biertje aan en informeerde onomwonden naar mijn leningen. Toen ik de kronkelige wegen van inkomsten en uitgaven beschreef, de achtbaan van de koffieprijs, contante leningen en wissels die door Nairobi galoppeerden om ten slotte op het laatste moment door mij te worden voldaan, barstte iedereen – behalve Thomas – in lachen uit. Ik noemde de onbetaalde leningen natuurlijk niet – die hadden het verhaal alleen maar bedorven.

Tegen middernacht vertelde ik de dames jachtverhalen, terwijl Thomas een verkwikkende avondwandeling maakte. 'Hij vindt het waarschijnlijk leuker om te horen hoe je mensen doodschiet dan dieren', zei ik, me goed bewust van het feit dat de familie er trots op was dat Thomas het Victoriakruis had gekregen voor dapperheid in het veld. Toen niemand door mijn woorden gekwetst leek, voegde ik eraan toe: 'Zo'n somber gezicht kan elke vijand angst aanjagen.' Tante Bess glimlachte, maar stak waarschuwend haar vinger op.

Toen de klok twaalf uur sloeg, was ik ervan overtuigd dat ik een groot geldbedrag had mogen lenen als ik het had gevraagd – althans van moeder Ingeborg.

Toen ik Tanne welterusten had gewenst, pakte ze mijn hand en ze sprak heel serieus: 'Bror, ik ben je dankbaar dat je geen wraak hebt genomen door over Denys te vertellen.' Zij had over mijn ontrouw verteld, maar ik had met geen woord over die van haar gerept. Het enige wat ze over Denys gezegd had, was dat hij een gemeenschappelijke vriend van ons was.

Stil lagen we naast elkaar. 'Verlaat me niet,' fluisterde ze, 'beloof dat je ons huwelijk behoedt!' Eerst wist ik niet wat ik hierop moest zeggen, maar daarna kwamen de woorden vanzelf: 'Ik zal altijd jouw Bror zijn, maar ons huwelijk ligt al aan diggelen.' Ze barstte in huilen uit en ik was niet in staat haar te troosten.

Op de eerste dag van het nieuwe jaar bezocht ik oom Aage. Hij verzekerde me dat er voor mij nog steeds een rol was weggelegd op de plantage; Thomas zou alleen maar assisteren totdat de financiën weer op orde waren. Hij wilde graag dat we elkaar vaak zouden zien tijdens mijn verblijf in Europa. Hij nodigde me uit voor het diner en verleidde me ertoe over de plantage en mijn jachtavonturen te vertellen. Hij wilde niets liever dan naar Afrika reizen om samen met mij de wildernis in te trekken.

Bij de cognac verklaarde ik dat ik de zorg voor de plantage voorgoed achter me had gelaten. Ik zei waar het op stond: dat het huwelijk van Tanne en mij in ontbinding verkeerde en dat Mbogani, financieel gezien, een mislukt project was. Åke Bursell had dat langgeleden al beseft. De plantage lag te hoog voor koffieteelt en er viel onvoldoende neerslag. Oom Aage keek oprecht verdrietig en verklaarde dat hij altijd van mening was geweest dat mijn verdiensten zwaarder wogen dan mijn tekortkomingen. Daar moesten we beiden hartelijk om lachen.

Toen ik op Näsbyholm terugkeerde, zeiden de meiden dat ik onmiddellijk bij mijn moeder moest komen. Ze lag te rusten maar wilde met me praten. Brita, de weduwe van Hans, was gearriveerd en wilde me spreken. Moeder pakte me met beide handen beet en vermaande me streng geen domme dingen te doen. Haar ernst wekte mijn nieuwsgierigheid.

Moeder zorgde ervoor dat ze erbij was toen Brita in de 'sittingkamer' werd binnengelaten om mij te zien. Ze maakte verlegen en zenuwachtig haar entree en liep, zonder een blik in mijn richting te werpen, naar moeder toe om haar met een kus op de wang te begroeten. Ze was klein, donker en slank. Haar glimlachende gezicht vertrok van schrik toen ze mij in de gaten kreeg. Toen ik haar met een paar woorden begroette, liet ze zich op een stoel zakken en ze begon te huilen. Instinctief hurkte ik aan haar voeten neer, pakte haar hand, die klein en goed gevormd was, en legde uit dat ze er geleidelijk wel aan zou wennen. Vanuit haar stoel kraste moeder: 'Ze lijken alleen maar uiterlijk op elkaar; Bror is aardiger maar valser.' Die waarschuwende woorden deden Brita en mij in lachen uitbarsten; ik droogde haar tranen met mijn zakdoek en ging tegenover haar zitten.

Ze hernam zich snel en wierp me nerveuze maar nieuwsgierige blikken toe. Voor mij veranderde alles op slag. De bekende duizeling sloeg bij me in en heel Näsbyholm was opeens vervuld van leven. De voorwerpen ontwaakten uit hun slaap en wekten op hun beurt herinneringen op. Hans en ik renden op een zonnige zomerdag de stoep af naar de stal, Hans draaide zich om en riep: 'Ik zag wel hoe je keek; mooi is ze, hè!'

Terwijl haar blik aarzelend over mijn gezicht gleed, vertelde Brita tijdens het diner hoe Hans en zij elkaar hadden leren kennen en over hun eerste tijd samen. Toen ze opstond om bij het opscheppen te helpen, plukte ze een haartje van mijn colbert en deed ze mijn kraag goed. Moeder beet haar toe: 'Laat hem met rust!', en tegen mij zei ze: 'Hou op met grijnzen!', maar Brita spoorde me aan meer te eten en vroeg of ik hulp bij het onderhoud van mijn kleding nodig had. Moeder legde haar bestek neer en keek steeds kwader, maar zodra ze het woord wilde nemen begon Brita over Hans. Er klonk geen verdriet door in haar stem, alleen geluk en vertrouwen, alsof hij nog leefde.

Mijn verliefdheid was zuiverder en helderder dan in lange

tijd. Brita had iets innemends en zachts, iets meegaands en ontvankelijks, maar toch was ze vlug in haar bewegingen en haar tengere hals vertoonde een trotse trek. Haar donkere haarkleur gaf haar hele gestalte een geheimzinnig trekje en ik ving een zweem op van haar geuren van zeewier en humus. Maar mijn verliefdheid was méér. De drang om te bezitten en te onderzoeken werd in mijn bewustzijn geformuleerd door de stem van Hans. Ik hoorde zijn geluid en zag wat hij zag. Mijn begeerte was een noodzaak, een ritueel, een traditie.

Na het eten gingen zij en ik een wandeling maken in de duisternis en de wind. Een enkele sneeuwvlok dwarrelde door de lucht en op de landweg waren de donkere plassen bevroren. Ze hield mijn arm stevig vast en haar borst, zijkant en heup werden tegen mij aangedrukt. Zodra we buiten het gezichtsveld waren, kusten we elkaar en haar volle lippen waren koud en zacht. Haar bruine ogen schitterden in het donker.

De weg naar onze gemeenschap was zo verbluffend kort. Alles was voorbereid, we hoefden onze instrumenten niet af te stemmen, hoefden niet uit beleefdheid de noodzakelijke rituelen te doorlopen. We maakten elkaar het hof als een oud getrouwd paar dat tot zijn verrukking ontdekt dat het opnieuw gewekt is door de begeerte uit zijn jeugd.

Giechelend spraken we af hoe we elkaar die nacht zouden ontmoeten. Eerst zouden we onder de ogen van moeder Clara als respectabele familieleden uiteengaan en elk naar onze eigen kamer vertrekken, in verschillende hoeken van het huis. Daarna was het mijn taak om ongezien en geruisloos naar haar donkere kamer te sluipen waar het beddengoed al was opgewarmd door haar naakte lichaam.

Toen ik tegen middernacht door de donkere en koude kamers sloop, stuitte ik, waar ik ook ging, op afgesloten deuren.

Moeder had de dienstmeiden een aantal deuren laten vergrendelen en ze had de sleutels verstopt. Het was onmogelijk om van de ene kant van het huis naar de andere te komen. Als er iets was wat mijn besluitvaardigheid wekte, was het dat wel. Met behulp van een zaklamp zocht ik in de schuur naar een ladder en zette die tegen het raam van Brita's kamer. Als de legendarische Casanova klom ik omhoog en ik klopte voorzichtig op de ruit. De schrik op haar gezicht sloeg snel om in verrukking en ze was onweerstaanbaar. Terwijl ik over de vensterbank klom, zong ik zachtjes een serenade.

Zij had jaren van onbevredigde honger achter zich. Voor mij was alles nieuw, en tegelijkertijd herkende ik elke curve van haar lichaam. Op een moedervlek op haar ene dijbeen reageerde ik met een glimlach van herkenning en ik pakte haar niet beet om huid en ledematen te onderzoeken, maar om te bevestigen wat ik allang wist. Een paar keer fluisterde ze uit verstrooidheid 'Hans', maar toen het erop aankwam riep ze echt Bror.

Na afloop effende ze de weg voor de rol van echtgenote. Zij zou voor me zorgen en ze was ervan overtuigd dat haar zorg en meegaande liefde mij rustiger en stabieler zouden maken. Ze zag onze toekomst al voor zich en beschreef die. We waren een paar dat overdag hard werkte, 's avonds kinderen verwekte en 's nachts in elkaars armen sliep. Als ik nog steeds van mening was dat Afrika mijn thuisland was, was ze zelfs bereid me daarheen te volgen.

Ik legde haar met nog meer liefde het zwijgen op, maar na afloop vouwde ze opnieuw de komende jaren uit als een voorgedrukte landkaart. Ze wist wie ik was, zei ze, en ze wist zelfs wat ervoor nodig was om mij trouw te laten zijn. Toen ik opmerkte dat het klonk alsof ik een onhandelbare reu was, antwoordde ze dat ik dat inderdaad was.

Ik werd voor de derde keer haar ongetemde reu, maar

daarna verliet ik haar en haar toekomstplannen door hetzelfde raam als ik was gekomen.

Al bij het ontbijt de volgende ochtend vervloekte ik mijn driften. Toen ik haar voetstappen de eetkamer hoorde naderen, was dat al voldoende om mijn begeerte te wekken. Ze hoefde maar even naar mij te kijken of ze had haar net al over me uitgeworpen en me tot op hoge leeftijd aan haar gebonden.

De rest van de tijd in Zweden en Denemarken werd een spelletje verstoppertje met Brita. Ik bezocht familieleden en vrienden, legde visites af aan oom Aage die me probeerde over te halen omwille van Tanne weer tijd en moeite in de plantage te steken, en enkele dagen leefde ik met Tanne op Rungstedlund een kuis huwelijksleven. Brita vond mij bij familieleden en vrienden, en triomfantelijk lachend trok ze mij een hoek in waar we elkaar konden kussen en strelen. Ik kon haar niet weerstaan en had niet voldoende kracht om de relatie te verbreken. Zij raakte iets authentieks in mij dat ik niet kon afschermen. Vluchten was de enige uitweg.

Na een poosje waren er steeds meer mensen die vonden dat ik me gewetenloos tegenover haar gedroeg en misbruik maakte van haar zwakte na Hans' dood. Moeder wilde niet meer met me praten en ik was amper welkom op Näsbyholm. Ze vond dat ik alle fatsoensgrenzen had overschreden en het benul had moeten hebben Brita's perverse verdriet op afstand te houden. Zelf had ik me echter nog niet eerder zó gebruikt gevoeld.

Als ik het geld had gehad, was ik onmiddellijk naar Kenia teruggekeerd. Ik werd achterna gezeten door Brita, de familie wilde niets van me weten en mijn naaste vrienden hadden mij al geld geleend. Ik zat klem.

Het was winter en koud in Europa. Desondanks overwoog

ik serieus om te voet naar de Middellandse Zee te trekken, op een boot naar het Afrikaanse continent aan te monsteren en langs karavaanwegen door de woestijnen te reizen om verder naar het zuiden op eigen houtje mijn weg naar Nairobi te vervolgen. Als ik geluk had, zou de tocht slechts een half jaar duren.

Uiteindelijk besloot ik een andere weg te kiezen. Ik ging naar een van de grotere rederijen, legde kort mijn situatie uit en vroeg om een baan aan boord van een schip naar Afrika. Mijn verhaal wekte zo veel belangstelling bij de personeelschef dat hij mij ter plekke een baan beloofde als kelner op een van hun betere schepen.

Tanne was de enige die achter mijn plannen kwam. Ze was verrukt en zei eerlijk dat ze graag was meegegaan als ze ook werk als kelner had kunnen krijgen. Snel maakte ze een romantisch verhaal van mijn reis: een tijdelijk aan lager wal geraakte baron, met grote grondbezittingen in Afrika en een van de voornaamste jagers op groot wild van de wereld, is de bediende van enkele zeelieden en emigrerende boeren. Wanneer het vaartuig in een vreselijke storm terechtkomt, verzamelt deze mysterieuze figuur zowel personeel als passagiers om zich heen...

Een week voor ik zou aanmonsteren kreeg ik een bericht van Clarence von Rosen, een oude vriend, dat Gillis Lindström, getrouwd met mijn jeugdvriendin Ingrid de Maré, zijn landgoed had verkocht en naar Oost-Afrika wilde reizen om te gaan jagen. Ze vroegen zich af of ik hem kon helpen bij het schieten van een olifant en een leeuw als ze mijn reiskosten betaalden.

In het voorjaar van 1920 reisde ik terug naar Mbogani en alles werd anders.

18

Tijdens de reis naar het zuiden vroeg Gillis diverse keren waarom ik kwaad was. Ik antwoordde dat ik niet kwaad was, ik was alleen ongeduldig en verwachtingsvol. Ik legde uit dat ik met een mislukt huwelijk zat, met chaotische zakelijke transacties, een plantage die niet rendabel was en familie die mij als ongedierte beschouwde. Vóór me lag niets anders dan vrijheid. 'Maar je bent niet blij, je bent kwaad!' zei hij.

We lagen twee weken op de rede in Newcastle, waar met Britse omstandigheid stukgoed werd geladen. Als Gillis er niet was geweest, was ik overboord gesprongen. Hij stelde voor dat we als tijdverdrijf en om in vorm te blijven zouden gaan boksen. We leenden handschoenen van een matroos en waren nog niet begonnen of Gillis schreeuwde: 'Boksen, niet vechten!' Hij liep een dikke lip op en een pijnlijke kaak, maar toch bleven we dag in, dag uit op elkaar in beuken. Hij deed het voor mij. De bezitter van de handschoenen wilde ook meedoen; hij was prijsvechter geweest en woog over de negentig kilo. Pas toen ik met een bloedneus en zere ribben in mijn hut lag, kreeg ik een moment rust.

Toen we eenmaal op zee zaten, stond ik aan dek naar de eentonige bewegingen van de golven te kijken. Ik had willen huilen, maar ik kreeg geen vat op iets waarover ik kon huilen. Ik verlangde naar een vrouw die mijn hoofd tussen haar handen wilde houden, niet een die uit was op erotiek.

Een paar dagen later zag ik twee walvissen die dicht bij elkaar met het schip mee zwommen. Opnieuw kreeg ik een brok in mijn keel, maar toch kwamen de tranen niet. De walvissen waren zo groot en kwetsbaar in de grenzeloze zee en hun instinct voerde hen over enorme afstanden.

Het raakte me dat zij in hun oceanisch bewustzijn geen idee hadden dat de hemel boven het wateroppervlak oneindig hoog was en dat de geweldige watermassa's van de diepten der zee, naar kosmische maatstaf gerekend, een beperkte plas waren. Wat zeer deed – een hevige pijn in de maagstreek – was dat zij zo vanzelfsprekend tot een element behoorden. Zij waren op de juiste plek. Ondanks hun grootte bewogen ze zich zacht en soepel door het water, en na een half uur verdwenen ze. Waar bleven ze? Kon een walvis ooit een thuiskomst ervaren, of leefde hij met een voortdurend gevoel van thuis zijn?

De zee was grijs, de salon waarin ik brieven zat te schrijven was ijskoud en er hing een geur van koude sigarenrook. Een paar matrozen sloften rond op een vochtig dek en probeerden de indruk te wekken dat ze aan het werk waren. Aan mijn jeugdliefde Lotty schreef ik troostende woorden, vooral om mezelf te troosten. Haar man Nils was net als ik een rokkenjager en ik schreef dat het voor iedereen moeilijk was om op zijn eigen voorwaarden te leven. Hoe je ook handelde, je trapte altijd op je eigen of andermans idealen. In welke mate berustte je leven eigenlijk op vrije keuze? Had ik ooit een reële kans gehad om een succesvolle plantagehouder bij het Ngong-gebergte te worden? Had zij ooit een mogelijkheid gehad een trouwe man te vinden wanneer alle energieke en interessante mannen in onze kringen notoir ontrouw waren? Het ging er toch om dat je enigszins trots bleef op het armzalige leven dat je uit domheid had gekozen of dat je was toebedeeld. Onze levens werden door iemand boosaardig bestuurd en als je een enkele keer een medemens tegen het lijf liep zonder hem te beschadigen mocht je tevreden zijn.

Gillis kwam binnen en gooide de handschoenen in mijn schoot. 'Het is tijd!' Ik had nauwelijks de puf om ze aan te trekken en ik kon me niet verdedigen toen hij me naar beste vermogen een pak slaag begon te geven. De woede kwam als een snik; ik sloeg hem neer en hij zei dat het voor deze keer genoeg was. Vervolgens bracht hij me naar het voordek van het schip waar we in de regen en de storm onze bezwete lijven lieten afkoelen. Fonteinen van water sloegen ons tegemoet zodat we nauwelijks iets konden zien – toch stonden we allebei te huilen. 'Verdomme, wat stom', zei Gillis en hij nam me mee daarvandaan.

Ik vroeg hem waarom hij verdriet had. 'Het is Ingrid,' antwoordde hij schuchter, 'ik mis haar.'

Gillis was, misschien meer dan enig ander persoon die ik heb leren kennen, een kameraad. Toen ik een keer verlegen mompelde hoe dankbaar ik hem was, antwoordde hij dat mijn humeur erop vooruit zou gaan wanneer ik met zijn vrouw Ingrid omging. Tegen haar goedheid en kracht kon geen god of duivel op, was zijn mening.

Voordat we het Suezkanaal in voeren, kwam er een twintigjarige vrouw aan boord die op het hele schip voor onrust zorgde. Ze was op weg naar Nairobi, waar ze op bezoek zou gaan bij haar familielid gouverneur Northey. Het meisje was op een uitdagende manier aantrekkelijk en met een mengeling van humor en neerbuigendheid liet ze zich door enkele even oude cavaliers het hof maken. Die straalden wanneer ze haar hand mochten kussen. Gillis smeekte me haar met rust te laten en hield me de bokshandschoenen als alternatief voor. Ik beloofde dat ik mijn zwaarmoedigheid en dikke lippen trouw zou blijven, en het was fijn om voor de verandering de drift te beteugelen en niet te hoeven toegeven aan de eis om te veroveren. Maar toen iemand haar op mij opmerkzaam had gemaakt en ze een paar dagen verstolen blikken op me had geworpen, kon ik de verleiding niet weerstaan. Ze rook heerlijk en had belangstelling voor mijn verhalen over

Kenia. Het liefst had ik haar als vriendin en trooster gehad, maar mijn begeerte ontwaakte uit haar slaap en nam bezit van me. Het was zinloos te proberen die opnieuw te doven. Ik maakte toespelingen op avontuurtjes en vroeg haar wie ze was. Eerst vond ze zichzelf te voornaam om een aan lager wal geraakte baron in vertrouwen te nemen, maar tot haar genoegen wist ik haar geheimpjes te ontfutselen. Nu eens bestormde ik haar, een andere keer trok ik me met een andere vrouw terug op het moment dat het vuurtje haar begon te verwarmen. Het werd haar duidelijk dat ik haar verafgoodde – toch zou ik me prima zonder haar kunnen redden. Toen ze een keer moest gieren van het lachen om een grapje overschreed ze de grens die ze voor zichzelf had uitgestippeld en we belandden in haar luxueuze maar onopgeruimde hut. Naakt op haar rug liggend in een berg naar rozen geurend zijden ondergoed werd ze verliefd. 'Je wilt mij!' riep ze en ze was zelf verrast door haar eigen woorden. Een half uur later keek ze me met vochtige ogen na toen ik haar verliet om de nacht in mijn eigen kleine, goedkope hut door te brengen.

Het meisje werd een provisorische brug terug naar het leven, naar mezelf. Ik werd haar brug naar volwassen mannelijkheid en naar Afrika. Met behulp van anderen overleven we. In plaats van met Gillis te boksen koos ik ervoor haar te strelen. Ik kwam zonder pijnlijke bulten en met een van verzadiging zwaar en zacht lichaam in Mombasa aan.

Pas toen ik in de richting van Mbogani reed, begreep ik wat Gillis bedoeld had toen hij zei dat ik kwaad was. Ik smeet het portier van de auto dicht en schopte tegen een zinken emmer die op de stoep stond. Het huis, omringd door grasvelden en een beschermend bos, het uitzicht op het Ngong-gebergte, de hartelijke bedienden die met Farah aan het hoofd na een half uur opdoken, alles irriteerde mij. Mbogani was niet alleen een mooi monument van mijn mislukkingen, het stond ook als een arrogante beschuldiging te stralen: Kijk nou eens hoe je leven had kunnen zijn!

De eerste dagen kon ik nergens logeren en daarom sliep ik in het huis. Het gaf me een verlaten gevoel mijn koffers uit te pakken en ik miste Gillis. De volgende ochtend kwam er al een politieauto aanrijden die voor het huis parkeerde. Ik schoot in tien tellen in mijn broek, overhemd en jachtmocassins en toen er op de deur werd gebonkt was ik al tussen de bomen van het bos verdwenen. Daarvandaan zag ik hoe twee Engelse politieagenten hun geweer ontgrendelden voordat ze naar binnen gingen om het huis te doorzoeken. Je kon zien dat ze bang waren en op alle mogelijke dingen voorbereid. Twee geldschieters bleven trillend in de auto zitten. Farah verscheen en toen hij op hun vragen zijn schouders ophaalde, werden ze onbeschoft tegen hem.

Na een poos vertrokken ze, maar als doorgewinterde buffeljager liet ik me natuurlijk niet voor de gek houden. Ze kwamen inderdaad tien minuten later met hoge snelheid terug en weer ontving Farah hen met onwetendheid. Ditmaal kreeg hij een oorvijg, wat hij met zo'n onaangedane trots onderging dat de tranen me ervan in de ogen schoten.

Mbogani, waarvan ik meer had gehouden dan van enig ander huis, was vijandig grondgebied. Mijn haat ten opzichte van het huis was eigenaardig. Het heeft me nooit moeite gekost om op te breken en verder te trekken, om te vergeven en een streep door het verleden te halen. Maar nu wilde ik wraak nemen.

Ik fietste naar Nairobi en als bij toeval kwam ik terecht tussen de grootste avonturiers en drankorgels van het Norfolk Hotel. Met luid hoerageroep werd ik ingehaald en ze maakten zich vrolijk over een paar politieagenten die zich buiten voor het hotel hadden verzameld om mij te arresteren zodra ik de bar verliet. Ze durfden niet naar binnen te gaan om dat te doen terwijl ik onder deze 'vrienden' verkeerde. Toen gouverneur Northey met zijn gevolg verscheen om een afzakkertje te nemen en aan mijn tafel ging zitten, hielden de agenten hun opdracht voor gezien en ze reden naar huis.

Midden in de nacht leenden we vijf auto's, die we vulden met boeren, stropers, werkloze soldaten, dames van lichte zeden en een hoop sterkedrank en bier. Vervolgens reden we naar Mbogati. Vlak nadat we Nairobi uit waren, kreeg een politieauto onze overvolle auto's in de gaten en begon ons te volgen. Enkele bekende stropers raakten zo geïnspireerd door de achtervolging dat ze de politie gingen beschieten met revolvers en lichte geweren. Misschien dat de achtervolging vanwege die kogels gestaakt werd, maar het kan ook zijn dat we gewoon te hard voor ze reden.

Twee auto's kregen onderweg een lekke band, hetgeen de chauffeurs er niet van weerhield om met een lege band en een brullend toerental het laatste stuk naar Mbogati nog harder te gaan rijden. Toen we aankwamen, viel me heel even op dat de nachtelijke geluiden om ons heen verstomden. Het bos hield zijn adem in.

Op dat moment was ik in de verleiding om het feest af te blazen, maar ik koos voor het tegenovergestelde: ik spoorde mijn gasten aan zich helemaal te laten gaan. In de woonkamer schoten we op kristallen glazen, Tannes kamer werd gebruikt voor ontmoetingen in afzondering met de dames en in mijn werkkamer werden weddenschappen afgesloten. We wedden om alles, armworstelen, boksen – en het werd helemaal op de spits gedreven toen ik op het hoofd van een opschepperige jager en op mijn eigen hoofd een sinaasappel legde en we elkaars vruchten met een pistool kapotschoten. Velen raakten buiten zinnen van opwinding. Toen ik in de gaten kreeg dat twee stomdronken soldaten die bekendstonden om hun wreedheid tegenover vrouwen en Afrikanen Russische roulette speelden, kwam ik tot bezinning en maakte ik een eind aan de dwaasheden. Ik bedankte iedereen voor zijn komst en zette ze buiten de deur. Al schreeuwend en schietend en met brullende motoren verdwenen de auto's in de richting van Nairobi.

Behoudens kogelgaten in de muren was Mbogani ongedeerd, maar het huis was wel geschonden. Zowel in mijn kamer als in die van Tanne lagen een paar dronken dames als vergeten kledingstukken te slapen. Overal lagen glassplinters, de meubels waren omvergeworpen en sommige kapotgeslagen. De vloer was nat en vies van gemorst bier. Het rook naar kruit, urine en drank.

Toen ik midden in de nacht de ravage stond op te nemen, kwam Farah binnen. Hij keek me strak aan. 'Zeg wat je denkt!' zei ik. Hij zei: 'Wie zijn lot tegemoet reist, begaat een stommiteit.'

Dag en nacht werd ik door onrust gedreven. Ik ging met Gillis op jacht, maar stopte er onderweg mee. Mijn rusteloosheid dreef me terug naar Nairobi. In de stad kwam ik te midden van alle rondzwervende avonturiers Oscar Olson tegen, een Zweedse fotograaf die door Svensk Filmindustri was uitgezonden om het dierenleven te filmen. We lunchten samen. Olson was ziek en bleek en had moeite met slikken. Met gebroken stem klaagde hij over zijn situatie. Hij zat al meer dan een maand vast in Nairobi en werd dagelijks voor de gek gehouden, beroofd en vernederd door autoriteiten, safarifirma's en jagers. Hij beweerde dat alle mensen in Nairobi, blank, bruin en zwart, bedriegers waren. Iedereen maakte hem geld afhandig, maar er kwam niets van de grond. Zijn financiële middelen slonken en het was moeilijk om méér geld van Svensk Filmindustri te krijgen zolang hij niet kon aantonen dat hij met zijn werk begonnen was. Het enige wilde dier dat hij had gezien was een glansspreeuw.

Ik zei tegen hem dat hij onmiddellijk alle contacten moest verbreken en niets moest doen zonder mij te raadplegen. Binnen een maand, zo beloofde ik hem, zou hij mooiere plaatjes hebben dan hij had durven dromen. Ik zou hem zelf in de wildernis rondleiden.

We spraken een vergoeding af en ik inspecteerde de uitrusting die hij al had aangeschaft in de vorm van camera's, tenten en keukenspullen. Hij liet mij een mooi paard zien dat hij bij Ali Khan had gestald en waarvan hij meende dat er pogingen in het werk waren gesteld om het te stelen.

Oscar Olson had alle hulp nodig die hij kon krijgen. Hij was een fatsoenlijk man, maar bang voor elke straathoek in Nairobi en hij vertrouwde zijn eigen woorden niet eens meer.

Mijn plan was dat Olson het camerawerk zou doen. Ik zou voor de regie zorgen. De inleiding van de film zou magnifiek zijn: een jacht in het bos rond Mbogani en op de hellingen van het Ngong-gebergte waaraan de gouverneur in eigen persoon zou deelnemen, samen met zijn mooie nichtje. Daarna zouden we naar de Tana-rivier vertrekken om het groot wild van dichtbij te besluipen.

'Als het jou binnen een week lukt om de gouverneur bij wilde dieren op de savanne of in het bos te laten poseren, vertrouw ik jou de hele safari toe', zei Olson met trillende stem. 'Maar als je me voor de gek houdt...' Hij zocht naar woorden, maar vond er geen die krachtig genoeg waren.

Gouverneur Northey ging op de uitnodiging in en zei dat zijn jonge familielid er zich vooral op verheugde mij te ontmoeten. Hij vroeg of ik wilde helpen om een paard voor haar te regelen. Ik ging linea recta naar Ali Khan en tekende namens Olson voor de ontvangst van zijn volbloed. Ik moest snel handelen. Toen het meisje het paard zag, begreep ze de situatie verkeerd. Met haar armen om mijn nek barstte ze uit: 'Dit is het mooiste cadeau van mijn leven!' De dag na mijn gesprek met Olson had ik geheel onvrijwillig zijn kostbaarste bezit weggegeven.

Olson kon zich zijn dunne, Scandinavische lokken wel uit het hoofd trekken. Iemand had zijn volbloed gestolen en de brutaliteit van de dief kende geen grenzen: voor de ontvangst van het paard was getekend met Olsons eigen naam! Proestend zei ik dat het heel vervelend was wat er was gebeurd, maar ik liet niet blijken dat ik er mee te maken had.

Enkele dagen later reed ik in gezelschap van de gouverneur en de jongedame naar Mbogani. Onze paarden waren de mooiste van heel Oost-Afrika. Olson stond samen met mijn Zweedse vrienden Gillis Lindström en Eric von Heland op het erf te wachten. Zodra we aan de bosrand opdoken, begon hij te filmen. Door de filmcamera ontdekte hij zijn gestolen paard en hij barstte uit in Zweedse vloeken en verwijten. Ik deed net of ik hem niet hoorde en zorgde waardig en stijlvol voor de gouverneur en zijn gezelschap. Vanuit mijn ooghoek zag ik hoe Olson verscheurd werd door enerzijds zijn puriteinse wil om zijn gestolen bezit terug te pakken en anderzijds zijn aandrang om deze magnifieke inleiding van zijn film vast te leggen. Zijn onwelwillendheid won het. Hij legde geen centimeter van de jacht en het feest na afloop op film vast. 'Is ze niet mooi op de volbloed?' vroeg ik hem in het Zweeds, en Gillis en Eric schoten in de lach.

We schoten een paar bosbokken en een wrattenzwijn, en we picknickten in het Ngong-gebergte. Het meisje liep me achterna en Olson was chagrijnig.

Toen de gouverneur weer was vertrokken – het meisje had gevraagd of ze op Mbogani mocht blijven slapen en had daar verrassend genoeg toestemming voor gekregen – verklaarde

Olson dat hij me ontsloeg als leider van de filmsafari. Ik betreurde zijn beslissing, legde uit dat hij na verloop van tijd zijn paard terug zou krijgen en wenste hem succes met zijn contacten in Nairobi. Ik leidde hem meteen naar de deur en gaf hem een hand. Ik zei dat ik geen wrok tegen hem koesterde, liep terug naar de anderen en liet hem buiten staan.

Hij wist niet eens hoe hij naar Nairobi terug moest komen. Nog steeds luid lachend liepen Gillis en Eric naar buiten om eens even met hem te praten. Olson besefte dat hij geen keus had. Gillis troostte: 'Een betere dan Blix kun je nooit krijgen. En dat paard krijg je later wel terug.'

Nadat ik het meisje naar bed had gebracht, sloot ik me later in de nacht weer bij mijn landgenoten aan. Ze zaten met een longdrink voor de open haard en Olson kon eindelijk ontspannen. Ik vertelde tot in detail waar we zouden filmen, welke dieren erop zouden komen en hoe het allemaal in zijn werk zou gaan. Wanneer ik een beest had opgespoord, zou ik Olson goed verborgen achter een boom of een paar struiken opstellen. Vóór hem zou zich een open plaats bevinden waar ik de dieren naartoe zou lokken door mezelf als lokaas te gebruiken. Wanneer ik de bosjes uit kwam rennen, was het tijd om te gaan filmen, want het razende wilde dier zou meteen achter me aankomen.

Zelfs Gillis geloofde me niet. Maar ze waren zo attent om geen weddenschappen af te sluiten. Uiteindelijk raakte ook Olson in een goed humeur.

Toen ik die nacht tegen drie uur weer bij het meisje in bed kroop, werd ze wakker en ik vertelde over ons project. Zij geloofde me wel. Ze was ook bereid haar paard voor de filmsafari uit te lenen. Dan zou ik voortdurend aan haar denken.

Ik sliep in als een gast in mijn eigen huis. Maar voor het eerst zonder zin om het de volgende ochtend in brand te steken.

19

Het had veel geregend en de Tana-rivier was niet langer een traag vloeiend watertje, maar een wild bruisende stroomversnelling. Olson, Gillis, een pas gearriveerde Zweed genaamd Hjalmar Frisell, ikzelf en een tiental dragers en helpers werden al opgehouden nog voordat we serieus aan onze filmexpeditie waren begonnen. Aan de overkant van de rivier lag de wildernis. De brug die we hadden zullen gebruiken was weggespoeld, het water was te diep en er stond te veel stroming om er doorheen te waden.

Olson liet vertwijfeld zijn schouders hangen; hij meende dat hij weer voor de gek werd gehouden en dacht uiteraard dat wij de expeditie nu moesten staken. Hoe wanhopiger hij werd, des te opgewekter werd ik. Niets was onmogelijk en het werd er alleen maar leuker van wanneer de hindernissen moeilijker waren. Het leven was een spektakel en je moest nooit aarzelen bij de stevigste prikkels.

Onder mijn leiding zetten we met behulp van proviandkisten en lianen een vlot in elkaar. Juma en Simba raadden het ons af. Zij waren, zoals alle mensen die in het binnenland wonen, bang voor water. Schreeuwend, lachend en wiebelend gingen Gillis, Hjalmar en ik aan boord, terwijl Olson op de oever het bestaan bleef vervloeken. 'Dat vlot zal omslaan', voorspelde hij en hij pakte zijn filmcamera om de catastrofe te vereeuwigen.

Met planken peddelden we naar de overkant en we kwamen nat maar ongedeerd aan. We hadden een liaan aan het vlot vastgemaakt zodat de dragers het terug konden trekken wanneer wij aan de overkant waren. Maar het lege vlot was te licht om de stroom te kunnen weerstaan en tijdens de terugtocht kapseisde het, de liaan knapte en het vlot verdween in de stroomversnelling. ‘Wat heb ik gezegd!’ riep Olson vanaf de overkant, terwijl hij zijn handen ten hemel hief. De anderen moesten lachen, maar we werden meteen weer serieus.

Gillis en Hjalmar hadden blote voeten, we waren alle drie gekleed in een korte broek en dunne hemden. We hadden geen wapens bij ons en maar één droge lucifer, die Hjalmar toevallig bij zich had gestoken. Olsons pessimisme had mij ertoe verlokt lichtzinnig en onoordeelkundig te handelen. Toch voelde ik me triomfantelijk over onze hopeloze situatie. Eindelijk echt gevaar!

We liepen de hele dag zonder een doorwaadbare plaats te vinden. Olson en de dragers volgden ons aan de overkant van de rivier en terwijl de nacht inviel, hoorden we zijn sombere voorspellingen over het bruisende water echoën. Ik slaagde erin een verdorde acacia in brand te steken en de hele avond bleven we droge takken op de vlammen leggen. Het werd koud en we kropen steeds dichter bij het vuur. Ik deelde stevige stokken uit die ik in de loop van de dag had gevonden, ‘voor het geval we die nodig hebben’.

Uiteindelijk was het hout op en het was te donker om méér te gaan zoeken. Aan de overkant van de rivier zagen we de vuren en tenten van het kamp van Olson en de dragers. Toen de wind draaide, konden we de geur van geroosterd vlees ruiken en gepraat en zelfs onderdrukt gelach horen. Hjalmar werd nerveuzer toen de duisternis en de kou zich aan ons opdrongen. ‘Ik wist niet dat je het bij de evenaar koud kon hebben’, zei hij verwonderd. Om ons warm te houden gingen we als lepels tegen elkaar aan liggen met Hjalmar in het midden. Ik sloeg mijn armen om hem heen en hij hield Gillis vast. Hjalmar verzocht ons om zijn naasten en geliefden in Zweden de groeten van hem te doen en Gillis bracht zijn liefde voor Ingrid en de kinderen ter sprake. Niettemin waren het moedige mannen. Ondanks de angst slaagden ze erin te kalmeren en tot rust te komen. Gillis informeerde zakelijk naar leeuwen, hyena's en luipaarden en ik antwoordde dat het onwaarschijnlijk was dat die zich ophielden bij de overstromende rivier. Ik noemde niet het gevaar van krokodillen die 's nachts jaagden en op zoek gingen naar verdronken dieren die op de oevers aanspoelden. En grazende nijlpaarden die op de terugweg naar het water waren, konden blindelings en agressief als neushoorns optreden.

Tegen middernacht vertelde ik hun verhalen over eerdere jachtpartijen en ze luisterden alsof de redding van mijn woorden moest komen. Zolang er woorden waren, behielden we onze menselijkheid en hielden we de wildernis op afstand. Ik hoorde mijn stem alsof die van iemand anders afkomstig was koppig doormalen over steeds vrolijker avonturen. Na een poosje begonnen we allemaal in hetzelfde ritme te ademen. Hjalmars hart bonkte tegen mijn handen en wanneer er door een van ons een rilling ging, plantte die zich voort naar de anderen.

Terwijl ik vertelde, hoorde ik bij de rivier een plons die niets met het stromende water te maken had, even later sloffende voetstappen, en in de duisternis verscheen aan de rand van de oever een grote krokodillenkop. Ik bleef praten, maar hield het monster in de gaten. Het bespeurde onze aanwezigheid, maar aarzelde of het zou aanvallen. Misschien werd het door mijn stem tegengehouden. Met langzame, hagedisachtige bewegingen liep het een rondje om ons heen. De sterrenhemel schitterde in zijn grijze pantserhuid. Behalve dat ik het verhaal op gang moest houden, was mijn enige gedachte dat als de bliksemsnelle aanval kwam, ik mijn vingers in de ogen van de krokodil moest steken.

Nooit eerder was ik zo weerloos geweest. Halfnaakt op de grond met de oneindige tropische nacht boven ons waren wij een levend gerecht voor alle roofdieren van de wildernis. Wij vormden één grote prooi in een streek waarin elk bot gebruikt werd.

Mijn gedachten gingen uit naar aangeschoten dieren die zich angstig en agressief in een of ander bosje verborgen houden terwijl de jager langzaam en onverbiddelijk naderbij komt. Ik kwam tot de ontdekking dat er op dat moment net een dergelijk verhaal uit mijn mond kwam, maar dat ik het perspectief van het dier had gekozen.

De krokodil verdween en nu verscheen er een jakhals, maar die schrok en daarna werd het angstaanjagend stil om ons heen. Ook ik zweeg. Ik probeerde rationeel te denken. Waarom was het zo stil? De lichte shocktoestand waarin Hjalmar en Gillis verkeerden, had hun bewustzijn verdoofd. Ze lagen zwaar ademend te slapen, hetgeen ook mij ertoe verleidde om het op te geven en me over te geven aan de slaap en het wild. Er was niet iets speciaals wat ons bedreigde. Het was de hele omgeving, van bacteriën en mieren tot krokodillen en leeuwen, die op ons loerde. Wij bevonden ons in een natuurlijke toestand waarin het leven van seconde tot seconde verdedigd moest worden.

Ik lag urenlang met open mond te luisteren en probeerde om me heen te kijken zonder mijn hoofd te verroeren. De rivier verdronk vele geluiden, maar toch kon je, door het gebruis van het water heen, het geluid onderscheiden van kleine knaagdieren die zich in onze buurt bewogen.

Opeens werd ik gewaar dat de ademhaling van mijn kameraden zich met een andere ademhaling vermengde. Eerst dacht ik dat die uit mijn eigen mond afkomstig was, maar toen ik mijn adem inhield, ging het geluid door. Heel langzaam draaide ik mijn hoofd om achter me te kijken. Een meter bij me vandaan stond een jonge leeuw doodstil onze geur op te snuiven. Zijn staart zwiepte door het zand. De leeuw aarzelde bij deze merkwaardige buit. Ik wachtte even om te zien of hij weg zou gaan of zich op ons zou storten. Maar hij was al even besluiteloos als ik en wachtte ook op een teken.

Mijn handen knepen in de stok naast me en ik maakte me op voor een sprong. Brullend ging ik overeind zitten en sloeg met de stok op de kop van het beest. Hij was zo verrast dat hij begon te grommen, naar achteren sprong en abrupt stopte om te overwegen of hij de tegenaanval zou inzetten. Ik tilde de stok opnieuw naar hem op en met een nog groter gebrul ging ik in de aanval. De leeuw sloeg op de vlucht.

Gillis en Hjalmar zaten er versuft en klappertandend bij. Toen ik vertelde wat er was gebeurd, wilde Gillis me eerst niet geloven. Hjalmar begon hysterisch te giechelen; hij klapte dubbel van het lachen, maar zweeg abrupt en wreef met zijn handen over zijn gezicht. We hoefden onze blik maar tot een decimeter boven de grond te laten zakken om ondanks de duisternis de voetsporen te kunnen zien.

Ik wist niet waar ik het zoeken moest. Van binnen zat een kreet van geluk die eruit moest, en de poriën van mijn huid trokken zich beurtelings samen en openden zich alsof ik afwisselend aan kou en hitte blootstond. Ik overwoog om midden in de nacht de stroomversnelling over te zwemmen om Juma en Simba te wekken, over de leeuw te vertellen en plannen te maken om morgen op hem te gaan jagen. Als ik alleen was geweest, had ik dat gedaan.

In afwachting van het aanbreken van de ochtend zaten we met onze ruggen tegen elkaar drie kanten op te kijken, onze armen als een beschermend schild voor de borst en de stokken in de aanslag. Ik hervatte mijn verhaal, niet alleen over de nachtelijke krokodil en de leeuw maar ook over Näsbyholm, over Tanne en Denys en over het feest op Mbogani dat het huis had kunnen verwoesten.

Terwijl ik praatte, begon ik een samenhang in mijn leven te ontdekken. Ik had geleefd als een bouwer, een verzamelaar, iemand die macht en bezittingen nastreefde. Hoe beter ik mijn leven op orde probeerde te houden, hoe chaotischer het werd. Hoe meer ik probeerde duurzame contacten met mensen op te bouwen, hoe minder vrienden ik kreeg. Ik had zojuist bijna mijn leven verloren, en ik was gelukkiger dan in lange tijd. Ik was een vagebond, een verleider en een schooier. En iedereen hield van mij om wie ik was, behalve Tannes broer Thomas natuurlijk. Ze lieten zich voor de gek houden om mij te kunnen behouden zoals ik was. De woorden van Kinanjui over op één plek zijn hadden eindelijk concreet inhoud gekregen. Ik was een jager, geen teler.

Toen de zon opging en het ochtendrood de eerste warme zonnestralen aankondigde, stonden we op om onze benen te strekken. Het landschap, dat net nog één grote bedreiging had gevormd, opende zich voor onze blik met zachte kleuren en toonde een lieflijke schoonheid die betoverd was. Hier werd de mens geboren en hier was ik. Vermoeid, met rode ogen maar herboren stonden wij het mirakel te aanschouwen.

Hjalmar had tranen in zijn ogen toen hij mij omarmde. Vanaf de andere kant van de rivier riep de schooier Juma: 'Koffie of thee, meneer?'

Het kostte een hele dag om een dukka te bereiken, waarvan een Indiër de eigenaar was. Daar dronken we alles wat stroomde, we werkten conserven naar binnen en wierpen ons op de vloer om te gaan slapen. Het duurde drie dagen voordat Olson verscheen, met een sterk gedecimeerd expeditiegezelschap. De helft van de dragers was tijdens de omweg naar de bronnen van de Tana gevlucht. Toen Olson de bloedende voeten van Gillis en Hjalmar zag, vroeg hij of we er genoeg van hadden. Ik antwoordde dat harde mannen als

Gillis en Hjalmar zich nooit door blaren lieten weerhouden. Nu begon het pas leuk te worden. Gillis lachte, maar Hjalmar slaakte een zucht.

En het werd leuk. Ik heb nooit meegemaakt dat er op een safari zo veel werd gelachen. We waren net schooljongens die een ongevaarlijk avontuur in de wildernis beleefden. Zelfs Olson en de sombere dragers werden door de vrolijkheid aangestoken, wat er de oorzaak van was dat blanken en zwarten meer met elkaar omgingen dan anders. We moesten om dezelfde dingen lachen.

We zouden *the big five* filmen: leeuw, luipaard, buffel, olifant en neushoorn. Eerst haalde Olson zijn neus op voor mijn plan dat ik als lokaas zou dienen en de dieren voor de gek zou houden zodat hij ze kon filmen. 'Kom dan met een beter voorstel!' zei ik, maar hij zweeg.

Eerst zouden we het minst gevaarlijke dier nemen. Tot Olsons verbijstering koos ik de neushoorn. De luipaard was namelijk moeilijk te traceren en bliksemsnel en het was niet waarschijnlijk dat die aanviel buiten dicht struikgewas. De buffel en de olifant waren onberekenbaar en achterbaks, de leeuw was snel en lenig, en de neushoorn was weliswaar de meest agressieve en strijdlustige, maar hij zag slecht en was niet soepel.

Simba en ik spoorden een oude mannetjesneushoorn op, die we soezend in de zon onder een vijgenboom aantroffen. Een massief blok vlees, bloed en pantser. Het is altijd weer verbazingwekkend dat ze zo groot zijn. Olson maakte een paar foto's van de stilstaande knoert. Daarna moesten we een beetje vaart in hem zien te krijgen. Ik posteerde Olson achter de camera in de windrichting die afkomstig was van de neushoorn en de jagers achter hun geweren op plekken waar ze vrij zicht hadden, maar tegelijkertijd goed beschermd waren. Ik zei tegen iedereen dat ze niet bang hoefden te zijn als ze hun werk maar fatsoenlijk deden. Olson moest filmen, wat er ook gebeurde. Hjalmar en Gillis zouden slechts in het uiterste geval van nood schieten!

Ik besloop de neushoorn van opzij. Toen ik op vijfentwintig meter genaderd was, tilde hij snuivend zijn kop op en knipperde met zijn ogen. Een instinct ontwaakte in zijn lijf. Ervaring van duizenden jaren wekte een vermoeden, maar hij wist niet wat hem bedreigde of waar die dreiging vandaan kwam. Ik sloop verder. Op een afstand van vijf meter bleef ik staan om het moment in mijn geheugen te griffen: het ronde harde lijf, de diepe groeven, de reusachtige, vormeloze kop en de grove, korte poten. Hij haalde zijn neus op en stapte wat rond. Een lichte aardbeving. Hoe kon dit bepantserde prehistorische monster zich zo snel bewegen? Ik moest handelen, anders vluchtte hij misschien weg in de verkeerde richting. In een paar stappen was ik bij hem, ik sloeg hem met mijn vuist op zijn blikken kop en rende in volle vaart het gezichtsveld van het beest binnen, in de richting van Olsons camera. Ik hoorde hoe het hele gebied achter mij begon te dreunen en dat de afstand snel kleiner werd. Ik boog vlug negentig graden af en wierp me tussen een paar boomstammen die ik daar van tevoren voor had uitgekozen. De neushoorn had mijn wending helemaal niet in de gaten en rende in vreselijke vaart en met zijn volle gewicht rechtdoor, langs de verschrikte Olson die niet durfde te stoppen met filmen, naar een verre wildernis waar hij ongestoord zijn woede kon laten zakken.

Toen iedereen lachend zijn schuilplaats verliet, klonk het wegstervende gerommel van de neushoorn nog na. Olson schreeuwde hysterisch van triomf en angst, maar bezwoer dat we deze levensgevaarlijke methode nooit meer zouden toepassen. Ik prees Gillis en Hjalmar dat ze niet onnodig hadden geschoten en legde Olson uit dat we bij olifanten een andere methode zouden moeten hanteren. Vanwege hun grilligheid en grootte was het dan het verstandigst dat ik de camera zou bedienen en hij het lokaas was. Hij begreep eerst niet of ik een grapje maakte of het serieus meende.

Die avond verzamelden we ons rond het kampvuur. We praatten, lachten en zongen. De inlanders pakten er emmers en teiltjes bij waarop ze drumden. De fles ging rond. Olson was zo blij als een kind dat het filmproject van de grond was gekomen. Gillis en Hjalmar waren weliswaar trots en uitgelaten dat ze in de echte wildernis zaten, maar na hun eerste nacht aan de Tana-rivier waren ze zo gevoelig voor onverwachte geluiden en bewegingen als Engelse dames uit de bovenklasse. Ze zaten graag in het midden van het kamp en zorgden er altijd voor dat ze ergens in de buurt dekking konden zoeken wanneer ze zich door het terrein bewogen.

Die avond zaten de inlanders bij ons. Niemand van ons blanken had iets tegen deze vorm van rassenvermenging. Ik haalde hen over spannende jachtverhalen te vertellen en het gesprek ging de hele avond in gebrekkig Engels verder. Hun verhalen zaten vol onverklaarbare verwisselingen, mensen die verkleed als dier optraden en andersom; elke jacht had zijn eigen ritueel en zijn eigen voortekens. Als een jager plotseling bang werd, was dat geen toeval maar een teken. Een ongeluk was een straf en achter elke tragedie zat een schuldige manipulator. Niets berustte op toeval, alles had een bedoeling en alles moest bezworen worden. Het was alsof 'Het Lot' regie en hulp nodig had om zijn raadselachtige project te kunnen uitvoeren. Voor de zwarten waren er altijd minstens twee werkelijkheden. Een die duidelijk was, die je met je zintuigen ervoer, en een die in het verborgene leefde en waarin alle antwoorden te vinden waren.

In de loop van de avond kreeg ik verschillende keren het gevoel dat er iemand ontbrak. Ik telde om te controleren of er iemand was verdwenen. Waarom dat angstgevoel? Af en toe ging er iemand weg om hout, voedsel of drinken te halen of gewoon om te plassen. Maar hoewel de mannen steeds terugkwamen, had ik toch een onbevredigend gevoel.

Ik verliet de groep en wandelde een stukje het kamp uit. Ik stond in de duisternis te staren. Krekels, padden en nachtvogels gingen koppig door met hun lied en in de verte hoorde ik hyena's. Achter mij knetterde het vuur en er klonk gepraat en donker, traag gelach. Ik was ervan overtuigd dat er iemand was, iemand die ons volgde en eigenlijk bij ons hoorde. Ik sloop steeds verder de savanne op en werd opgeslokt door de nacht. Een sterke kracht trok mij de duisternis in.

Na een poosje ontdekte ik dat ik zigzaggend liep als een jachthond, om zo efficiënt mogelijk te zoeken. Ik riep: 'Wie is daar?', zag een schim en ging daar struikelend achteraan. Natuurlijk viel ik en ik bezeerde mijn knie. Ik stond op en hoorde een heldere lach die verbluffend bekend klonk. Die lach – het was onduidelijk of die van mezelf afkomstig was of van iemand anders – maakte me zo verdrietig dat ik er buikpijn van kreeg. Ik ging op mijn hurken zitten en liet de pijn door mijn darmen, botten en spieren gaan totdat hij geleidelijk oploste en een droge leegte in me achterliet.

Op de terugweg moest ik opeens aan Denys denken. Ik hoopte dat hij en Tanne elkaar in Europa weer opzochten en dat we elkaar ooit op Mbogani zouden terugzien. De gedachte aan hem maakte dat mijn hart sneller klopte. Ik werd weer overspoeld door een gevoel van blijdschap over het feit dat ik in de wildernis was. Toen ik weer bij de anderen was teruggekeerd, deelde ik mee dat we de volgende dag een olifant of een leeuw voor de camera zouden jagen.

Het enige wat me die nacht ontbrak was een vrouw.

De leeuwenjacht begon net als de neushoornjacht in een opgewekte stemming. Simba had een leeuwin met jongen opgespoord, die natuurlijk dekking had gezocht in heel dicht struikgewas. Nu ging het niet aan om te doen wat misschien het moeilijkste is wat een jager kan doen: ernaartoe sluipen en van dichtbij de prooi doodschieten. Nu moest je je een weg zoeken in de struiken om de prooi mee te lokken naar open terrein zonder dat je voor die tijd werd doodgebeten. Of je moest het vrouwtje en de welpen opjagen zodat ze uit hun schuilplaats kwamen, en hun vlucht filmen.

Eerst probeerden we ze de struiken uit te jagen. De leeuwin viel me aan en ik moest in een boom klimmen. Daarna benaderde ik haar van de andere kant om haar voor de camera te krijgen. Dat lukte en terwijl ik me aan een boomtak vastklampte, schoot Olson een paar plaatjes van haar toen ze naar me zat te grommen. De welpen kregen we echter niet te pakken. Zowel Olson als de inlanders probeerden me toen over te halen om de leeuwin dood te schieten en daarna het struikgewas in te gaan om een overvloed aan fraaie beelden van de jongen vast te leggen. Het voorstel vervulde me met weerzin – zonder hun moeder gingen de welpen een zekere dood tegemoet. Maar niemand begreep mijn standpunt, behalve Gillis misschien. Er waren genoeg leeuwen en waarom medelijden hebben met een paar welpen als je trots een volwassen leeuw kon neerleggen?

Hjalmar mocht de leeuwin doodschieten; daarna gingen we de struiken in om de blazende jongen te filmen. We pakten ze in hun nekvel en droegen ze het bosje uit. Ze waren bang, wisten niet wat ze zonder hun moeder moesten beginnen en probeerden de hele tijd terug te keren naar het struikgewas waar we haar dode lichaam naartoe hadden gesleept. Als je ze zag en niets wist over hun situatie zou je ze voor een paar levendige jongen kunnen aanzien die in geborgen harmonie rond tuimelden op weg naar een schuilplaats. Olson was in een stralend humeur en begon hatelijke opmerkingen tegen mij te maken vanwege mijn 'slapheid'. Daardoor kwam mijn weerzin tot een uitbarsting. Ik greep hem bij de keel en drukte hem tegen een boom, terwijl ik uitlegde dat er ongeschreven wetten waren hoe een jager zich dient te gedragen.

Ik zorgde ervoor dat we de plek snel verlieten. Terwijl de anderen zich opmaakten voor vertrek liep ik naar het bosje waar de welpen op het dode lichaam van hun moeder rondkropen en ik schoot ze een voor een dood. De grootste en meest actieve van het stel – ik was ze al als individuen gaan onderscheiden – klom tegen mijn been op en die liet ik leven. De deelnemers aan de safari stonden zwijgend en met een ernstig gezicht te kijken toen ik de struiken uitkwam met op mijn arm het jong dat al speels in mijn oor begon te happen.

Tijdens de hele filmsafari bleef de welp mij met onhandige sprongetjes volgen totdat hij te moe werd. Dan ging hij plat op de grond liggen janken. Ik droeg hem dan tot hij weer wilde lopen. Het welpje at vleeswaren uit blik, likte met water aangemaakt melkpoeder op en kwam wanneer ik het riep. Wanneer ik het tijdens de filmopnames in de tent achterliet, jankte het van teleurstelling. 's Nachts sprong het beestje op mijn bed en sliep met zijn kop op mijn borst. Op een van de laatste ochtenden was de welp verdwenen. Roepend zocht ik hem, maar hij bleef weg.

Olson kreeg de opnames die hij wilde hebben, ik overleefde en ik had voor het eerst sinds lange tijd contant geld op zak. Enkele schuldeisers gaf ik wat hun toekwam, de rest van het geld verbraste ik.

Op de laatste dag van de safari kreeg ik malaria. De koorts kwam als een klap op mijn hoofd aan en op het pad vlak bij de Tana-rivier zakte ik in elkaar. Een half uur was ik buiten bewustzijn en lag ik te ijlen. Daarna stond ik op om door te lopen. De koorts kwam en ging en toen ik op Mbogani arriveerde, moest Farah mij naar bed brengen.

Toen ik een week later hersteld was, vertelde Farah mij dat een van de adjudanten van de gouverneur mij had bezocht om me werk aan te bieden als safarileider voor een rijke Amerikaan. Ik wist er niets meer van, maar Farah beweerde dat ik in mijn duizeligheid op het aanbod was ingegaan en had gezegd dat ik de volgende dag klaar zou zijn voor de opdracht.

Ik lachte en zei dat ik dus een goed inkomen was misgelopen. Farah was er echter in geslaagd de safari uit te stellen en ik moest uit bed komen, mijn geweren schoonmaken, mijn jachtmocassins repareren en een inkooplijst maken.

Ik was beroepsjager geworden.

20

Een paar maanden later, in december 1920, keerde Tanne naar Kenia terug. Ik besloot op een waardige manier mijn leven met haar en mijn leven als plantagehouder te beëindigen en er niet voor weg te vluchten of het te laten doodbloeden. Hoewel ik wist dat ze in gezelschap van haar broer Thomas zou komen, dat hij op Mbogani zou logeren en mij zou vervangen als verantwoordelijke op de plantage, ging ik naar Mombasa om hen op te halen.

Zeven jaar geleden hadden Tanne en ik het land samen geopend zoals je een avonturenboek opent: alles was mogelijk en de vrijheid was grenzeloos. Nu waren alle wegen afgesloten en ik was vastbesloten om me niet door mijn eigen dromen of die van Tanne in verleiding te laten brengen. Mijn vrijheid lag niet langer in de droom, maar in de naakte condities van de werkelijkheid. Je kon als jager en vagebond leven in Afrika. Ik had Tanne in een brief zo duidelijk en helder mogelijk voorbereid op het feit dat we voor het einde stonden.

Toen broer en zus aan land stapten en ik hen naar de douane zag lopen, zagen ze eruit als een stel dat zo uit de middeleeuwen kwam. Zij een breekbare, maar dominante vorstin, een vrouw van de wereld in elegante kleding. Hij een donkere, lange kardinaal die sprak over moraal en verantwoordelijkheid, maar macht bedoelde. Ze waren operapersonages op een verlicht podium, zij was de sopraan, hij de bas. Zij stond positief tegenover het leven door haar vermogen deuren te openen en ervoor te kiezen niet te veroordelen, hij stond negatief tegenover het leven door deuren te sluiten en zich toch het recht voor te behouden te oordelen.

Om te laten zien dat ik het serieus meende, had ik drie

eenpersoonskamers voor ons geboekt in een goedkoop hotel. Tanne was gekwetst. Ze stond erop in dezelfde kamer te slapen als 'haar man' en ze weigerde in een 'schuur' te logeren. Ze verklaarde dat ze niet van plan was de toekomst te bespreken voordat deze elementaire kwesties waren opgelost. Ik vond haar geweldig en ging onmiddellijk met haar eisen akkoord. Thomas keek woest en argwanend, maar protesteerde niet.

Later, tijdens het diner, begon ze een fantastische droomwereld op te bouwen met ons als de prins en prinses die het hele koninkrijk kregen, en daarbij nog een goede broer als raadsheer. Ze had het erover dat de moeilijke jaren van droogte voorbij waren en dat de koffieprijzen stegen. Onze squatters zouden het nog beter krijgen in een nieuw en rechtvaardiger Kenia en ons leven zou door een grote, warme gemeenschap worden omringd. We zouden opnieuw beginnen, Mbogani zou weer het thuis worden waarvan we hadden gedroomd en het werk op de plantage zou worden verguld met vrienden en safari's.

Aan Thomas' gezicht kon je aflezen dat haar woorden even goed de verschrikkingen van de hel hadden kunnen beschrijven, maar hij zei niets. Tanne wendde zich tot mij: wilde ik opnieuw beginnen?

De vraag was zo gesteld dat er maar één antwoord op mogelijk was. Toch reageerde ik met een duidelijk 'nee!' Ik legde uit dat ons huwelijk een te wankele basis had, vooral door mijn ontrouw en haar verhouding met Denys, maar misschien meer nog doordat haar familie er alles aan deed mij te lozen en mij zwart te maken. Terwijl Tanne steeds bleker werd en er een zenuwtrek bij haar ooghoek verscheen, verklaarde ik dat de plantage financieel en agronomisch een mislukking was. Die zou nooit rendabel worden. Hoe mooi de koffiestruiken ook bloeiden, de droogte en de kou kwamen toch om alles kapot te maken. De plantage lag te hoog en in een streek waar te weinig regen viel. Åke Bursell had dat jaren geleden al ingezien.

Tanne vroeg of ik ziek was geworden en stond erop dat wij het gespreksonderwerp lieten rusten. Ik had verwacht dat ik steun van Thomas zou krijgen, maar zijn haat tegen mij was sterker dan zijn scepsis ten aanzien van ons huwelijk en de plantage. 'Je liegt om iets te verbergen', zei hij, waarna hij opstond en naar zijn kamer ging.

'Van die zwartrok zijn we mooi verlost', zei Tanne. 'Kom, laten we ons gaan amuseren!' En dat deden we. We gingen naar de enige nachtclub van de stad, waar we tot diep in de nacht dansten, champagne dronken en oesters en Russische kaviaar aten. We vertelden elkaar wat er de laatste tijd gebeurd was en ze moest lachen om onze filmsafari en vond het 'fantastisch' van mij dat ik Olsons paard had 'geleend'. Zij vertelde over haar miserabele en zieke leven in Denemarken en over de gelukkige momenten met Denys in Engeland. Ik zei dat ik er niets op tegen had om hem weer te ontmoeten.

Tanne zat me lang en intens op te nemen en streek me zelfs over mijn wang. Die tederheid in het openbaar was ongewoon.

Ons gesprek ging verder in bed, waar we elkaars hand lagen vast te houden. Realiseerde ze zich dat we voor het einde stonden, of geloofde ze echt in een nieuw begin? Ik vroeg het niet, maar had er niets op tegen om voor een laatste maal haar echtgenoot te spelen.

Thomas maakte het me onmogelijk om op Mbogani te verblijven wanneer hij er ook was. We waren nauwelijks gearriveerd of hij begon de bezittingen te inspecteren, en bij de bloeiende koffiestruiken verklaarde hij omstandig dat het bedrijf er goed voorstond – vooropgesteld dat de leiding competent was. Ik stelde voor dat als hij er zo sterk in geloofde, hij geld in Mbogani zou steken in plaats van een eigen farm te kopen. Daar trapte hij in. Een paar dagen later al werd die dwaas samen met Tanne en haar familieleden deeleigenaar. Ik was nu gelukkig helemaal buiten beeld.

Tanne weigerde een scheiding te accepteren. 'Je hebt beloofd dat je me nooit zou verlaten!' zei ze. 'Dat weet ik,' antwoordde ik, 'dat doet iedereen die gaat trouwen, en iedereen die gaat scheiden verbreekt zijn belofte.'

Ik bleef nog een paar dagen, enkel voor het plezier om de oorlogsheld Thomas 's avonds in het donker bang naar het huisje te zien lopen waarin hij sliep. Nadat ik van Farah had vernomen dat Thomas bij mijn schuldeisers en de politie over mijn reizen en plannen had zitten kletsen, besloot ik wraak te nemen. Toen hij ons op een avond verliet, sloop ik door de achterdeur naar buiten en haalde ik hem in. Verborgen in de duisternis van het struikgewas imiteerde ik het hoesten van een luipaard en ik bewoog me zodanig dat het klonk alsof er een groot beest liep. Verstijfd van angst bleef hij staan; hij zette zijn stallantaarn weg, haalde zijn buks van zijn schouder en vuurde enkele schoten in het donker in mijn richting af. Daar had ik op gerekend en toen hij de buks aan zijn schouder zette, sprong ik achter een boom. Daarna liep hij snel door en ik volgde hem en gromde als een leeuw. Nieuwe schoten werden door de duisternis opgeslokt, waarna hij snel naar zijn huisje vluchtte.

De schoten hadden de hele plantage gewekt en ik sloop terug naar ons huis terwijl Tanne, de bedienden en degenen die het dichtst in de buurt woonden, kwamen aanrennen. Toen Tanne en Farah een half uur later terugkeerden, wierpen ze tersluiks een blik op mij. Ik zat voor het vuur te lezen. Ze schoten in de lach. Ik had Farah nog nooit op die manier zien lachen.

De volgende dag ging ik ver voor zonsopgang naar Tannes kamer. Ik maakte haar wakker en vertelde dat ik vertrok. Ze vroeg niet waarheen, maar verzocht me even bij haar te gaan zitten. 'Het is het allemaal waard geweest', zei ze en ze vroeg me of ik terug wilde komen. Dat beloofde ik. 'Kom wanneer Denys hier is', zei ze en ik knikte. Daarna pakte ik mijn fiets en ik fietste twee uur door het donker zonder licht.

Precies toen de zon opging, arriveerde ik bij de farm van Ingrid en Gillis. De frisse ochtendlucht, vurig geel van de opkomende zon, leek uit waterdamp te bestaan. Mijn wangen waren nat van de dauw die zich op mijn warme huid had gelegd. Mbogani was een paleis vergeleken met hun krot. Weerhouden door een plotselinge verlegenheid bleef ik op enige afstand van het huis staan. Kippen krabden in het stof rond de stoep, hanen kraaiden, op de veranda rekten zich twee honden uit en een meisje van een jaar of tien sloop op blote voeten naar de kippenren. Toen ze terugkeerde, had ze eieren in haar handen. Gillis stapte naar buiten en zette zijn hand aan zijn voorhoofd om tegen de zon in rond te kijken. Twee halfnaakte, bruine jongetjes met een geelblonde haardos kwamen naar buiten en volgden hun vader de hoek om waar ze op een rijtje gingen staan om hun ochtendplas te doen. Ingrid kwam in een dunne ochtendjas het huis uit om een emmer water leeg te gooien. Een paar kuikens vluchtten kakelend weg. Tussen de kinderen dook een zwart kindje op dat op een onduidelijke manier bij het huishouden leek te horen. Iedereen ging weer naar binnen; je hoorde Gillis' brommende basstem en de heldere stemmen van de kinderen die door elkaar heen praatten. Rook steeg op uit de schoorsteen, er siste een koekenpan en ik werd de geur van koffie gewaar.

Ik was bijna weggefietst. Ik kreeg het gevoel dat ik iets kon kapotmaken, zowel voor hen als voor mezelf. Hoe was het mogelijk dat hun armoede zo benijdenswaardig leek? Het was beter dat ik daar geen kennis van nam.

Een van de honden kreeg me in de gaten en begon te blaffen en te grommen. Gillis riep in het Engels: 'Kom binnen!' Toen ik binnenstapte, stonden Ingrid en Gillis allebei op om me te omhelzen. Ze gaven me ontbijt en terwijl ik aan het eten was, stonden de kinderen me in een kring op te nemen. Ik was een held uit de grote wildernis. Ze lieten me speelgoedgeweren zien en auto's die ze van hout hadden gemaakt en ze vroegen me of ik wilde vertellen. Gillis zei echter dat dit maar tot 's avonds moest wachten en hij bracht de twee oudste kinderen naar een andere kamer waar ze hun schoolwerk moesten doen. De jongste verdween met zijn zwarte kameraadje.

Zodra Gillis en Ingrid de farm hadden gekocht en vlas gingen verbouwen, waren de prijzen in Europa gekelderd. Ze wisten nog geen kilo te verkopen. Daarna gokten ze op de varkensmesterij. Dat ging goed, totdat al hun varkens stierven aan de varkenspest. Nu teelden ze groenten, die Ingrid in Nairobi verkocht. Gillis schoot af en toe een antilope voor het vlees en hij was plannen aan het maken voor een gemengd bedrijf met rundvee en maïs. Tegenslagen waren voor hen net zo gewoon als de zonsopgang en -ondergang en leken hun niet noemenswaardig te deren.

Ze maakten een kamertje voor mij in orde en zeiden dat ik daar kon logeren wanneer ik niet op safari was. Ik gaf Ingrid al mijn contante geld en noemde dat een voorschot. Ze protesteerde en zei dat ze mij vertrouwden wanneer het om geld en zakelijke transacties ging. Na die uitspraak zaten we alle drie zwijgend haar woorden te overpeinzen. Vervolgens barstten we in lachen uit en ik verklaarde dat ze in allerlei opzichten uniek waren.

Met twee kinderen op schoot moest ik na de avondmaaltijd vertellen over de nacht waarin hun vader en ik op de grond hadden gelegen terwijl er een leeuw in onze nek snuffelde, en over de neushoorn die ik over zijn bek had geaaid en die mij achterna had gezeten.

Die avond vormde voor mij een grotere verleiding dan al Tannes dromen.

Toen ik naar bed ging, was het alsof ik in een levend organisme in slaap viel. Het krot knapte en kraakte, de wind floot en de bedden piepten. Buiten kakelde een kip waarschuwend tegen alle geluiden van de tropennacht. Iemand hoestte, overal ademden grote en kleine lichamen, Ingrid en Gillis sliepen huid aan huid, een van de kinderen mompelde in zijn slaap, een kat lag te spinnen naast het jongste jongetje, een van de honden kefte in zijn droom, de andere trippelde over de houten vloer naar een rustiger hoekje. De geur van eten, mensen en dieren hing tussen de muren, en het hele huis deinde op en neer in een zware, diepe ademhaling. Als een schip wiegde het huis ons de nachtrust in.

Een jaar later schreef Tanne me dat ze er alles voor over zou hebben om in Ingrids oude versleten jurken te kunnen leven.

21

De wildernis werd mijn thuis en mijn werkplek. Uitrusten deed ik bij de familie Lindström.

Een Engels stel, Ben en Cockie Birkbeck, huurde me in voor een safari van twee maanden in het Masai-reservaat. Overdag waren we op jacht en 's avonds dronken we totdat Ben zijn bed in zwierde. Dan gromde ik zachtjes naar Cockie en terwijl ik naar mijn tent liep, deed ik een bronstige leeuw na. Daarna wachtte ik, soms een minuut, soms een uur. Hoe oplettend ik ook was, telkens werd ik weer verrast wanneer ze zich spiernaakt op mij wierp. Een keer wilde ze dat we in het bed naast de snurkende Ben zouden vrijen, 'gewoon voor de spanning'.

Wat mij in die twee maanden prikkelde, was dat ze de hele tijd zo liefdevol voor Ben was en dat ze aanvankelijk niet verliefd op mij werd. Hun huwelijk was beter dan de meeste huwelijken. Cockie had zo veel liefde in zich dat het voldoende was voor velen. Aanvankelijk speelde ze met me. Ze rook aan me – tevreden over mijn geur – maar ging vervolgens bevredigd weg om voor Ben te zorgen. Cockie leek gemaakt om op deze grond te leven. Ze piekerde nooit, leefde alsof ze nooit zou sterven. Ze was sterk, en mollig zonder dik te zijn, ze hield ervan haar lichaam te verzorgen en maakte grappen over haar ronde vormen. Ik ben weinig vrouwen tegengekomen die er zo ongeremd van konden genieten om gestreeld te worden. Ik stelde me voor dat ze heel oud zou worden en het leven zou verlaten met dezelfde ironische nonchalance als waarop ze haar elegante safarihoed opzette, een sigaret opstak en vlug haar tong naar me uitstak.

Ze schoot echter als een blinde. Wanneer zij op een antilope richtte, waren de gieren in de lucht in levensgevaar. Ze vertrok haar gezicht wanneer het schot afging en gebaarde dat ze doof was geworden. Ze vond het niet belangrijk om de prooi neer te leggen. Ze moest lachen om de keren dat ze misschoot en was niet onder de indruk van mijn talent als jager. Het was het leven eromheen dat haar aantrok. 'Ik hou van de manier waarop jij je beweegt', zei ze. Wanneer ik een dier in stukken sneed, maakte ze van de gelegenheid gebruik om mij te bestuderen. 'Je hebt sterke handen', zei ze en haar blik werd loom en heet.

Na de safari vierden we de terugkeer met een grote lunch in de Muthaiga. Behalve Cockie, Ben en ik waren er een paar vrienden aanwezig. Ben had zoals gewoonlijk voor het eten een paar drankjes genomen en een heleboel wijn gedronken en nu zaten we aan het hoofdgerecht. Met hoogrode kleur vertelde hij bulderend en trots over zijn prestaties tijdens de jacht. Op dat moment kreeg ik Tanne in de gaten die voor het gebouw kwam aanrijden en de auto slordig parkeerde. Het eerste waaraan ik dacht waren de woorden die Farah mij tijdens de laatste dag van de safari had toegefluisterd: 'Mr Thomas heeft een spion onder de keukenbedienden betaald.'

Toen Tanne haar entree maakte, stokten alle bewegingen in de eetzaal. Haar gezicht en manier van bewegen wezen erop dat ons veel drama te wachten stond. 'Mijn vrouw gaat een schandaal veroorzaken', zei ik om de aanwezigen voor te bereiden. Gadegeslagen door iedereen laveerde ze tussen de tafels door naar ons toe en voor Ben hield ze stil. Met luide stem vertelde ze dat Cockie en ik tijdens de twee maanden durende safari een verhouding hadden gehad, dat hij het benul moest hebben om die slet van een vrouw van hem in het gareel te houden, dat ze verwachtte dat hij zich als een man zou gedragen en de noodzakelijke maatregelen zou treffen.

Daarna zeilde ze naar buiten, stapte in de auto en verdween. Het bleef stil, niemand bewoog, zelfs de obers bevroren tot standbeelden met flessen en schotels in de hand. Al het rood was uit Bens gezicht weggetrokken. 'Is dat waar?' siste hij. 'Lieve Ben, helaas is het waar', antwoordde Cockie.

Het eigenaardige was dat het zich allemaal afspeelde alsof ik niet aanwezig was. Niemand wendde zich tot mij, niemand zei iets tegen mij, niemand beschuldigde mij!

Ben werd verteerd door woede en toen hij opstond, verlieten de gasten aan de tafels vlak bij ons hun plaats om dekking te zoeken. Waar iedereen bij was, eiste hij dat Cockie op haar knieën zou vallen, zijn handen zou kussen en om vergeving zou vragen. Ze stond op, vroeg om vergeving, maar weigerde zichzelf te vernederen. Daarmee kwam er een einde aan hun huwelijk.

Op weg naar buiten liet Ben een spoor van gebroken flessen en glazen na. Hij gedroeg zich als een oude neushoorn die in zijn middagslaapje is gestoord. Cockie barstte in tranen uit, zocht troost bij mij, maar zag in dat dit ongepast was. Struikelend verdween ze de andere kant op en nog diezelfde dag vertrok ze met de trein naar Mombasa om daarvandaan de boot naar Engeland te nemen.

Ik bestelde een dessert en terwijl ik dat nuttigde, kwamen mannen en vrouwen, ook onbekenden, naar me toe om hun hand op mijn schouders te leggen en me te verzekeren dat ze aan mijn kant stonden. Een man die ik tijdens een lunch bij de gouverneur slechts vluchtig had ontmoet, omhelsde me en verklaarde dat ik in hem altijd een warme vriend zou hebben – dat wil zeggen, zolang ik zijn vrouw niet aanraakte, voegde hij er lachend aan toe. De kelner kwam naar me toe en verklaarde glimlachend dat ik me niet druk hoefde te maken over de rekening; die moest Mr Birkbeck samen met de schadevergoeding voldoen. De cognac bij de koffie was voor rekening van het huis.

Ik verliet de Muthaiga met buitengewoon gemengde gevoelens. Waar ik mijn voet ook zette, altijd waren er knetterende catastrofes, maar om mij heen verdichtte zich een verwarmend en beschermend omhulsel van vriendschap. Dit was andere kost dan de verlaten en kille winden die om mij heen hadden gewaaid toen ik vroeger hardwerkend een deugdzaam pad bewandelde. In de ogen van Tannes familieleden, voor wie ik alles had gedaan om ze ter wille te zijn, deugde niets. De pioniers in Kenia waardeerden alles wat ik deed, vooral de misstappen die ik beging.

Vanwege mij had Gillis de weg naar hun huis recht gemaakt en ook had hij de bomen gekapt die bezoekers aan het zicht onttrokken. Hij vond het leuk om het mijn schuldeisers moeilijk te maken. Diverse malen hadden we ze al van verre zien komen aanrijden en had ik mij in alle rust in het bos achter het huis kunnen verbergen. Wanneer het regende, veranderde de weg in een beek die eindigde in een reusachtige modderpoel. Daar bleven een keer enkele beruchte woekeraars steken en Gillis moest ernaartoe om hen te helpen los te komen. Ik sloop zo dicht naderbij dat ik Gillis kon horen zeggen dat het hem speet dat ik niet thuis was, omdat ik er zo goed in was auto's uit de modder los te krijgen.

Toen Ingrid op een dag na een bezoek aan Mbogani thuiskwam, had ze een bericht van Tanne bij zich. Het was noodzakelijk dat we elkaar zagen. De brief was somber en de enige vrolijke opmerking betrof de plek waar we elkaar zouden ontmoeten: bij een grote boom die we allebei kenden in het bos bij Mbogani. Thomas en de schuldeisers zouden ons niet storen. Ik besefte dat ons huwelijk eindelijk voorbij was.

Ik arriveerde minstens een half uur voor de afgesproken tijd bij de boom. Zittend met mijn rug tegen de stam viel ik in slaap. Toen ik wakker werd en opkeek, zag ik een krachtig flakkerend licht door het gebladerte stromen. Midden in die lichtstroom ontwaarde ik Tannes gezicht. Ze zei dat ze me een hele tijd had staan observeren. 'Jij kunt slapen wanneer en waar je maar wilt, maar eigenlijk heb je geen slaap nodig', zei ze afgunstig.

Ze was zwaar opgemaakt en gekleed in een safarikostuum dat ze tijdens onze eerste safari's had gebruikt. Haar handgemaakte rijlaarzen waren gepoetst en haar parfum vermengde zich met de zware geuren van aarde en verrotting in het bos. Ze was nerveus en verbeten, opgewekt en verdrietig tegelijk. Haar gemoedstoestand leek de bladeren aan de bomen te doen trillen.

We zochten een omgevallen boomstam en gingen erop zitten. 'We zijn net een paar dat pas verliefd is en stiekem een afspraak heeft', constateerde ze. 'We zouden eigenlijk altijd op deze manier moeten afspreken.'

Ze wist niet hoe ze haar boodschap moest overbrengen en frummelde nerveus aan een paar brieven die ze bij zich had. Dit was niet gemakkelijk voor haar, verklaarde ze. Eigenlijk was niets gegaan zoals ze het zich had voorgesteld. Daarop wendde ze zich met een heftige beweging tot mij en pakte mijn hoofd tussen haar handen. 'Laten we totaal oprecht zijn, laten we de waarheid spreken', smeekte ze. Ik had daar geen bezwaar tegen.

De ene brief was van oom Aage, die van plan was naar Kenia te komen en bij Tanne in te trekken. Het was een trieste brief waarin hij me vroeg een document te ondertekenen waarmee ik me verplichtte nooit meer een voet op Mbogani te zetten. Wilde de familie geld in de plantage blijven pompen, dan was het noodzakelijk dat Thomas en Karen in hun eentje alle verantwoordelijkheid kregen, zo schreef hij. Hij vroeg om vergiffenis voor dit onwaardige voorstel. Ik voelde zijn schaamte achter elke zin. Ik pakte een pen en zette mijn handtekening, ondertussen besluitend dat ik een stroef antwoord zou schrijven. Oom Aage zou er niet zonder gewetenswroeging afkomen.

Toen ik het papier had ondertekend, praatte Tanne steeds enthousiaster over het feit dat ik nog steeds welkom was op Mbogani, maar dat mijn toekomstige bezoeken misschien moesten plaatsvinden wanneer Thomas er niet was.

Ik wees op mijn handtekening en vroeg: 'Maar hoe zit het dan met de waarheid?' Ze spreidde haar armen uit. 'Er zijn zo veel waarheden,' antwoordde ze, 'en het is belangrijk je te houden bij de waarheid die het trouwst is aan het leven.'

De tweede envelop, waarvan ik aannam dat er een echtscheidingsverzoek in zat, moest ik min of meer uit haar hand rukken. Ze wendde zich af. Ik las de brief, en barstte in lachen uit. Op zijn eigen gulle wijze bood Thomas mij daarin een eersteklas reisbiljet aan naar welke plaats op aarde dan ook, vooropgesteld dat ik beloofde nooit meer voet in Kenia te zetten.

Ik verscheurde die brief. 'Is hij zo bang voor mij?' Tanne knikte met tranen in de ogen. 'Jij vormt een bedreiging voor zijn wereldbeeld.' Ik vroeg haar hoe ze het uithield. Ze verklaarde dat ze zijn strenge opvattingen nodig had opdat haar eigen gedachten en handelingen zo veel rijker en opener zouden uitkomen. En zonder Thomas was ze de eenzaamste mens in de hele wereld. Iedereen had zich van haar afgekeerd, iedereen, behalve Ingrid. In Nairobi keken de mensen de andere kant op wanneer ze haar tegenkwamen, ze werd nooit voor diners uitgenodigd en iedereen liet haar voelen dat ze een kil en gevoelloos mens was. Ze wist, zei ze, hoe geliefd ik was, ze werd op de hoogte gehouden over iedereen die mijn gezelschap zocht, ze wist precies hoe bereidwillig iedereen was om me mijn fouten te vergeven. 'Als jij iemand voor de gek houdt, heb je er een vriend voor het leven bij. Als ik niet genoeg aandacht aan iemand besteed, heb ik er een vijand voor het leven bij.'

Ze barstte in huilen uit en kromp ineen tot een klein meisje dat zich had verkleed en geschminkt als een sportieve schoonheid die haar beste jaren achter zich heeft. Ik sloeg mijn armen om haar heen. 'En Denys dan?' vroeg ik. Ze rukte zich van me los en begon met haar rijzweep tegen de dikke boomstam te slaan. 'Hij komt bijna nooit en hij komt alleen wanneer het hem past.' Ze legde uit dat het verschil tussen hem en mij was dat ik haar belazerde door ontrouw te plegen met anderen, terwijl Denys haar belazerde door zich nooit voor haar open te stellen, haar nooit in vertrouwen te nemen en haar alleen te laten delen in zijn artistieke en intellectuele hobby's. Zijn leven werd uitsluitend gestuurd door persoonlijke impulsen. Hij was zijn geweten voorbij. Toch hield ze van ons allebei, zei ze. 'Jij liegt, maar bent liefdevol en attent; Denys spreekt altijd de waarheid, maar is liefdeloos en egoïstisch. Jij bent een warme schurk, hij is een kille engel.'

Na een poosje vroeg ik haar wat zij was. 'Een kille schurk', mompelde ze. We barstten in lachen uit en opnieuw sloeg ik mijn armen om haar heen. Ik verklaarde dat ze een warme engel was, dat ze boven alle verkrampte en benauwde zeden en gebruiken stond, maar dat ze haar hart wijd open had gesteld voor de waardigheid van de menselijke natuur en tragedie. De inlanders droegen haar op handen. Bovendien was ze het grootste artistieke talent dat ik ooit was tegengekomen. Ik zei tegen haar dat als alles verkeerd liep, als alles om haar heen instortte, ze kon schilderen of schrijven.

Ze luisterde naar me, knikte, stak haar hand onder mijn overhemd en legde hem op mijn borst, niet als een gebaar van lust, maar zoals een kind je hand pakt. 'Jij bent altijd warm en jouw harde spieren worden altijd zacht wanneer je ze aanraakt.' Ze verontschuldigde zich dat ze altijd een 'uitgedroogde echtgenote' was geweest en verklaarde dat als ik ons huwelijk trouw bleef, zij me de volle vrijheid zou geven – ook de vrijheid om welke vrouwen dan ook als bijzit te nemen. 'Als je het maar discreet aanpakt.'

Ik kon het niet opbrengen om over de scheiding te praten. Voordat we afscheid namen, nodigde ze me uit voor een diner op Mbogani. Ze zou ervoor zorgen dat het plaatsvond op een dag waarop Denys er ook bij kon zijn. 'Neem jij Cockie maar mee als je wilt', zei ze. In het voorbijgaan bood ze haar excuses aan voor haar optreden in de Muthaiga. Ze kuste me teder en constateerde verwonderd dat ze ondanks de reeks rampen in een beter humeur raakte wanneer ze mij ontmoette.

Toen ik naar de Lindströms terugfietste, had ik het gevoel dat ik een hele groep originele mensen had ontmoet in plaats van één individueel persoon. Tannes talent stroomde over van rijkdom en tegenstrijdigheden en liet een restje na waarvan je niet wist wat je ermee aan moest. Misschien zou stamhoofd Kinanjui hebben gezegd dat barones Blixen de enige mens was die in staat was op veel verschillende plaatsen tegelijk te leven.

Enkele maanden later was Cockie terug in Kenia. Ze traceerde me bij de Lindströms en vertelde dat Ben haar gevraagd had weer bij hem terug te komen. Hij had in Mombasa met armen vol cadeaus op de kade staan huilen en haar eraan herinnerd dat ze zonder zijn fortuin berooid was. Ze had geantwoord dat ze tijdens de maanden in Engeland aan

Blix had gedacht en dat Bens miljoenen dat verlangen niet konden vervangen.

Ik liet Cockie de brief zien die ik van Brita had gekregen en waarin ze me voor de laatste keer vroeg naar Zweden terug te keren en met haar te trouwen. Anders zou ze een cavalier die haar trouw het hof maakte als echtgenoot nemen. Als ik tegen haar nee zei, zei ik ook nee tegen haar fortuin en een geborgen leven. Cockie lachte alleen maar en begon mijn overhemd open te knopen. 'Jij bent geen man die comfort en rijkdom kiest.'

Ik was samen met mijn minnares thuis uitgenodigd bij mijn echtgenote die haar minnaar op bezoek had. Dat betekende dat ik terugkeerde als gast in mijn eigen huis, dat ik had gekocht en onderhouden, hoewel ik schriftelijk had beloofd daar nooit meer een voet te zullen zetten. Zoiets kon alleen in Kenia gebeuren.

Cockie was uitgelaten en uitgedost als nooit tevoren. Ze moest erom lachen dat ik mijn nette pak had aangetrokken. Ik had een auto geleend en voor het eerst in lange tijd trok ik mij van schuldeisers niets aan. Thomas was op safari en Denys verbleef een week op Mbogani. Het zou een pretentieloos diner voor slechts ons vieren worden.

Tanne en Denys kwamen naar buiten om ons welkom te heten. Omdat ik de enige was die iedereen kende, stelde ik hen aan elkaar voor. Het ging als een spontane degenhouw dwars door alle conventies. 'Dit is Cockie Birkbeck, mijn minnares, en dit is mijn vrouw, barones Blixen, en naast haar staat niemand minder dan haar minnaar, the honorable Denys Finch Hatton.'

Tanne verbleekte, maar Denys vertrok zijn mond tot een scheve grijns. Dit was oprechtheid die hij wel kon waarderen. Cockie was echter degene die de situatie redde. Haar hartelijke schaterlach was zo aanstekelijk dat Denys vlug opmerkte: 'Eén grote gelukkige familie, niet?' Hij bood haar zijn arm en voerde haar naar binnen. Zelf werd ik door mijn eigen echtgenote door de deuren van ons eigen huis naar binnen gevoerd. Ze vroeg me met een vrolijke en ontspannen stem: 'Moet ik je het huis laten zien?'

We gingen het huis bekijken. Bijna alles was hetzelfde, behalve dat Denys mijn kamer had genomen en daarin zijn spullen had gezet. 'Bevalt het je hier?' vroeg ik. Hij knikte. 'Een goed bed, goed eten, boeiende conversatie.' Toen ik hem waarschuwde met de woorden: 'Pas op, Thomas zal je wegjagen', kreeg ik als antwoord: 'Dat loopt zo'n vaart niet; ik heb hem gisteren neergeschoten.' Zelfs Tanne moest lachen.

Tijdens het diner was de lucht geklaard en er hing een opgeruimde sfeer. Alles was toegestaan, behalve stupiditeiten. Daarom koos ik ervoor te zwijgen, maar ik luisterde belangstellend. Het eten was van Franse fijnproeversklasse. De wijnen waren de duurste die er te krijgen waren. De woorden vlogen als wervelende messen door de lucht en waren altijd raak. Cockie zat op het puntje van haar stoel en volgde alles met toenemende verrukking. Het kwam tot een verbale schermutseling tussen Tanne en Denys, zonder beschermende middelen en met scherpe zwaarden. De politiek van Europa, kunst, literatuur en muziek werden gepresenteerd en bediscussieerd. Denys vertelde onder andere over een ballet genaamd *Petroesjka,* om in de volgende zin te praten over het belang van rechthoekige schoenen zodat je sterke voeten kreeg en kon lopen als de Masai. Tanne vertelde noordse saga's en declameerde lange gedichten, Denys analyseerde ze en legde ze in enkele woorden uit. Cockie zong op zo'n ongekunstelde manier een banaal variétéliedje dat ze applaus oogstte.

Bij de koffie vertelde Denys dat hij had leren vliegen. Hij

beschreef het duizelingwekkende gevoel wanneer je de grond onder je verliet en het hele luchtruim voor jezelf had. Het leven kreeg zijn juiste proporties. Hij zei: 'Je bent volslagen alleen en toch deelgenoot van alles wat zich tussen hemel en aarde beweegt.' Hij gebruikte het woord 'omnipotent' en beschreef zijn liefde voor het leven gezien vanuit de lucht.

Zijn woorden maakten me rusteloos en geïrriteerd, en ik stond op en zei natuurlijk iets banaals: 'Als het de bedoeling was geweest dat de mens zou vliegen, waren we wel met vleugels geboren.' Denys haalde zijn neus op: 'Onzin! Als het de bedoeling was geweest dat we op dieren zouden schieten, waren we wel met een buks in plaats van met een arm geboren.' Mijn scepsis bevreemdde hem.

Nadat het een poosje stil was geweest zei Tanne: 'Vroeger verdronken moedige mannen in zee, tegenwoordig storten ze uit de lucht neer.' Denys antwoordde dat alles van belang wat je op aarde deed, een voorbereiding op de dood was.

Eén keer liep de conversatie stroef. Denys vertelde dat hij toen hij ver weg in een ontoegankelijk gebied aan het jagen was, was benaderd door een boodschapper die een week had gerend om hem een brief te brengen. In die brief, van een vriend in Kenia, stond: 'Weet jij het adres van George Robinson?' Hij schreef zijn antwoord op een vel papier en stuurde de loper terug. Die moest nu weer een week rennen met dit korte antwoord; op het briefje stond: 'Ja.' De anderen moesten lachen, maar ik bleef serieus. Ze werden stil en wierpen me een schuine blik toe. Ik zei dat ik niet voldoende humor bezat om twee weken rennen voor een 'Ja' te kunnen waarderen.

Later nam Denys mij apart om te vragen hoe het was om beroepsjager te zijn. Ik antwoordde: 'Een slecht bed, slecht eten, oninteressante conversatie.' Hij wist uit eigen ervaring, zei hij, dat het ver was naar het dichtstbijzijnde operagebouw, maar hij vroeg zich af hoe ik het uithield om te jagen met rijke, onwetende klanten die absurde eisen stelden en zich in de wildernis als idioten gedroegen. 'Dat hoort bij het vak', antwoordde ik. Hij zweeg even en vroeg toen met serieuze stem – en ik voelde me vereerd dat hij mij om advies vroeg: 'Denk je dat ik het zou aankunnen?' Ik antwoordde dat hij alles zou aankunnen, behalve nou net het weken-, soms maandenlange contact met klanten. Hij vroeg waarom. 'Jij bent een aristocratische snob, zij zijn pocherige parvenu's.' Hij nam me peinzend op en vroeg of het een vereiste was om met de vrouwen van de parvenu's naar bed te gaan. Ik antwoordde: 'Nee, maar dat maakt het voor alle partijen wel gemakkelijker.' Hij schoot in de lach, legde zijn hand op mijn schouder, bedankte me en keerde terug naar de dames.

Op de terugweg in de auto was ik helemaal kapot. Niet nog een scherpe repliekwisseling! Cockie zuchtte: 'Het was geweldig, maar ik ben uitgeput, omdat ik de hele avond op mijn tenen heb gelopen. Geen wonder dat de mensen bang zijn voor die lui hier in Kenia!'

De hele weg naar het Norfolk Hotel, waar we overnachtten, gedroegen we ons als kinderen. We zongen liedjes en vertelden elkaar slechte moppen en pikante verhalen. Ten slotte streden we erom wie de domste antwoorden kon geven.

22

De meeste dagen leefde ik in duisternis op de bodem van een put. Cockie was een straal licht die zich een weg zocht in de afgrond en mij trof. Ik wist niet waar al die duisternis vandaan kwam. Was ik een wilde eend die in een kooi gevangen zat of een wilde eend die voortdurend op de vlucht was en geen plek had om te landen?

Ik probeerde mezelf wijs te maken dat ik een dier was dat maar tijdelijke pauzeplekken nodig had. Daardoor werd mijn verlangen om de pauzeplekken permanent te maken groter.

Cockie verdiende de kost met het schrijven van een roddelrubriek in de *Daily Express*. Als een Engelse lord met zijn buks in de Muthaiga een fles raakte, had zij weer veertien dagen te eten. Ze bezat een groot talent om zelf om haar oppervlakkige artikelen te lachen.

Leer, ivoor en vlees. Terwijl zij van haar champagne nipte en de scheve schaatsen van de society noteerde, was ik met Simba en Juma alleen op jacht. De hitte drukte op de slapen, het gras van de savanne was stugger dan ooit en de lucht stond stil. Ik zag meer lelijke maraboes en aasgieren dan normaal. Toen ik een kopje bereikte en in de schaduw onder een vijgenboom ging zitten, kreeg ik een brok in mijn keel. Vaak verruilde ik verdriet voor koorts. Ik jaagde slecht, verbeten, vreugdeloos.

Een aangeschoten buffel was in het struikgewas weggevlucht. Hij wachtte op me. Het liefst had ik hem aan zijn lot overgelaten. Ik wandelde recht op de struiken af, geïrriteerd en onhandig. Juma en Simba schudden allebei hun hoofd. Door toeval kreeg ik de buffel eerder in de gaten dan hij mij. Hij stond doodstil bij een eucalyptus, zwaar ademend, onder zijn vochtige neusgaten waarin de zon gereflecteerd werd kon je zijn tong zien. Hij had het schuim op de bek staan en was zwart en compact. Alles was stil, een vogel zong, zweeg, zong opnieuw. Ik verlangde weg daarvandaan en wist niet wat ik moest doen. Waar wachtte het dier op, waar wachtte ik op? Ik was zwaarmoediger dan de buffel; hij vocht voor zijn leven, ik deed dat niet. Zijn blik was een duister, vochtig gat.

Toen ging er een schok door het massieve lichaam; hij had mij in de gaten gekregen. Binnen een tel stormde hij op me af en ik wilde hem laten komen, wilde die enorme kracht voelen. Er klonk een schot, hij ging door de knieën en zijn neus ploegde door het stof. Een paar meter bij me vandaan tilde hij een laatste keer zijn kop op en brulde woedend. Protesterend tegen zijn lot bonkte hij met zijn kop op de grond en stierf. Ik wierp het warme geweer weg en vervloekte mijn reflexen.

Cockie wist me bij de kleine dukka's waar ik de stinkende huiden achterliet en mijn proviand aanvulde met brieven te bereiken. Om de drie dagen leed ik aan malaria en filariasis; de wormen kropen door mijn lichaam en op een dag trok ik er eentje naar buiten die door mijn oogbol ging. Hoe moet ik echter de wonden, de ontstekingen van mijn gewrichten, de stijfheid en de verlamming uitleggen? Iedere Masai weet dat dit syfilis in het tweede stadium is. Ik moet het eerste uit pure verstrooidheid hebben overgeslagen!

Ik lag er halfdood bij met veertig graden koorts en las dat Cockie nieuwe schoenen van krokodillenleer had gekocht en dat gouverneur Coryndon haar voor een diner had uitgenodigd. Ze schreef dat Coryndon ons had aangeboden dat we in zijn residentie mochten logeren en dat hij twee nieuwe, excentrieke miljonairs had geregeld die op safari wilden met de 'beroemde Zweedse baron'. Een jaar lang een hoog loon! De diarree spoot in mijn broek en ik gaf over. Nadien probeerde ik een kopie te lezen van Cockies laatste artikel over wie naar wie gekeken had. De nachtrust mocht ik samen met mezelf en mijn braaksel genieten.

Midden in de nacht werd ik wakker en zag ik Hans in een keurig uniform op de rand van mijn bed zitten. Hij nam me geamuseerd op en schudde zijn hoofd. Daarna gaf hij mij een klap op mijn dijbeen en liep naar buiten. Ik riep hem na, maar alleen Simba kwam binnen om mij drinken te geven.

Ik maakte me zorgen dat Hans iets had meegenomen dat hij voor zijn verdere leven nodig had en dat ik evenmin kon missen.

De volgende ochtend was de koorts geweken, maar ik was zo moe dat ik trilde toen ik overeind kwam. Er viel een tand uit mijn mond en opeens werd ik me bewust van de stank van mijn adem en mijn lichaam. Ik kroop naar een beekje waarin ik een uur bleef liggen om me door het lauwe water schoon te laten spoelen.

De dag daarna ging ik op jacht naar ivoor. Eerst olifanten; die miljonairs moesten maar wachten. Ik was mijn schulden beu, ik was het beu om een rusteloze nar van middelbare leeftijd te zijn die zijn tanden begon te verliezen. Ik was de neerwaartse spiraal beu, was klaar met de slordig vergulde armoede. Wanneer vrijheid zich in alle mogelijke richtingen opende en nooit weerstand ondervond, was ze leegte en eenzaamheid. De zich voortdurend wijzigende horizon veranderde in gevangenistralies.

Net herstellende van een koortsaanval zat ik op een late avond voor mijn tent. De lucht was koel, ik was voldaan na een overdadig diner, schoon na een bad in de rivier en een klein beetje aangeschoten na een paar drankjes. Juma en Simba zaten zwijgend en geduldig bij me. Het licht van de maan was zo krachtig dat je buiten zonder lamp had kunnen lezen. De vuurbuikpadden en de krekels schetterden als dollen. Uit de rivier waarin een paar nijlpaarden in het maanlicht stonden te proesten, steeg een enigszins bedompte geur op. Opeens voelde ik een grote dankbaarheid dat ik me uitgerekend op deze plek mocht bevinden. 'Jullie zijn goede mannen', zei ik tegen mijn metgezellen. Met luid geknor stemden ze daarmee in.

Twee dagen lang volgden we een paar olifantensporen. De dieren verplaatsten zich snel over grote afstanden. Eentje had zulke grote pootafdrukken dat ik nieuwsgierig werd naar zijn slagtanden. Op het heetst van de dag haalden we ze in. De slagtanden van de grootste wogen zeker vijftig kilo per stuk. Een eindje verderop liepen nog twee kleinere olifanten die nauwelijks slagtanden hadden. Er klonk geknap en gekraak toen de grote zich door een bosje at. Ik kon niet om hem heen sluipen om hem op te wachten wanneer hij uit het bosje kwam, want dan zou hij mijn geur ruiken. Er zat niets anders op dan het beest van achteren te besluipen.

Elke keer wanneer ik op olifanten joeg, was ik me er pijnlijk van gewaar dat ik me al te dicht bij de grond bevond. Mijn blik en de loop van mijn geweer waren omhoog gericht zoals bij een vogeljacht. De verhoudingen waren volkomen absurd. De dieren vormden een grijze muur. Ze waren zelfs te groot voor de bomen en struiken die ze losrukten en waarvan ze aten. Wanneer je bij ze in de buurt kwam, waren het luidruchtige prehistorische beesten die bij vergissing op een te kleine planeet waren terechtgekomen. Er klonk een klap wanneer ze met hun oren wuifden, hun ontlasting plofte hard op de grond neer – het klonk alsof iemand een kruiwagen met mest van grote hoogte leeg kiepte – ze sleepten zich met veel lawaai voort en het gerommel van hun maag hoorde je van verre. Ze hijgden luid wanneer ze zand over hun rug bliezen en wanneer ze trompetterden schrok je altijd, verrast door het krachtige geluid.

Juma sloop vlak achter mij en we zochten naar een opening in de vegetatie waardoorheen ik een kogel in het oor van het dier kon jagen. Als je zo dichtbij bent, moet je raak schieten; je krijgt zelden de kans om nog een keer te schieten. De olifant was voortdurend in beweging en werd aan het zicht onttrokken door takken en struiken. Opeens bleef hij staan – misschien was de wind gedraaid en had hij ons geroken – en we zetten voorzichtig nog een paar stappen in zijn richting. De hele kop kwam tevoorschijn tussen twee bladerkronen; ik bleef achter een boompje verborgen staan en legde mijn geweer op een tak. Juma fluisterde ongeduldig 'schieten!', de olifant hoorde hem, draaide zich om en wierp zich in onze richting.

Ik schoot hem in zijn voorhoofd, trok het geweer van de tak, sprong opzij, maar struikelde en viel al na een paar meter. De olifant was nu bij de boom waar ik had gestaan, snoof mijn geur op van de schors, rukte de hele boom met wortels en al los en duwde zijn enorme slagtanden aan weerszijden van de stam in de grond. Daarna verhief hij zich, wierp met zijn varkensoogjes de boom een hatelijke blik toe en verdween dreunend.

Toen Juma en Simba kwamen aanrennen zat ik nog op de grond. Het was voor het eerst dat ik tijdens een jacht trillende handen had, en ik had het koud. Ik was niet bang, dat was ik al vele malen eerder geweest, ik was helemaal kapot. Het was nog niet eerder gebeurd dat ik een aangeschoten dier niet volgde om hem het genadeschot te geven; dat was een erezaak, maar ditmaal kon ik het niet opbrengen. Ik was nauwelijks in staat om op te staan. Op de terugweg naar het kamp zag ik een kleine kudde buffels op een afstand van een halve kilometer. De aanblik van de dieren maakte dat ik opnieuw begon te trillen.

Het kostte me een etmaal om over de shock heen te komen. Toen schoot ik nog een paar olifanten en ging met het ivoor naar Nairobi. Ik had acht dragers nodig: een voor elke slagtand.

Cockie zag me bij toeval toen ik aankwam. Ik had geen tijd gehad om me te wassen of iets te eten. 'Junglezwerver! Toch kun je zien dat je een baron bent. Je loopt niet alleen als een leeuw, je ruikt ook als een leeuw!' zei ze, terwijl ze haar gezicht in mijn hals verborg.

23

Ingrid stond op van haar stoel en ging op de traptreden van de veranda zitten. Zuchtend bekeek ze de toppen van de Kilimanjaro en Mount Meru, die verlicht door de ondergaande zon als een luchtspiegeling uit de nevel oprezen. 'Bror, ben je nu thuisgekomen?'

Vanaf de hoogte waarop ons huis lag, kon je in noordelijke richting het Manyara-meer ontwaren en in zuidelijke richting de Hanang-berg. 'Ik begin oud te worden', antwoordde ik.

Voor de veranda waren Cockie en Gillis met de kinderen Lindström aan het voetballen. Gillis keerde terug en liet zich hijgend in een stoel zakken, terwijl Cockie doorging met het spel.

'Ik vroeg je niet naar je leeftijd.' Ik stond op, schonk nog een drankje in en ging naast Ingrid op de trap zitten. 'Ik ben natuurlijk niet de eigenaar van Singu Estate. Dat is Dick Cooper. Maar ik ben thuis waar Cockie is.'

De farm Elandhoock, op de helling van Mount Meru in Tanganyika, was echter wel in mijn bezit, al was het maar voor korte tijd. Ik had in mijn jeugd iets geleerd: grond was het enige van duurzame waarde. Daarom zou ik nooit grond bezitten.

De jaren van hard werken in de wildernis maakten me gelukkig, maar het was een geluk dat energie vrat. Ik doorkruiste Afrika in de lengte en de breedte; regenwouden en woestijnen wrongen de jeugd uit me. Ik spoorde wild op dat ik afschoot, rende vaak weg voor aanvallende dieren. De scheiding van Tanne had me het gevoel gegeven dat er een orgaan bij me was weggehaald. Fantoompijn: ik leed aan iets wat ik gelukkig achter me had gelaten. Op een ochtend werd ik wakker en vroeg ik me af of ik echt onkwetsbaar was. Voor de spiegel ontdekte ik dat mijn ronde wangen zwaar waren geworden en een beetje begonnen in te vallen.

De inspanningen waren echter wel goed voor mijn portemonnee. Een erfenis van mijn moeder Clara zorgde ervoor dat ik eindelijk uit de schulden kwam en ik kocht een farm die te mooi was om waar te zijn. Een huis op eigen grond en Cockie als echtgenote zou me een vredig gemoed schenken. Een schommelstoel voor Blix!

Beide kon ik echter niet krijgen en ik verlangde meer naar Cockie dan naar de farm. Met een verdrietige glimlach verklaarde ze dat het niet genoeg was dat ik geen schulden had; zij verlangde geld op de bank om met mij te trouwen. 'Je weet hoe het is: een arm meisje moet goed voor zichzelf zorgen.' Ik verkocht Elandhoock, liet haar mijn spaarbankboekje zien en het contract met Dick waarin stond dat ik was aangenomen als rentmeester op zijn farm Singu Estate, maar dat ik toestemming kreeg om tussentijds safariwerk aan te nemen. Cockie stak haar duim omhoog, we reisden over zee naar Zweden, ik kreeg een nieuw gebit en we trouwden in Helsingborg. Diverse kranten schreven over ons huwelijk. Het verrassende van die artikelen was dat Cockie 'barones Blixen' werd genoemd. Die titel en naam zouden bij het Ngonggebergte de aarde doen beven.

Je leven op orde krijgen kan een even destructief proces zijn als het ruïneren.

Gillis en ik haastten ons om 's ochtends een paar tenten op te zetten voordat het te heet werd. De Lindströms waren weliswaar ook in deze streek komen wonen, maar ze kozen ervoor om te blijven slapen wanneer ze op bezoek waren. De komende nacht zouden veel vrienden die rond Arusha farms hadden gekocht met hun gezinnen op onze farm logeerden: earl Peter Malcom King, de Nederlander Van Versluys en de Zweden Lalle Ekman, mijn neef Carl-Frederik, die voor Ekman werkte, Åke Bursell en mijn vriend en jachtkameraad Dick Cooper. We zouden een wild varken grillen boven een vuur en vaderlandse liederen zingen.

Behalve ik ging iedereen na de lunch naar het dorp Babathi. Cockie en de Lindströms zouden de gasten ontvangen; Cockie zou hun een glaasje aanbieden in haar eigen pub The Fig Tree, die ze als huwelijkscadeau van een Amerikaanse vriendin had gekregen. Ze maakte meteen van de gelegenheid gebruik om te controleren of de beheerder, de eigenzinnige Schot Jock Douglas, niet in zijn eentje de voorraad had opgedronken. Een Europese pub in een Afrikaans dorpje ver in de woestenij kreeg niet elke week gasten. Maar als ze verschenen was het druk en vloog de verkoop omhoog.

Ik koos ervoor thuis te blijven om de boel voor het feest in orde te maken. Cockie nam me apart, pakte mijn hand en zei dat ze garandeerde dat alles goed zou komen, als ik maar niet wegging voordat ze terugkeerden. 'Wat is er dan niet goed?' vroeg ik. 'Dat weet zelfs jij waarschijnlijk niet', antwoordde ze en ze nam mijn hoofd tussen haar handen. 'Maar het zit hier!' vervolgde ze en ze klopte op mijn borst.

Hoewel het midden op de dag was, werd het stil toen ze waren vertrokken. Ik kreeg het idee dat een van de kinderen Lindström was achtergebleven en aan het roepen en zoeken was, maar ik trof niemand anders aan dan de huisbediende die me verzekerde dat alle kinderen waren meegegaan. Ik pakte hout voor het vuur en stak aan weerszijden van de houtstapel twee stokken in de grond. Aan de bovenzijde daarvan zat een vork waarin het spit met het varken zou worden gehangen. Mijn nervositeit en een gevoel van gemis bleven echter maar aanhouden. Ik liet mijn bezigheden voor wat ze waren en rende het huis in, maar dat was leeg. Om de hoek van het huis – niets. In de schuur waar het wilde varken hing – niets.

Zolang Cockie in de buurt was, of wanneer ik op safari omringd was door mensen, was de onzichtbare vreemdeling afwezig. Maar wanneer ik alleen was, was hij vaak in mijn nabijheid als een verwijt dat in de lucht hing.

Ik vroeg de boy of hij me wilde helpen om de badkuip waarin Cockie altijd baadde en die in een berging stond naar buiten te dragen en aan de zijkant van het huis te zetten. Terwijl hij hem met water vulde, doorzocht ik het huis nog een keer. Het enige wat ik vond, was de huwelijksfoto van Hans en Brita die van een plank was gevallen.

De badkuip met het lauwe water stond in de zon en ik kroop erin, naar de Kilimanjaro toegekeerd en slechts gekleed in een hoed. Een paar maal had ik de hellingen van de berg beklommen. Er was veel wild en het was er mooi. Ik herinnerde me een open plek in het bos waar ik naartoe geslopen was op jacht naar een buffel. Twee schuwe en buitenaards mooie bongo's stonden aan de overkant aan de rand van het bos, enkele buffelkoeien stonden samen met hun huppelende kalveren vredig midden op het gras te grazen. Na een poosje ontdekte ik een luipaard die niet ver bij mij vandaan op de tak van een boom lag te doezelen. Net als ik bekeek hij de graseters, maar hij leek geen plannen te hebben om te gaan jagen. Ik kon mezelf er niet toe brengen te schieten; niet omdat ik te laf was om midden in het paradijs te doden, maar omdat ik me ervoor schaamde met een schot de rust van de plek te verstoren. Dit was een van de eerste tekenen. Ik had al langere tijd waargenomen hoe oudere jagers, zowel zwarten als blanken, graag mee op pad gingen, maar terughoudend waren in het afvuren van schoten. Ze gaven er de voorkeur aan de dieren alleen maar te bekijken.

De Kilimanjaro bewoog op de golven van de warmte, ik sloot doezelend mijn ogen en viel een poosje in slaap. Toen ik wakker werd, was ik gewichtloos. Het water had dezelfde temperatuur als mijn lichaam en wanneer ik mijn ogen sloot en stil lag, was het moeilijk om vast te stellen in welk element ik mij bevond. Mijn bewustzijn was ontdaan van gedachten, beelden en gevoelens. Ik lag doodstil, leeg, naakt en zwevend.

Ten slotte sprong een bronadertje in mijn hersens op. Niet als een gedachte, een gevoel of een gewaarwording van het lichaam. Het was meer een idee van de vreselijke kortheid en zinloosheid van het bestaan. De loop der tijd was onverstoorbaar en er bleef niets over. En daar kon je niets aan veranderen.

Ik stapte uit bad en liep naakt het huis in. Daar stelde ik drie spiegels zodanig op dat ik mezelf van drie kanten kon bekijken. Het was lang geleden dat ik mijn lichaam in een spiegel had bestudeerd. De pezen en spieren zaten er nog, maar het leek of ze zich terugtrokken, of dat ze in rusttoestand spaarzaam met hun krachten omgingen totdat er méér van ze gevraagd werd. Ik was nog steeds sterk en pezig, maar mijn huid was wat slapper geworden. Als ik in het vel bij mijn ribben kneep, bleek het vlees dat de botten en de huid bij elkaar hield iets van zijn veerkracht te hebben verloren. Mijn handen hadden nog steeds gewicht en kracht, ja, misschien zelfs wel meer dan vroeger. Handen verouderen met waardigheid. Onder mijn navel begon mijn buik nauwelijks merkbaar uit te stulpen. Mijn schouders waren wat ronder dan ik me herinnerde, mijn nek was wat magerder en mijn haar dunner. Mijn lid en scrotum hingen zwaar naar beneden, voorgevend van het verstrijken van de tijd geen weet te hebben. De littekens op mijn lichaam hadden niet met ouder worden maar met ervaring te maken. Mijn lichaam had de juiste proporties en was nog steeds indrukwekkend sterk en soepel. Maar het was een versleten evenbeeld van iets wat was geweest. Ik zou in de toekomst hard moeten werken om gelijke tred met mezelf te houden. De vrouwen voelden zich tot me aangetrokken om wie ik was geweest, vanwege mijn reputatie, uit nieuwsgierigheid naar ledematen die alles geprobeerd hadden, uit verrukking om dit met honderden voorgangsters te mogen delen. 'Hoe ben ik vergeleken met de rest?' was een vraag die me steeds meer begon te irriteren.

Opnieuw kreeg ik het gevoel dat iemand me observeerde. Ik draaide me snel om en zag Cockie, die was teruggekeerd zonder dat ik haar had gehoord of gezien. 'Hoelang sta je daar al?'

Iets in haar blik was moeilijk te duiden. 'Al een paar minuten.' Verdriet, tederheid, verlegenheid, verliefdheid. Meestal toonde ze maar één gevoel per keer. Ze liep naar me toe, omhelsde me voorzichtig, nam mijn lid in haar hand en liet dat daar een poosje rusten. Daarna verliet ze me met de woorden: 'We gaan allemaal dood, maar onze gasten komen zo en je moet het vuur aanmaken en de flessen opentrekken.'

Terwijl ik me aankleedde, bad ik dat niets mij van Cockie zou scheiden.

Toen de schemering inviel en het vuur tot een gloeiende massa begon in te zakken, hing ik het wilde varken op om te grillen. Op dat moment kwamen de auto's wiegend tegen de heuvel op naar ons huis gereden en de gasten zongen en lachten toen ze het erf op stroomden. In het westen was de hemel gestreept met roze linten, de vonken van de gloed stegen op naar een donker wordende lucht en druk pratend dat ze me in Cockies pub in Babathi gemist hadden, verzamelden de gasten zich om me heen.

24

Ik ontgon nieuwe grond voor Cooper. Carl-Frederik hielp me en hij was plezierig gezelschap. Als boer voelde ik me zwaar en gezet; mijn krachten namen toe, maar het werk maakte me opgeblazen, stijf en immobiel. Mijn blik viel op de aarde waarop ik stond, en de gewassen en vegetatie drongen uit de grond om me heen en vormden een territorium. Als jager voelde ik me pezig, licht en hongerig. De grond onder mijn voeten was voortdurend in beweging en mijn blik was gericht op het volgende bosje of het volgende open veld. Het leven van de boer was zwaar maar comfortabel, dat van de jager licht maar moeizaam.

Toen we laat in de middag met de tractor naar ons huis terugkeerden, stond Cockie op de veranda met een brief te zwaaien. Ze keek me vragend aan en zei: 'Hij is van Denys.'

Het boerenleven viel als een zware overjas van me af. Mijn hart bonsde een paar keer hevig zoals bij de jacht of tijdens de liefde. Ik pakte de brief, liep naar binnen en ging op een stoel zitten om hem open te maken. Een paar in haast neergekrabbelde regels: 'De prins van Wales wil op leeuwen jagen. Heb jij zin om een kat voor de loop van zijn buks te zetten? Het is trouwens een koninklijk bevel.' In de envelop zat ook een opzet voor het kroonprinselijk programma, waarop ik kon zien waar en wanneer ik verwacht werd.

'De twee besten!' zei Cockie en zij straalde van de vreugde die ik had moeten voelen.

Arusha, twintig mijl van onze farm, veranderde in één middag in een grote stad. Het koninklijk gezelschap nam zijn intrek in het hotel, de farmers uit de streek zetten hun tenten op bij de toegangswegen en de Masai kwamen met honderden om later op de avond een ngoma te houden.

Cockie, onze buren en ik sloegen onze tenten in de buurt van het centrum van de stad op. Cockie was uitgelaten en rende pratend en roddelend tussen de tenten heen en weer. Je kon aan het lachen horen waar zij was. Vreemde ambtenaren en officieren, die keken alsof het Britse imperium van hen was, patrouilleerden langs de wegen. De auto's, karren, paarden, voetgangers en huisdieren veroorzaakten een stofwolk. De mensen schreeuwden en maakten herrie, maar niemand wist wanneer Zijne Koninklijke Hoogheid zou verschijnen. Ik had Denys nog niet eens gezien en vroeg me af of ik zijn korte briefje misschien verkeerd begrepen had. Was het een grap?

Verveeld door het gebrek aan bezigheden ging ik in mijn tent zitten om een drankje in te schenken. Een kleine man gluurde naar binnen en vroeg of ik baron Blixen was. Toen ik knikte, stelde hij zich voor als prins Edward. Ik stond op, gaf hem een hand en bood hem het drankje aan. Hij nam me van top tot teen op, glimlachte tevreden en nodigde mijn vrouw en mij uit voor een privédiner, voorafgaand aan het grote feest dat later op de avond zou plaatsvinden. Hij leegde zijn glas en zei dat hij zijn moed wilde beproeven tijdens een jacht. Ik liep een stukje met hem op, waarna ik hem aan de zorgen van zijn adjudanten overliet.

Onderweg terug naar de tent bleef ik staan om de lucht op te snuiven en rond te kijken. Een schaduwbeeld passeerde als een voorbijvliegende wolk. Ik overwoog een eindje te lopen om naar de onbekende te zoeken.

In mijn tent zat Denys van een drankje te nippen. Ik liep opgewekt met uitgestoken hand op hem af. Hij deed net of hij die niet zag en schonk een glas voor me in dat hij me aanreikte. 'Laat ze niet je drankjes afnemen.' Ik ging zitten en we brachten een toost uit. Toen ik hem vroeg wie er voor de hele safari verantwoordelijk was, antwoordde hij met een grimas: 'Ik, helaas.' Ik moest lachen en zei dat hij zijn doel bereikt had: beroepsjager worden. Hij wierp mij een kille blik toe en stond op om weg te gaan. 'Wat moet je met mij?' vroeg ik. Hij antwoordde dat er twee leiders nodig waren: eentje die de hand van de prins vasthield en eentje die de leeuwen tevoorschijn trok. 'Wees blij met je opdracht! Ik haat het om iemands hand vast te houden, terwijl jij het heerlijk vindt om door leeuwen achterna te worden gezeten.'

In de tentopening pakte ik zijn arm om hem tegen te houden. 'Hoe gaat het met Tanne?' Hij maakte zich los en antwoordde: 'Goed, geloof ik, maar ik hoef toch niet te herhalen dat ik het verafschuw om iemands hand vast te houden?' Daarna liep hij weg.

Tijdens het diner leek het erop dat Denys de eregast was. Hij zat zwijgend en prikkelbaar tegenover de prins, die zich vaak tot hem wendde en er alles aan deed om zijn humeur te verbeteren. Tegen mij verklaarde de prins dat Denys er een hekel aan had om in een groot gezelschap te jagen, vooral wanneer de jagersploeg uit rijke edelen bestond die geen verstand hadden van de jacht op groot wild. 'Als voorwaarde om de safari te leiden, stelde hij dat baron Blixen, de beste en meest geharde van iedereen, eraan zou deelnemen', zei hij. Denys corrigeerde hem met de woorden: 'Als Uwe Koninklijke Hoogheid het mij toestaat, zo waarderend heb ik mij niet uitgelaten.'

Ten slotte werd de stemming wat vrolijker en dat was Cockies verdienste.

Tijdens het feest gingen Denys en ik naar een kamertje aan de achterkant van het hotel om de safari verder uit te werken. We bogen ons over een vel papier en binnen een half uur hadden we de plannen klaar. Voordat we uiteen gingen drukte hij me de hand, een tel langer dan gebruikelijk.

Ik schoot zebra's en legde de lichamen niet ver van Singu Estate neer. Er aten 's nachts leeuwen van, maar die waren vervolgens verdwenen. De tijd van de prins tikte weg. Al een dag voorbij, nog maar één dag te gaan. De prins troostte zich met het schieten van een paar buffels. Denys zei dat als ik de laatste dag geen leeuw regelde, ik gefaald had.

Ik werd woedend en schold hem uit. Hij moest toch weten dat je wilde dieren niet kunt commanderen. Hij nam me chagrijnig op en zei dat het niet ging om de schuwheid van de dieren, maar om de kundigheid van de jager. 'Denk aan je reputatie!'

Ik schoot nieuwe zebra's, legde die laat in de middag als lokaas neer, klom in een boom ernaast en bracht de nacht door op een tak. Als schimmen kwamen de leeuwen tevoorschijn en de hele sterrenhemel luisterde naar hun schrokkende maal. Toen ze zich in de ochtendschemering terugtrokken, klom ik uit de boom om achter hen aan te sluipen. De grootste ging in het hoge gras liggen om de maaltijd te verteren. Het was geen ideale plek om te jagen.

Voordat de jacht begon, nuttigden we een geïmproviseerd ontbijt bij ons thuis. 'Wonen jullie hier?' vroeg de prins verbaasd. Hij dacht dat het een personeelswoning was. Na een poosje zei hij verontwaardigd dat hij zijn vrouw nooit in zo'n eenvoudige 'hut' zou laten wonen. Hij moest blozen toen Cockie lachte, en toen ik beloofde op die plek voor haar een koninklijk paleis te bouwen probeerde hij over het onderwerp heen te praten.

Honderd meter bij de leeuw vandaan liep de prins te stuiteren van de spanning, terwijl Denys vaststelde dat het gras te hoog was. Jagen was uitgesloten in dit terrein. De veiligheid van de prins stond voorop. Ik antwoordde dat ik van plan was geweest het gras rond de leeuw te maaien, maar dat ik daar geen tijd voor had gehad. De troonopvolger bad en smeekte of hij het mocht proberen. Denys verklaarde dat hij twee schietkansen kreeg, daarna zou hij zelf schieten. Ik stelde de twee schutters op en liep naar de adjudanten om hun instructies te geven voor de drijfjacht. Ze waren doodsbenauwd en weigerden mee te doen. Zelfs dreigen met ontslag zou deze helden van het imperium er niet toe hebben kunnen bewegen om roepend en klappend achter de grote leeuw aan de struiken in te gaan. Ik moest het in mijn eentje doen. Als hij me aanviel, was ik gedwongen om me te laten doden of het beest neer te schieten. Beide alternatieven zouden een mislukking betekenen.

De leeuw vluchtte de juiste richting uit, maar het gras onttrok hem aan het zicht en de afstand tot de schutters was groot. De prins schoot eerst mis, maar daarna grepen hogere machten in en zorgden ervoor dat de tweede kogel in de buik terechtkwam. De leeuw viel neer. De prins begon erop af te rennen – Denys met lange passen dravend aan zijn zijde – en enkele meters bij het dier vandaan gaf hij het twee genadeschoten.

Toen ik aankwam, stond de jager hijgend over zijn trofee gebogen, zo trots als een kind. Hij keek Denys en mij smekend aan. Denys zei niets, maar ik prees het tweede schot. Ik slaagde erin het woord 'toevalstreffer' te vermijden.

De volgende dag kwam het telegram. De koning was ernstig ziek, de kroonprins moest terug naar Engeland. 'Maar ik kom terug, als prins of als koning. Dan gaan we echt jagen. Ik zal jullie eens wat laten zien!' De karavaan auto's vertrok in een wolk van stof en Denys glimlachte van oor tot oor. 'Die komt nooit meer terug.'

Twee jaar later was de prins terug. In de brief van Denys stond: 'De kleine prins is onderweg hiernaartoe en wil olifanten schieten. Ga je mee wandelen?' Er kwamen journalisten om mij te interviewen; ze vroegen naar de bekende weg en hadden vreemde verwachtingen. Ik weigerde echter te poseren met een patroongordel, ivoor en een olifantengeweer. Hun kordate mannelijkheid stond me tegen. Toen ze me vroegen het jachtverhaal van het vorige bezoek van de prins te vertellen, verwees ik naar Denys. Maar niemand wist waar die zich bevond. Met zijn vliegtuig wist hij snel aan alle aandacht te ontsnappen. Ik werd in de pers 'zwijgzaam' en 'verbeten' genoemd.

Ik stuurde in grote gebieden speurders op pad. Op de dag dat de prins in Mombasa aankwam, kreeg ik bericht dat er een reusachtige olifant met grote slagtanden in de buurt van het Paré-gebergte, ten zuidoosten van de Kilimanjaro, was gesignaleerd. Gouverneur Grigg, Denys en ik stonden op de kade in Mombasa te wachten om de prins naar het regeringspaleis te brengen. Later diezelfde dag stapten we op de trein om de volgende ochtend bij Maungu uit te stappen. We reden nog enkele uren met de auto en gingen daarna te voet verder. De hele dag volgden we een paar sporen, maar we haalden de dieren niet in. De volgende dag reden we door, gingen daarna weer te voet verder en kwamen een paar lokale speurders tegen die van opwinding nauwelijks uit hun woorden konden komen. Stotterend wezen ze naar de grond, waar enkele enorme olifantensporen in de richting van het Paré-gebergte voerden.

We gingen op pad. De kleine prins liep in de steeds erger wordende hitte op een drafje. Denys en ik hielden een hoog marstempo aan, maar konden hem toch niet bijhouden. Na twee uur was de prins kapot en we pauzeerden. De ochtend had de stijfheid en het gevoel van onbehagen uit mijn lichaam verdreven en ik voelde me sterk en klaar om te marcheren. Denys zag er onaangedaan uit. Heel de ochtend volgden we de sporen, maar we haalden de olifant niet in. 's Avonds vroeg de prins voorzichtig of we ook een middel tegen blaren hadden. Denys gaf hem een tube. Terwijl de prins een voetenbad nam en een verpleger zijn blaren verzorgde, inspecteerden Denys en ik onze uitrusting. 'Denk je dat hij het volhoudt?' vroeg ik. 'Als hij op olifanten wil jagen, moet hij tegen lopen kunnen.' Na een poosje voegde Denys eraan toe: 'En hij heeft getraind.'

De boys en de dragers waren de volgende ochtend vroeg moeilijk in beweging te krijgen. Ze kregen van Denys een korte maar scherpe terechtwijzing en we vertrokken. Na een uur passeerden we de plek waar de olifant overnacht had. 'Hoe ver kan hij weg zijn?' vroeg de prins. Ik antwoordde dat hij tien minuten weg kon zijn of twee dagmarsen. 'We moeten het tempo opvoeren', zei ik en ik ging voorop lopen. Blijdschap steeg langzaam in mij omhoog en toen ik me omdraaide, zag ik dat Denys het trekkersritme erin had gekregen. Hij liep niet langer zoals bij een gewone wandeling, maar zijn stappen losten elkaar vanzelf af. Hij liep als een Masai. Zelf had ik de eerste dag mijn ritme al aangepast aan wat ik 'de olifantensporenpas' noemde.

Toen we de grond onderzochten op afdrukken van de slagtanden, kwamen we tot de ontdekking dat de prins met de dragers achterop was geraakt. 'Je moet je aan hem aanpassen', zei Denys. 'Jij bent degene die zijn hand moet vasthouden', zei ik. 'O ja', antwoordde hij en hij spoedde weg. Toen we gingen lunchen kwam de prins een kwartier na ons op de pauzeplek aan. Hij hinkte en moest zijn blaren opnieuw laten verbinden. 'Hebben jullie geen blaren?' vroeg hij. 'Jawel', antwoordde ik. Hij geloofde ons niet, werd boos en eiste dat we onze schoenen uittrokken. Toen we hem onze gezwollen, bloedende voeten lieten zien, slikte hij en gooide zijn zalfjes en verbanden weg. 'Die blaren genezen na verloop van tijd', sprak Denys troostend. Toen we doorliepen, had de prins tranen in de ogen. Hij struikelde en viel. We wachtten op hem en zagen hem moeizaam opkrabbelen. 'Olifantenjacht is hard, sir', zei Denys en hij liep verder.

De derde dag trippelde de prins met gloeiende kolen in zijn schoenen. Zijn ogen waren vochtig en zijn mond was vertrokken in een huilgrimas. Ik zag dat Denys ook vermoeid begon te raken. Hij wankelde even toen hij in een kuil stapte en het kostte een paar meter voordat hij het ritme weer te pakken had. Dragers en boys waren nu ver achter ons. Onze geweerdragers en speurders waren de enigen die ons tempo met moeite konden bijbenen. Toen Denys langzamer begon te lopen, haalde ik hem in en voerde het tempo weer op. Er ontstond een gat tussen ons.

De pijn in mijn voeten ging deel uitmaken van de mars. Mijn benen bewogen vanzelf en proberen te stoppen was als breken met een natuurwet. Thomsongazellen en impala's huppelden weg wanneer wij eraan kwamen. Soms moesten we een omweg maken om geen neushoorn of kudde buffels te provoceren. Ik wenste dat onze jacht nooit zou eindigen.

Op de vierde dag vroeg ik aan Denys: 'Ga je met Tanne trouwen?' Hij zat op een steen met zijn voeten in een beekje en schrok. 'Zie ik eruit als een *familyman*?' De prins, die ik onderhand bijna helemaal vergeten was, deed zijn uitgedroogde en gebarsten lippen van elkaar en zei: 'Finch Hatton, je ziet eruit als een man die uit angst voor iets wegvlucht.' Denys haalde zijn neus op en vroeg waarvoor hij dan wegvluchtte. 'Een man die anderen veracht, vlucht altijd voor iets weg.' Met een heftige beweging trok Denys zijn voeten uit het water en zei: 'Als het Uwe Koninklijke Hoogheid amuseert om zulke banaliteiten uit te spreken, is het natuurlijk niet aan mij om u te corrigeren.'

De prins gaf echter geen krimp. Hij liep achter Denys aan en bestookte hem met vragen over zijn 'arrogantie'. Denys antwoordde dat hij niet arroganter was dan een Somalische herder of een jonge Masai. Hij had een hekel aan Europees sentimenteel gedoe. De levensstijl en -houding van een nomade bevielen hem. Met of zonder blaren. Met of zonder Mozart.

Denys kreeg nieuwe energie van de discussie en gaf ons het nakijken. Ik hield de prins gezelschap en was gedurende enkele mijlen getuige van zijn pijnlijke tocht. Eén keer barstte hij bijna in tranen uit, maar hij hield zich in toen ik hem water gaf en een stukje chocolade dat ik voor moeilijke momenten had bewaard.

Even later haalden we Denys weer in. Hij legde zijn vinger op zijn lippen en wees naar een bosje. We luisterden. Er kraakte wat. Met zijn mond vormde hij de woorden: 'Dat is hem!' We hadden hem gevonden. We hoefden ons alleen nog maar op te maken voor de jacht zelf.

Denys en ik keken waar de wind vandaan kwam en ik gebaarde waar de prins en Denys moesten gaan staan en uit welke richting we moesten proberen de olifant onder schot te nemen. We slopen verder en ik kreeg de gigant in het oog. Zijn slagtanden waren enorm, misschien wel honderd kilo per stuk. Het was een van de grootste olifanten die ik ooit had gezien.

Steeds langzamer slopen we naderbij. Ik had redelijk vrij zicht en zag de levende vleesberg groter worden. De ogen van de prins glinsterden van opwinding en ik gaf hem een teken dat hij in het oor moest schieten zodra hij het beest vrij in het vizier had. Hij knikte, deed een paar stappen opzij om in een goede schietpositie te komen, struikelde en stapte op een tak, die krakend doormidden brak. Er ging een trilling door de olifant en hij denderde met verschrikkelijk lawaai weg. Wij stonden te luisteren hoe hij in volle draf verdween.

Verschrikt keek de prins naar Denys en mij en hij mompelde 'sorry'. Hij zag eruit alsof hij bang was dat we in plaats van de olifant hem zouden doodschieten. Denys schreeuwde zo hard 'godverdomme' dat de echo weerklonk tegen een heuveltje vlak bij ons. Ik liep naar het ongelukkige mannetje toe, sloeg glimlachend een arm om zijn schouder en zei dat het iedereen had kunnen overkomen. 'Nee,' zei Denys, 'het had niet iedereen kunnen overkomen!'

Binnen een paar seconden was het afgelopen met de jacht. De geduldige prins veranderde in een zeurderige aristocraat; de teleurstelling maakte hem veeleisend en tiranniek. Hij gaf zijn geweerdrager een klap, omdat hij vond dat deze schuldig was aan de vergissing – wat niet zo was – en weigerde nog een stap te verzetten. Na een half uur hadden we ter plekke een kamp opgezet en we lieten een draagstoel komen. De volgende dag werd de prins naar de spoorlijn gebracht om verder naar Nairobi te worden getransporteerd.

Op de terugweg kreeg ik malaria. De koorts steeg, de zon sneed met zijn vuur door mijn hoofd van mijn ene slaap naar de andere en ik verloor het bewustzijn. Toen ik in de schaduw onder een acacia wakker werd, bleken Juma en Simba de enigen die op mij hadden gewacht. We haalden de anderen echter na een paar uur in en konden in het koninklijk treinstel meereizen.

Ik hield een speech voor de prins tijdens het grote bal in Nairobi. 'Een van de taaiste sportjagers die ik ooit heb ontmoet', zei ik en Zijn Koninklijke Hoogheid had mij het halve koninkrijk kunnen geven vanwege die woorden.

25

Mijn innerlijke schaduwen werden donkerder. Hoewel ik dagelijks omringd werd door mensen die mij beminden en waardeerden, voelde ik me steeds eenzamer. Cockies armen waren de enige plaats waar ik rust kon vinden. Zij was de enige die niet van mij hield ondanks mijn tekortkomingen. Zij hield ook van mijn tekortkomingen. Maar er waren momenten waarop de duistere afgrond van verlatenheid en leegte mij zo overviel dat alleen een fysiek landschap dat overeenkwam met mijn gemoedstoestand mijn vertwijfeling op afstand kon houden. Soms gaf ik niets om de jacht en nam ik Simba en Juma mee op tochten in schrale en ontoegankelijke gebieden zonder water, waar de vegetatie bestond uit stug, manshoog gras, doornstruiken en hier en daar een doringboom. Ook zocht ik wel sombere bosgebieden op in de buurt van ongezonde moerassen die roken naar ziekte en verrotting.

In dergelijk terrein was ik geen anomalie, geen wangedrocht. Ik was een natuurlijk deel van mijn omgeving en zowel het landschap als de mensen bekeken mijn ellende zonder wantrouwen of medelijden. Juma en Simba accepteerden mijn gemoedstoestand. Ik kwam steeds nader tot hen, en hun bekende gezichtstrekken werden op zichzelf een rust en troost voor mij. Het was niet moeilijk om me voor te stellen hoe het was om een van hen te zijn.

Tijdens een van deze lukrake tochten kwamen we een man tegen die ons uitnodigde in een dorp dat door goden en mensen vergeten was. Juma was erop tegen dat we erheen gingen. 'Dat is geen goed dorp.' Toen ik hem vroeg of hij het kende of erover had horen praten, schudde hij zijn hoofd. Hij wist het gewoon, zei hij.

Het dorp lag verborgen in hoog gras midden op een grote droge vlakte die bijna geen paden had. Er viel niets te halen.

Zodra we in het dorp aankwamen, renden enkele vrouwen en schreeuwende kinderen het gras in om zich te verstoppen. Een handjevol mannen verwelkomde ons met hardnekkige belangstelling, anderen hielden zich vijandig op afstand. Er was iets mis met de atmosfeer in het dorp; er ging iets kapot. De mannen toonden een berekenend soort vriendelijkheid en mijn psychische broosheid werd versterkt door de mysterieuze ambivalentie van het dorp. Tijdens een pauze, toen niemand sprak, ontdekte ik hoe vreemd stil het was.

Ik gaf Juma gelijk. 'We gaan weer verder', zei ik tegen hem en hij stond meteen op om weg te lopen met mijn buks op zijn schouder. De dorpelingen wilden mij echter niet laten gaan. Ze waren van mening dat ik, en alleen ik, hen kon helpen bij hun problemen. Nieuwsgierigheid dreef mij ertoe te vragen waar ze hulp bij nodig hadden. Ze trokken me in de schaduw onder de enige boom in het dorp en legden fluisterend uit dat er al een paar keer een hyena was geweest die hun schapen en geiten had gegrepen. Nu verzochten ze mij het beest dood te schieten. Hun radeloosheid was zo groot dat ik beloofde dat ik zou proberen hen te helpen. Op het moment dat ik mijn belofte gedaan had, keek ik op en zag ik aan de andere kant van het dorp een andere groep mannen die ons stil en vijandig stond op te nemen. Juma keek bang en fluisterde dat we ons absoluut niet in hun problemen moesten mengen.

De mannen om mij heen waren echter zeer vasthoudend. Ze zeiden dat als ik tot zonsondergang wachtte, ik met eigen ogen zou zien dat de hyena kwam om de jonge geit te pakken die zij van plan waren aan de rand van het dorp als lokaas vast te binden. Als de hyena niet verscheen, was ik vrij om te vertrekken. Dat klonk redelijk, maar Juma en Simba waren er niet gelukkig mee. Toen ik de mannen vroeg waarom ze er zelf niet in geslaagd waren het dier te doden dat regelmatig het dorp binnenkwam, antwoordden ze dat ze bang waren voor de hyena en diens grote kracht. 'Maar bwana Blixen staat bekend om zijn moed!' Simba boog zich naar mij over en fluisterde dat de mannen bang waren voor de 'heer' van de hyena.

Toen ik Simba's woorden hoorde, ging er een kilte door me heen. Nu begreep ik dat de problemen van het dorp veel groter waren dan wat een hyena teweeg kan brengen.

Nu ik hun mijn belofte gedaan had, had ik echter het gevoel dat ik onmogelijk kon vluchten. Tegen Simba en Juma zei ik dat ik op de hyena zou wachten. Als die kwam, zou ik hem doodschieten en dan konden we daarna elders ons kamp voor de nacht opslaan. Een hyena is een hyena, daar is niets vreemds aan, verklaarde ik. Wat ik met eigen ogen zie, is waar en werkelijk. Ze antwoordden dat een blanke man niet in staat is de dingen te zien die een zwarte man ziet.

Met een onbehaaglijk gevoel wachtten we op het vallen van de avond. Vrouwen en kinderen slopen hun hutten binnen en vertoonden zich niet meer. Enkele mannen waren bezig met moeilijk te duiden rituelen rond de geit. Ik had mijn geweer al geladen en klaarliggen voor het geval een gevaar ons bedreigde.

Toen de duisternis inviel, klonk er gehuil uit een hut; uit een andere hut kwam eentonig gezang. Opgewonden vormden de mannen een opdringerige kring om mij heen. Ik beet hun toe dat ze zich rustig moesten houden en stil moesten zijn, anders zou de hyena zich niet durven vertonen.

Het was bijna helemaal donker toen hij tevoorschijn kwam. De jonge geit mekkerde in de steek gelaten en trok aan de liaan waarmee hij vastgebonden zat. De moedergeit reageerde vanuit een omheind weitje. In het schijnsel van het vuur dat op een paar meter afstand van de geit was aangestoken, was de aflopende omtrek van de rug van de hyena duidelijk te zien. Het beest zwaaide met zijn kop en snoof en trappelde heen en weer voordat het besloot tot de aanval over te gaan.

Ik vuurde een schot af. De knal was enorm. De hyena werd in een vreemde sprong omhoog geworpen, tuimelde rond en verdween in het struikgewas. De mannen om mij heen steunden, mompelden en schreeuwden het bijna uit: ‘Hij is dood, hij is dood!’ Juma en Simba begonnen aan me te trekken en spoorden me aan er vandoor te gaan.

Het schot kon echter niet dodelijk zijn geweest en mijn jagersinstinct won het van mijn angst. Ik stond op en liep met een stallantaarn weg om het dier op te sporen. Iedereen probeerde mij tegen te houden met de woorden dat hij al dood was, maar nu was ik vastbesloten. Ik wilde de hyena zien en mezelf en de anderen bewijzen dat het gewoon een hyena was en dat hij niet langer verbonden was met tovenarij.

Ik volgde het vreemde spoor. Aangezien de hyena zich over de stoffige aarde had voortgesleept, moest minstens één poot van hem kapotgeschoten zijn.

Na slechts een tiental meters hield het spoor op en er lag iets op de grond. De mannen stoven naar voren om mij te beletten te zien wat het was. Ze waren opgewonden en schreeuwden steeds agressiever. Ik werd weggeduwd, maar slaagde er toch in een glimp op te vangen van de harige vacht van een hyena – en ook van het gezicht van een dode man bij wie het bloed uit een mondhoek liep.

Nu kon ik me niet meer inhouden. In vertwijfeling en paniek probeerde ik naar voren te dringen, maar Juma en Simba trokken me met geweld weg. Uit het dorp klonken geschreeuw en dreigende kreten en er werd inmiddels op trommels geslagen. Juma rukte me mijn geweer uit handen en richtte op de dorpelingen die dreigend op ons afkwamen. Simba pakte me beet, doofde de lantaarn en trok mij de duisternis in achter een paar doornstruiken. Rennend door de pikzwarte avond gingen we verder de wildernis in. Ik struikelde weg met een onderdrukte brul in mijn keel en pas na een uur stopten we. De eerste heldere gedachte die in me opkwam, was dat de beide dragers en mijn kok in het dorp waren achtergebleven. Simba legde uit dat hij en Juma hun ver voor het invallen van de duisternis opdracht hadden gegeven om naar een plek aan de rand van de vlakte te gaan en daar ons kamp op te slaan. Morgenochtend, wanneer het licht werd, zouden we die plaats opzoeken.

Toen ik gekalmeerd was, vroeg ik hun wat er was gebeurd. Had ik een mens doodgeschoten? Ze legden uit dat ik een hyena had doodgeschoten, maar dat het gezicht dat ik had gezien van de 'heer' van de hyena was. En die 'heer' veroorzaakte ruzie en onenigheid in het dorp. Ik stond erop te weten of die 'heer' een mens was of niet. Ze antwoordden dat het een mens noch een hyena was.

's Nachts hielden we om beurten de wacht. Ik sliep echter niet. Tijdens de dageraad zochten we het kamp op; de boys werden bang toen ze hoorden wat we hadden meegemaakt en we vluchtten weg van deze plek.

Ik was bijna méér ontdaan van deze gebeurtenis dan als ik per ongeluk echt een mens had doodgeschoten. Ik wist niet eens wat ik had gedaan. Een onbestemd gevoel van vertwijfeling maakte het me moeilijk om te ademen.

Toen ik twee dagen later op Singu Estate aankwam en aan Cockie vertelde wat er was gebeurd, kreeg ik tijdens het praten bijna geen lucht. Ze stelde met een eigenaardige formulering vast dat de 'heer' van de hyena mij ook in zijn macht had gekregen. Daarna trok ze mijn hoofd naar zich toe en legde dat in haar schoot.

Meer dan een uur lang lag ik zo en ik voelde hoe al mijn tegenstrijdige gevoelens in een zacht, beschermend omhulsel werden bijeengebracht. Toen alles op zijn plaats zat, verzocht ze me overeind te komen en haar in de ogen te kijken. Ze moest me iets belangrijks vertellen. Haar toon maakte dat ik op het ergste was voorbereid. Toch schoten haar woorden mijn zojuist hervonden evenwicht zo aan flarden.

'Denys is dood. Hij is met zijn vliegtuig neergestort.'

Eerst zat ik stil, bevroren in het oog van de storm, daarna sprong ik op in een uitzinnige woede. 'Dat is godverdomme vreselijk! Ik moet naar Tanne!' schreeuwde ik. 'We zijn er samen doorheen gekomen toen Hans stierf en we moeten er ook samen doorheen komen nu Denys is gestorven!'

Cockie liet me uitrazen. Ze protesteerde niet eens toen ik in onze gammele auto ging zitten om aan de lange reis naar Nairobi te beginnen. Maar ik bleef zitten met het portier open, niet in staat om weg te rijden of uit de auto te stappen. Ten slotte barstte ik in huilen uit, met de woorden: 'Ik mocht hem niet eens. Hij was een snob, een betweter.'

'Er is nog meer', zei Cockie. 'Tanne heeft Mbogani verkocht en verhuist weer naar Denemarken.'

Voor het eerst besefte ik dat er ook een einde was aan mijn leven in Afrika. Ik had jarenlang op het continent geleefd en gereisd, maar toch had ik het meest elementaire niet begrepen. Ik was en bleef een vreemdeling in mijn nieuwe thuisland. Juma en Simba hadden me onlangs toegesproken als een kind. Ik was geen deel van hun wereld. En zonder de schaduwen van Tanne en Denys was het zinloos om door te ploeteren. Cockie hield van mij, Gillis en Dick Cooper waren fantastische vrienden en jachtkameraden, maar zij dreven mij niet verder, boven mezelf uit. Zij bevonden zich in mijn wereld, een wereld die draaide om landbouw en avonturen, een wereld die saamhorigheid en diepere beweegredenen miste. Tanne, Denys en de Afrikanen leefden in een wereld waartoe ik alleen op gelukkige momenten toegang had. Zonder hen was er slechts één weg te gaan: me gewonnen geven, een rustig leven gaan leiden en een voldane Europese boer worden, omringd door Afrikaanse dienaars.

Toen Cockie mij terugvoerde naar onze eenvoudige kolonistenwoning ondersteunde ze langs het pad omhoog een vroegtijdig oud geworden man.

26

Toen Eva samen met haar reisgenote uit de plee tevoorschijn kwam, zag ik voor het eerst mijn meerdere, mijn liefdesbeul.

Denys was nu een jaar dood. Tanne was een nieuw leven op Ringstedlund begonnen en mijn bestaan was geleidelijk overgegaan in een berustende weemoed. Je kunt niet zeggen dat ik ongelukkig was; ik had als jager op groot wild in Afrika bereikt wat mogelijk was. Mijn financiën waren redelijk op orde, ik was beroemd en werd gerespecteerd, ik woonde in een omgeving die ik aanbad, werd omringd door goede vrienden en leefde met een vrouw die ik beminde en die over het bijzondere talent beschikte het mij naar de zin te maken. De meeste dingen die ik ondernam, schonken me bevrediging, een voldaan gevoel. Wat ik miste was de honger.

Cockie was in Europa om uit te rusten. Mijn neef Romolus Kleen, de zoon van mijn zus, logeerde een tijdje bij me en soms gingen we samen op jacht. Toen we op een middag thuiskwamen, stond er een vrachtwagen op Singu Estate geparkeerd. 'African Expedition from Dar-es-Salaam' stond erop. Er was echter geen gast te zien. We doorzochten het woonhuis en informeerden bij de bedienden in de hutten op het terrein, maar we konden onze bezoekers nergens vinden en niemand had hen zien arriveren. Tenzij ze meteen de savanne op waren gegaan, bleef er nog maar één plek over: de plee.

Net toen we daarnaartoe liepen, ging de eenvoudige, met een hart versierde houten deur open en er stapten twee lachende vrouwen naar buiten. Toen ze glimlachend op me afkwamen – Eva Dickson voorop, op de voet gevolgd door Littan Bennich – tikten de enorme tandwielen van de tijd door de jaren terug. De vlakte achter hen lag er onaanschouwd en open voor alle mogelijkheden bij, de grond onder onze voeten was maagdelijke Afrikaanse grond, ik hoorde de krekels weer, en de schemering die inviel, was een zoele herinnering aan de geheimen van de tropen.

We gaven elkaar een hand en Eva riep uit dat het fantastisch was om een 'legende' te ontmoeten. Haar woorden waren vol bewondering en warmte, maar haar glimlach, haar blik en gebaren zeiden dat ik me gelukkig moest prijzen dat ik haar mocht ontmoeten. De belangrijkste taak van haar vriendin was om het unieke van haar reisgenote te laten uitkomen. Ze wierp een steelse blik op Eva om te zien hoe die reageerde. Daarna versterkte zij die reactie met een lach of een woord.

Hoewel ze bruine ogen had, was Eva mooi op een koele, Scandinavische manier. Ze had blond haar dat in een pagemodel was geknipt en ze was rijzig, sterk en lenig. Toen we naar binnen liepen, vertelden haar lange slanke benen, haar brede maar magere schouders en haar rechte nek dat dit een vrouw was die volledig meester was over haar leven.

We gingen zitten met een drankje en ze stelde zich verder voor: 'Ik ben het nichtje van Gillis Lindström. Ik ben autocoureur en piloot. Nu wil ik samen met de bekendste jager op groot wild Afrika beleven.'

Ik had geen keus, ik kon haar niet laten vallen. Haar aanwezigheid voerde me naar een andere tijd. Ze was twintig jaar jonger dan ik en alles wat ze ondernam, was het begin van iets nieuws. Elke handeling was in volmaakte harmonie met het nu. De bewegingen van haar lippen, haar gracieuze handen die gesticuleerden, de spieren van haar dijbenen die zich aanspanden in haar lange broek, door dit alles kreeg je zin om haar aan te raken, ja, heftig aan te raken – en toch liet ze onophoudelijk blijken dat deze koele heerlijkheden er niet voor zomaar iedereen waren, misschien wel voor niemand.

Ze zal me altijd een stap voor zijn, dacht ik. Ze zal me verlaten. Dat was me die avond al duidelijk. Maar ik moest dit pad betreden, deze nederlaag moest ik aanvaarden, dit was de prijs voor het leven dat ik leefde.

Vele malen eerder in mijn leven was de verliefdheid een geluksroes geweest. Ditmaal ging ze gepaard met een grote vermoeidheid.

Romolus ging vroeg naar bed. In plaats van 'welterusten' fluisterde hij: 'Pas op!' Littan viel op de bank in slaap en Eva bracht haar naar de logeerkamer. Toen ze terugkwam, liep ze op blote voeten en droeg ze een lang nachthemd. Een geurflard zei me dat ze net parfum had opgedaan.

'Ik wist al jaren dat we elkaar zouden ontmoeten', zei ze. Ze stak een sigaret op in een lang pijpje en ging naast me op de bank zitten. Ze vertelde dat ze gescheiden was, een kind en een landgoed in Zweden had achtergelaten en tegenwoordig een reizend bestaan leidde. De gedachte dat ze getrouwd was geweest en een kind had gekregen, dat ze helemaal geen maagd was, maakte me ziek. Waarom verspilde ze haar unieke lichaam aan anderen? Waarom wachtte ze niet? Die eerste avond al voelde ik meer jaloezie dan in mijn hele tienertijd, toen ik het normaal vond om meisjes met Hans te delen.

Ik boog me voorover om haar te kussen, maar met een lach gleed ze uit mijn armen. Ze stond op en zei: 'Er is wild dat zo zeldzaam en zo waardevol is, dat er dagen, weken, ja, misschien maanden en jaren voor nodig zijn om het neer te leggen.'

Ze boog zich voorover, gunde me een blik in haar decolleté, kuste me op mijn wang, zei 'welterusten' en verdween naar de logeerkamer.

Een paar dagen later stond er voor mij een safari op het programma. Romolus was rentmeester op een farm die in het bezit was van twee Engelse broers genaamd Lawson. Ik had hen een jachtexpeditie van zeven weken tegen een laag tarief in het vooruitzicht gesteld. De proviand en de uitrusting lagen klaar toen de beide broers in een nieuwe Hudson ons erf op reden. Mager, ernstig en droog als doringbomen stapten ze uit. Ze straalden iets naargeestigs uit dat was vervuld van waakzaamheid en angst voor fysiek contact. Ze droegen breedgerande hoeden en stapten op stijve vogelpoten en met rechte kalkoennekken in de richting van ons huis, waar Eva, Littan en ik onder het genot van champagne zaten te lunchen. Ze keken als priesters die een bordeel binnenstapten. Ik nodigde hen uit om plaats te nemen en ze gingen met rechte rug op het puntje van een stoel zitten. Hun adamsappel ging een paar keer op en neer toen ik uitlegde dat de safari werd uitgebreid met twee mooie vrouwen. 'Dat was niet de afspraak', zei de oudste van hen ten slotte. 'Maar nu wel', antwoordde ik, terwijl ik Eva de hand kuste. Ze mochten kiezen: op safari met de dames erbij of helemaal geen safari. Daar gingen ze niet op in, maar toen we in de richting van Serengeti reden, zag ik dat hun auto over de kuilen in de weg achter ons aankwam.

In de auto vertelde Romolus over de broers. Ze waren in een arm Engels middenklassegezin opgegroeid en opgevoed op een goedkope, maar strenge kostschool. Ze waren nooit in contact gekomen met andere vrouwen dan hun moeder en hun zus. Ze waren godvruchtig, dronken niet en spraken altijd de waarheid. Later ontdekte ik hoe goed ze het konden vinden met de mohammedaan Farah, die bij mij was gebleven toen Tanne Afrika verliet. Het verschil tussen hen was dat Farah beter had gezien hoe paradoxaal de wereld in elkaar zat.

Ik zorgde ervoor dat mijn tent naast die van Eva werd opgezet, dat Romolus in de buurt van Littan terechtkwam en dat de gebroeders Lawson een stuk bij ons vandaan kampeerden. Toen we bij het eerste avondeten naar de pannen en flessen reikten, schraapte de oudste broer zijn keel. Hij ging staan en zei met een krachtige maar eentonige stem het avondgebed op. Dat vond niemand van ons vervelend; het verleende de maaltijd juist een gewicht en een waardigheid die althans door mij gewaardeerd werden.

Het gaf een geborgen gevoel om de broers erbij te hebben. Ze representeerden een soort primitieve levensvorm die een basis vormde voor alles wat we deden. Naast hun ascetische rechtschapenheid werden onze zondes en tekortkomingen zo onmiskenbaar en kleurrijk. Vooral Eva leek ervan te genieten dat haar schoonheid en charme tegen iets grijs konden afsteken. Wanneer een van ons erin slaagde hun zover te krijgen dat ze van verbazing en belangstelling niet wisten waar ze moesten kijken, prikkelde ons dat om nog meer te vertellen en toen de jongste broer na een paar weken in een daverende lach uitbarstte, waren we door die gebeurtenis nog dagenlang vrolijk.

We spraken af dat we aan hun ochtend- en avondgebed zouden deelnemen, maar dat we dan mochten eten en drinken waar we maar zin in hadden en overal over mochten praten. Hun vrome gebaren schonken ons geborgenheid en troost; onze zondige verhalen schonken hun amusement en levensvreugde. Volgens mij hielden de broers stiekem evenveel van Eva als van de almachtige.

Voor mij was het een kwestie dat ik Eva voor me wist te winnen en dat ik dat deed zonder de broers te shockeren. Onder dergelijke omstandigheden was het moeilijk om aan de jacht te denken.

De eerste avond al vroeg ik of ik in Eva's tent mocht komen. Met een gevaarlijke glimlach liet ze me binnen. We zaten te flirten en elkaar het hof te maken en zij begon over vermoeide voeten te klagen. Ik haalde een teiltje water, maakte de veters van haar laarsjes los, ging op mijn knieën voor haar op de grond zitten en waste haar voeten. Terwijl ik bezig was om haar voeten stevig maar toch teder met zeep te masseren, schraapte de jongste broer Lawson buiten voor de tent zijn keel en hij vroeg of hij mocht binnenkomen om iets te vragen. Eva riep dat hij welkom was en met een van verbazing en schrik verstijfd gezicht keek hij naar binnen. Zonder in feite te zien waar ik mee bezig was, staarde hij naar mijn handen en zijn adamsappel ging een paar keer flink op en neer, maar vervolgens vroeg hij met een basstem welke geweren ze voor de jacht van morgen moesten prepareren. 'Maak ze allemaal maar klaar,' zei ik, 'hier vind je alle mogelijke soorten wild.'

Voordat zijn hoofd uit de tentopening verdween, keek hij nog een moment bezorgd. Hij schraapte opnieuw zijn keel en zei dat hij aan een bijbelcitaat moest denken, maar niet op de letterlijke bewoordingen kon komen. Ik weet niet of hij het feit dat ik Eva's voeten waste nou als iets zondigs of als iets bijbels beschouwde.

Eva keek hem na en zei smachtend: 'Hij heeft mooie ogen en hij is nog nooit met een vrouw naar bed geweest! Stel je voor dat je een volwassen, vrome man met een verdrietige blik in het liefdesleven mag inwijden!' Tien jaar eerder was ik de jongeman lachend gaan halen, had ik hem Eva's tent in geduwd en was ik vervolgens weggegaan. Nu gleden haar voeten uit mijn handen. Onhandig droogde ik ze af. Ik zei welterusten en ging naar mijn eigen tent. Eva kwetterde me na: 'Bror, lieverd, ben je jaloers? Welterusten en kusje!'

De gebroeders Lawson jaagden met een wetenschappelijke ernst. Op eigen houtje leerden ze spoorzoeken en de wind en afstanden beoordelen. Aan mij hadden ze niet veel. Als een oud schoothondje sukkelde ik achter Eva aan om haar hand te likken wanneer het haar behaagde die uit te strekken.

Toen ik op een middag in de schaduw met mijn hoofd in haar schoot lag te rusten kwam Simba aanrennen om te vertellen dat de broers problemen hadden met een aangeschoten buffel. Ik antwoordde dat ze zich vast wel zonder mijn hulp konden redden en dat Simba hun kon vertellen wat ze moesten doen. Hij schudde zijn hoofd en verschrikt over mijn woorden zette hij een paar passen achteruit. Toen stapte Farah naar voren en zei dat ik moest bedenken dat ik als man verantwoordelijkheid had. Onze blikken kruisten elkaar en ik realiseerde me hoe bijzonder het was dat deze man het al die jaren met mij had uitgehouden.

Ik stond op, pakte mijn geweer en volgde Simba. Eva stond erop om mee te gaan. Het was echt een hachelijke situatie. Ze hadden minstens twee buffels aangeschoten en niemand wist waar in het dichte struikgewas ze zich verstopt hadden. Ze hadden al met geroep en lawaai geprobeerd de dieren uit hun schuilplaats te verdrijven, maar waren daar niet in geslaagd. Iemand moest erop af om er een einde aan te maken. Ondanks hun moed en talent was dat geen van beide broers gelukt.

Ik stelde hen op strategische plekken op en bond hun op het hart geduld te hebben en alleen te schieten als ze er absoluut van overtuigd waren dat ze een buffel zagen. Daarna ging ik heel langzaam, stap voor stap, het struikgewas in. Na een half uur begon ik te betwijfelen of er wel twee grote dierenlichamen in het bosje lagen. De vegetatie was zeer dicht en om mezelf niet te verraden moest ik elke tak afzonderlijk opzij buigen.

Ten slotte hoorde ik een zwaar hijgend geluid. Ik zag niets, maar hoorde een buffel ademen. Zijn ademhaling was echter onregelmatig en na een poosje meende ik dat dit kwam doordat hij pijn had aan zijn schotwond. Toen kreeg ik in de gaten dat er twee dieren stonden te ademen. Ze stonden niet ver van elkaar en ze hadden me nog niet gezien, gehoord of mijn geur geroken. Ik liep verder naar ze toe. Op een paar meter afstand zag ik de nek van een van hen. Ik vuurde mijn schot af en richtte daarna bliksemsnel al mijn aandacht op de te verwachten aanval van de andere buffel. In het struikgewas brak lawaai uit: een paar enorme horens en een duistere blik stortten zich in mijn richting en terwijl ik mijn tweede schot afvuurde, wierp ik me opzij. De tweede buffel sneuvelde op de plek waar ik gestaan had. Alles werd stil.

Toen ik Eva angstig 'Bror?' hoorde roepen, sloop ik naar de andere kant van het bosje en maakte een omtrekkende beweging rond het jachtgezelschap zodat ik achter hen terechtkwam. Ik zag hoe ongerust ze waren en dat ze elkaar aankeken met de vraag wie nu de leiding zou nemen. Farah nam de verantwoordelijkheid. 'We wachten een poosje, daarna pakken we allemaal een geweer en gaan de struiken in.'

Iedereen maakte een paar gekwelde en angstige minuten door. De oudste broer Lawson bad tot God, Eva liet zich op haar hurken zakken en verborg haar gezicht in haar handen. Littan en Romolus omhelsden elkaar bedroefd. Juma en Simba maakten gebaren van verbazing en machteloosheid. Farah was de enige die zijn kalmte bewaarde. 'Bwana Blixen komt vast zo dadelijk. En anders is hij gestorven zoals hij heeft geleefd.'

Door een keer op mijn vingers te fluiten gaf ik me bloot. De zwarten en de gebroeders Lawson keken eerst blij verrast, maar daarna woedend naar me. Zonder een woord te zeggen liepen ze het struikgewas in om de buffels in stukken te snijden. Romolus schudde zijn hoofd, maar Eva was onder de indruk. Ik was blij, en schaamde me. Tien jaar geleden zou ik nooit zoiets hebben gedaan. Toen Eva me om de hals vloog en me met kussen bedolf, trok ik me gegeneerd terug en ik liep achter de andere mannen aan het struikgewas in. Stil en energiek ging ook ik met de dierenlichamen aan de slag.

Later op de avond, na wijn en drankjes, verleidde Eva mij ertoe jachtverhalen te vertellen. Zonder er verder bij na te denken glipte ik verhalen binnen waarvan ik zelf het middelpunt en de held was. Ik liet niets aan hun eigen fantasie over. Het gepoch sneed me door mijn ziel, maar toch waren mijn woorden onstuitbaar. Het ging over buffels die Juma en mij in het open veld in een rij aanvielen. Ik ging voor Juma staan, wachtte op de aanstormende kudde totdat deze een paar meter van mij verwijderd was en schoot het dier dat recht op me afkwam in zijn voorhoofd. Het stortte aan mijn voeten neer, terwijl de rest van de kudde aan weerskanten langs ons heen denderde en over de savanne verdween. Dick Cooper dook ook op in een verhaal. Eerst zijn bizarre idee om voor de sport met pijl en boog te gaan jagen. Daarna de woedende leeuw die ik neerlegde precies op het moment dat hij Cooper, die probeerde te vluchten, op de rug sprong. Ook de luipaard die met razende sprongen de aanval inzette op de nietsvermoedende Krister Aschan, wiens aandacht gericht was op de stervende partner van de luipaard, kwam erin voor. Ook toen redde ik met een schot een leven.

Ik wist van geen ophouden. Eva's verrukking dreef me verder. Toen ik naar mijn tent was gelopen om nog wat drank te halen, deed het etiket op de fles me aan Tanne, Denys en lord Delamere denken. Jaren geleden hadden we aan de rand van een Masai-dorp in het Rift-dal juist die wijn gedronken. Twee van ons waren gestorven, Tanne zat in Denemarken boeken te schrijven, en ik zat nog in de wildernis, een middelbaar relikwie uit verdwenen, heroïsche tijden die tegenover een jonge vrouw zat op te scheppen om de ouderdom en de dood op afstand te houden.

Het was me allemaal duidelijk. Ik was het jagen moe. Ik was het trekken door dit landschap, waarvan ik hield en dat mij vertrouwder was dan de grond rond Näsbyholm, moe. Wie moe is, heeft een plek nodig om te rusten. Een dergelijke plek was er niet voor mij. Ik wist gewoon niet wat je moest doen om tot rust te komen. Het enige wat ik kon doen was me richten op de plek waar mijn onrust voorlopig gestild kon worden.

Ik nam de kring rond het vuur op en zag en hoorde hoe Eva zich lachend tot de jongste broer Lawson wendde en hem over zijn wang streek. Hij werd verlegen en wist niet waar hij het zoeken moest.

Er waren maar twee wegen die ik kon bewandelen. Of ik legde me ter plekke neer om weg te rotten, of ik ging terug en bond de strijd om Eva aan. De ene weg was tragisch, de andere dwaas. Maar ook een dwaas kan elke vierkante centimeter van het lichaam van een vrouw beminnen en begeren.

Tijdens een van de laatste dagen van de safari kroop Eva laat in de nacht in mijn tweepersoonsbed. De hoop op een amoureuze ontmoeting met haar had ik inmiddels, niet al te teleurgesteld, opgegeven. Ze was als zacht ivoor, ze rook naar vanille, had een glanzende huid en slechts een streling met de rug van mijn hand kon de soepelheid ervan recht doen. Ze kreunde of steunde niet toen ik haar streelde, maar lachte zachtjes en plagerig. Heel even moest ik denken aan de nacht die Tanne en ik jaren geleden in een hotelkamer in Kopenhagen hadden doorgebracht. Ik had geworsteld met een vrouwelijk pantser dat niets anders wilde dan op de grond vallen, maar ik had verloren.

Eva was mooier, killer, ongenaakbaarder. Onder Tannes rituele liefdesgebaren zat een verlangen om de controle te verliezen, zich over te geven en in extase te raken. Eva was in volledige harmonie met haar controle en terughoudend in de liefdesdaad. Zij bood me een verrukkelijke kilte, maar haar hese, zachte lach ging soms zo ver dat hij vriendelijk en zorgzaam werd. Met Tanne voelde ik me radeloos dat ik de afgrond in haar niet kon bereiken; bij Eva was er geen afgrond om te bereiken. Bij haar had je een buitenkant die zich van extase en gepieker afkeerde en er genoeg aan had om zich te laten zien zoals hij was. Alles aan haar was vrolijke jeugdigheid; zij was de mooiste en meest verleidelijke padvinder die ik ooit had ontmoet. Voor haar was het 't belangrijkst dat ze op een zo hygiënisch en elegant mogelijke manier met haar lichaamssappen omging. Toen ik de liefde met haar bedreef, was het alsof ik verrassend tot koning werd gekroond. Als Tanne een wolvin was, was Eva een zwaan.

Na de safari vergezelde ik Eva en Littan naar Nairobi. Er was geen weg terug. Toen we in de Muthaiga waren aangekomen en onze bagage naar binnen brachten, hoorde ik een vrouw theatraal fluisteren dat Eva Dickson Bror Blixen had gestrikt. Ik was niet degene die haar had gestrikt.

Eva zeilde de grote foyer in zoals een zwaan in haar eentje een stille vijver op glijdt. Iedereen begreep wat haar entree betekende. Iedereen wist ook wat er in het telegram stond dat bij de receptie op mij lag te wachten. Daarin stond dat Cockie later diezelfde dag met het vliegtuig in Nairobi zou arriveren. De paar woorden in het telegram waren een kreet van blijdschap. Ze drongen echter niet tot me door. Ze hadden geen betrekking op mij. Van binnen zakten metalen brandmuren naar beneden, de ene na de andere, en enkele minuten later stond ik Eva te overreden mij naar het vliegveld te vergezellen om mijn vrouw op te halen. Ik wist dat er iets fout was, maar was niet in staat om de logica waarin ik gevangen zat te doorbreken. Eva glimlachte verlegen en wierp me een scherpe blik toe. Ze streek een haarsliert uit haar gezicht, barstte in lachen uit en zei: 'Natuurlijk ga ik mee!'

Toen Cockie uit het vliegtuig stapte, zag ik een gelukkige echtgenote haar voet zetten op de plek waar ze thuishoorde. Op een drafje liep ze op mij af totdat ze Eva vlak naast me ontdekte. Ze bleef aarzelend staan, maar liep vervolgens zakelijk op ons af. 'Je zult vannacht rijkelijk beloond worden als je je hier uit weet te redden', fluisterde Eva, terwijl ze in mijn arm kneep. Ik omhelsde Cockie – het was alsof ik mijn armen om een marmeren pilaar sloeg – stelde de dames aan elkaar voor en zag hoe Cockie door woede en verdriet verscheurd werd. Ik zag hoeveel pijn het deed, maar ik kon niet met die pijn in contact komen. Cockie was een kameraad die heel goed voor zichzelf kon zorgen. We waren immers volwassen mensen en het was niet de eerste keer dat we van partner ruilden.

Naarmate mijn geweten begon op te spelen ging ik onderweg naar de stad steeds meer praten en lachen. Mijn schuldgevoel identificeerde ik als een extra teken van ouderdom dat tegen elke prijs moest worden bestreden. Cockie zei de hele weg geen woord en als ze een wapen bij de hand had gehad, zou ze het hebben gebruikt.

Bij de Muthaiga aangekomen vertelde ik opgewekt dat we die avond alle drie op een feest waren uitgenodigd, vooropgesteld dat Cockie dit na de vermoeiende reis aankon. Ze bleef voor me staan, keek me heel even liefdevol aan, en precies op dat moment zag ik dat ze me snapte, begreep dat ik niet anders kon. Daarna kregen andere krachten de overhand; ze wees beschuldigend naar me en zei: 'Je moet nu kiezen! Zij of ik!' Ik haalde glimlachend mijn schouders op, zij draaide zich om en verliet ons huwelijk. Toen ik haar zag verdwijnen, ging er een luikje naar mijn oude verliefdheid open en ik zag niet alleen Cockie uit mijn leven verdwijnen, maar ook de Bror die ik samen met haar geweest was.

Ik verkoos Eva niet boven Cockie. Ik was een Blix geworden

die aan de leiband liep van zijn minnares Eva Dickson. Er was geen keuze. Ik was veranderd en Eva was mijn enige mogelijkheid om nog een paar jaar te leven zonder me in een landelijke schommelstoel aan gemijmer te hoeven overgeven. Eva zou alle wonden in mijn binnenste openhouden en ervoor zorgen dat ik, om geen gezichtsverlies te lijden, kwiek bleef.

27

In het Ituri-woud in Belgisch Congo was de regentijd aangebroken. De onweersbuien waren wandelende slagvelden voor de goden. Boven de boomtoppen was het een geknal en geknetter alsof metaal uiteengereten werd en de bliksemschichten wierpen vreemde schaduwen op de grond. De hevige buien denderden door de takken en het gebladerte en pas na een minuut bereikte de regen in de vorm van reusachtige druppels en waterstroompjes de grond. Damp legde zich als een vlies over je huid. Paden werden glad, beekjes en rivieren traden buiten hun oevers en toen midden op de dag de zon doorbrak en zich een weg zocht naar de vegetatie op de grond, hoorde je een aanhoudend getik: het regenwoud groeide.

Ik zat in de deuropening van een hutje dat niet hoger reikte dan mijn schouders. Ik was uitgemergeld, bleek en zwak, maar op weg terug naar het leven. Mijn gastheren waren pygmeeën, Wambuti; ze hadden mijn aanwezigheid geaccepteerd en hun angst voor mij beteugeld. Ze beschouwden me niet langer als een spook. Mijn menselijkheid was afschuwelijk duidelijk geworden toen ik enkele weken geleden langzaam wegzakte in de dood. Eerst kwamen de koorts en de koude rillingen, daarna de visioenen over overledenen die met ingezakt bovenlichaam in hun open graf zaten, en uiteindelijk werden mijn gedachten steeds verwarder. Eva, die in Europa was, zat eerst in een graf en daarna op schoot bij de schrijver Ernest Hemingway, met wie ik het jaar daarvoor goed bevriend was geraakt. Hemingway vermagerde op slag, tot hij eruitzag als een uitgemergelde en stervende Denys Finch Hatton, om ten slotte teruggeworpen te worden in een rozige jongeling die de bekende gelaatstrekken van Hans vertoonde. Binnen een tel veranderde Hans' gezonde, gelukkige gezicht in een berg vleesrepen. Mijn vaders strenge blik en mijn moeders malende commentaar begeleidden heel dit drama. Uiteindelijk raakte ik bewusteloos.

Een week lang was ik slechts korte momenten bij bewustzijn en elke keer zat het pygmeevrouwtje Suleima aan mijn zijde met mijn hand in de hare. Zij gaf me te drinken, zij wiste het zweet van mijn voorhoofd en haar blik volgde mij bij alles wat er gebeurde. Haar sippe gezichtje werd mijn fragiele brug naar het leven. Juma en Abedi, de enigen die ik uit Oost-Afrika meegenomen had, deden voortdurend pogingen om whisky bij me naar binnen te gieten om ervoor te zorgen dat ik opknapte. Suleima waste en verschoonde me wanneer ik het in mijn broek had gedaan. Toen ik zodanig was aangesterkt dat ik rechtop kon zitten, liet ik haar de bezittingen zien die ik had meegenomen en ik vroeg haar wat ze wilde hebben. Ze begreep niet wat ik zei en het hielp niet dat Abedi, die haar als minnares had genomen, het haar uitlegde. Zij, die zo'n wijze blik had en mij zo verstandig verzorgde, begreep het toch niet. Abedi legde uit dat 'bezit' bij pygmeeën een onbekend begrip was.

Toen ik op een dag wat was opgeknapt, bestudeerde ik haar nauwgezet en ik vergeleek haar lichaam met dat van Eva. Dat ging niet: ze waren te verschillend. Suleima was klein als een kind, had een bol buikje, kleine borsten die recht naar voren staken en een holle rug die eindigde in een uitstulpend achterwerk. Haar proporties hadden niets Europees. Maar haar hals en armen hadden een mooie, zachte huid. Ik betastte haar hele lichaam. Ze glimlachte, liet me een rij gevijlde tanden zien, en haar zachte warmte onder mijn handen maakte dat ik een soort radeloze liefde voor haar voelde. Ik begeerde haar niet, maar haar aanraken en strelen gaf me op dat moment meer troost dan iets anders had kunnen doen. Het liefst had ik gewild dat ze 's nachts naast me sliep voor het geval ik achteruitging en voelde dat het einde nabij was.

Ik had de tijd om het eentonige leven in het dorp te volgen. De vrouwen verwarmden en bogen riet om er manden van te vlechten en boven open vuur grilden ze reusachtige bosratten, waarvan de bek in een spottende grijns openstond. Enkelen bereidden voedsel in kruiken waarin ze hun favoriete gerecht kookten: aap. Soms zag je nog een handje boven het borrelende water uit wapperen. Kinderen en volwassenen verdwenen en verschenen geruisloos in en uit de groene muren van het woud. Soms, wanneer ik hoog in een boom een aap meende te zien, bleek dat een pygmee te zijn die op zoek was naar wilde honing. Wanneer een hut leek te bewegen, was hij ofwel bezig in elkaar te storten of men was hem aan het repareren. Palmbladeren werden op het dak geworpen en provisorisch met riet aan elkaar gebonden. Niets was duurzaam. Het oerwoud was een oneindig thuis zonder grenzen. Overal, maar onder de oppervlakte, waren in een soort geroutineerde verstrooidheid activiteiten gaande. Je moest goed kijken om te ontdekken dat het hele dorp aan het werk was.

Een van de pygmeemannen, volgens mij was zijn naam Akka, kwam soms naast me op de grond zitten. Hij was de lelijkste van allemaal; zijn gezicht zag eruit als dat van een gerimpelde chimpansee, maar hij was lenig en verrassend sterk voor iemand die zo klein was. Bij elke beweging die hij maakte, bolden dikke spieren op zijn magere bovenlichaam op; ze zwollen op en zonken terug in een voortdurend wisselspel. Het was moeilijk om vast te stellen of hij oud of jong was. De rimpels in zijn gezicht deden oud aan, maar zijn lichaam leek jeugdig en zijn diepliggende ogen waren voortdurend op zoek naar iets interessants om de blik op te richten.

Akka kwam me soms gezelschap houden. Na een poosje stond hij dan op om een toneelstukje op te voeren over hoe hij en ik op olifantenjacht gingen. Hij sloop voor me rond, bleef verwonderd staan toen hij zag hoe groot de olifant was en liet zien hoe de etende reus zich door het struikgewas bewoog. Hij beeldde zelfs uit dat de olifant ongerust was dat iemand hem in zijn onverzadigbare eetlust zou storen. Even later was Akka weer zichzelf, zich eraan ergerend dat ik niet geruisloos kon sluipen. Daarna gaf hij een imitatie ten beste van de onhandige manier waarop ik me voortbewoog en, tot zijn radeloosheid, mis schoot. De finale was altijd dat hij in een mengeling van rare angst en moedige doodsverachting naar voren stormde en zijn speer in de schoft van de reus stak, die daarop ter aarde stortte. De onhandige doodsdans van de olifant bracht Akka naar het struikgewas, waarin hij met veel lawaai en getetter verdween, alvorens hij weer tevoorschijn kwam om voorgoed aan mijn voeten te sneuvelen. Vervolgens liet hij zien hoe we allebei boven op de vleesberg stonden, trots op onze buit.

Elke keer dat ik die pantomime zag, werd het leuker. Akka veranderde details in het verhaal en werd steeds brutaler in zijn vertolking van mij. Ik was een machtige reus die met veel lawaai door het bos stuntelde en de beesten op de vlucht joeg. De knal van mijn geweer verwoestte je gehoor, maar de kogel kon met wat geluk een dier vellen.

Akka verstond een beetje Swahili, maar meende waarschijnlijk dat hij met mimiek beter communiceerde. Elke keer wanneer hij mij bezocht, beloofde ik hem dat we met z'n tweeën op jacht zouden gaan zodra ik voldoende was aangesterkt. Hij antwoordde altijd met te zeggen dat hij de gedachten van de dieren dacht. Dat waren de enige woorden die ik hem feitelijk hoorde uitspreken.

De schemering viel snel in en tussen de hutten werden vuren aangestoken. Het gesprek kwam op gang, eerst aarzelend, daarna steeds heftiger. Uiteindelijk begon men druk pratend, hetgeen in de nacht een grappig gevoel van geborgenheid gaf, te eten en te drinken. Er werd tijdens het eten gesmakt, geboerd en gespuugd en vreemd genoeg liep het water me daarvan in de mond. Uit het woud daalde een zware duisternis over ons neer en de vonken van de vuren werden snel door de nacht ingeslikt. Suleima kwam me vlees, eieren en maïspap brengen. Ze pakte mijn hand en bleef een poosje bij me zitten. Toen er opeens een jongeman vals begon te zingen, stemde de rest in; er klonk tromgeroffel en het dansen begon. Suleima liet me alleen om Abedi op te zoeken, die er tussen alle pygmeeën uit zijn krachten gegroeid uitzag, en begon met hem te dansen. Het dansen ging een paar uur door, malend, hallucinerend. Schaduwen vloeiden ineen met lichamen, het ritme veranderde, zangstemmen vlochten zich eentonig rond een basisthema. De atletische Akka maakte hoge sprongen, terwijl de vrouwen met onbewogen gezicht verleidelijk met hun achterwerk schudden en de in extase verkerende mannen met kleine stapjes naderden.

Later, toen de dans haar hoogtepunt had bereikt, zag ik Abedi en Suleima in een hut verdwijnen. Ik trok mij terug in mijn palmengrot en ging op de tast naar bed. Hoewel ik me niet had bewogen, was mijn lichaam verdoofd, alsof ook ik de hele avond had gedanst. Ik viel in slaap, maar sliep onrustig en werd wakker doordat er naast me iets bewoog. Het was Suleima, die bij me in bed kroop en haar hoofd op mijn arm legde. Het was duidelijk dat ze net uit de armen van Abedi kwam, maar dat maakte mij niet uit. Ik ademde haar zurige geuren in voelde haar knokige knieën tegen mijn heup.

De gedachte dat ik net zo goed in elkaar gedoken in een graf had kunnen zitten met wormen en bacteriën die mijn vlees aanvraten, maakte dat ik haar tegen me aan trok. Dit was leven. Ze neuriede iets eentonigs en duwde ritmisch op de maat van haar lied tegen me aan. Ik kroop in elkaar, streek met mijn hand over haar krullende haar en verborg mijn gezicht in haar halsje. Ik voelde geen begeerte en wilde haar niet bezitten, maar als ik dat wel gedaan had, was het niet vreemder geweest dan wanneer ik met duim en wijsvinger in haar oorlelletje had geknepen. Ik legde mijn ene hand op haar linkerborstje en voelde haar hart kloppen. Ze neuriede, haar hart klopte, ze wiegde me, haar hart klopte. Ik begon in zuiver Skåns met haar te praten en zei dat ze mijn leven had gered, dat ik van haar hield en dat ze een engel was. Ik zei dat als we niet zo verschillend waren geweest ik met haar getrouwd was, dat ik huid aan huid met haar in het grote oerwoud zou hebben geleefd en haar lichtbruine pygmeekindertjes zou hebben geschonken die ik Skåns had leren praten. Bij die gedachte begon ik te lachen; ook zij barstte in lachen uit en samen lachten we een poosje.

Even nadat ik in slaap was gevallen werd ik wakker doordat zij zich losmaakte om de hut te verlaten.

Suleima was geen dienende pygmeevrouw als alle andere. Ze was trots en ongenaakbaar en ze deed me aan Tanne denken. Suleima hield altijd een wakend oogje op de dorpelingen. De anderen hadden ontzag voor haar en waren soms bang voor haar; enkele vrouwen waren jaloers. Zelfs het uitgedroogde stamhoofd behandelde haar met respect. Maar anders dan Tanne zei ze bijna nooit iets en ze stelde zichzelf nooit op de voorgrond. Ik heb niemand ontmoet die zo de christelijke woorden 'Wie de grootste onder u is, zal uw dienaar zijn' belichaamde als zij. Suleima kon je niet bezitten, omdat haar leven er voor iedereen was. Elke man moest haar wel delen met andere vrouwen en mannen – en niemand kwam erachter wat er in haar omging.

Op een dag stormde Akka mijn hut in, iets wat hij niet eerder gedaan had. Al in de deuropening begon hij aan zijn pantomime: een reusachtige olifant was langs het dorp gelopen en nog niet ver weg. Hij en ik zouden de jacht op het dier inzetten. Met enkele gebaren vroeg hij of ik mijn kracht teruggekregen had. Ik dacht een ogenblik na. Zou ik voldoende energie hebben? Ik knikte. We prepareerden twee geweren. Hij wierp de zware .600 Jeffrey over zijn ene schouder – die was net zo groot als hijzelf – en hing een werpspies over zijn andere. Ik nam een .450 Holland&Holland en toen waren we gereed. Juma en Abedi kregen ons in de gaten en gingen zich ook snel klaarmaken. Ik zag dat Akka teleurgesteld was dat ze mee zouden gaan. Hij deed voor hoe ze door hun geklets, grapjes en opschepperij over vrouwen de jacht zouden bederven. Deze olifant was alleen voor hem en mij bedoeld. Ik zei tegen Juma en Abedi dat ze in het dorp moesten wachten. Ze waren niet blij en wierpen een nijdige blik op de pygmee, die zich met een afgewend en kinderlijk onschuldig gezicht met zijn werpspies bezighield.

We liepen het bos in en alle vegetatie ruiste me verwelkomend tegemoet. Het was zo lang geleden dat ik gejaagd had en mijn ziekte had mij zo ver weg gevoerd. We kwamen bij een beekje dat door een klein moeras stroomde. In de vochtigheid groeiden stugge zegge, maar ook gele en koperkleurige bloemen. De zon brak door een opening in de vegetatie en zette de grond in brand. Akka hield me staande en wees naar de rand van het moeras. Daar stonden twee okapi's, zeldzame girafdieren die nog het meest op antilopen leken, zwart met witte strepen op hun achterpoten. De plek en de dieren waren van een andere wereld, alsof een droom over de jungle gewoon midden in het oerwoud was neergedaald. Binnen een tel waren de dieren verdwenen, opgeslokt door het groen.

We staken het moeras over en stuitten aan de overkant op witte lelies die heerlijk geurden. In het bos stonden de lichte stammen van de mahoniebomen er recht en hoog bij, de groot gelobde bladeren van de parasolbomen hielden hun enorme vingers zegenend boven ons. Palmen en wilde bananenbomen groeiden ongeveer overal en midden in het donkere bos, waar de bodem bedekt was met varens, hingen lianen en baardige mossen als in een sprookjesbos neer.

Akka vond het spoor en een uur lang volgden we dat. De pootafdrukken waren fors, maar toch niet zo groot als de echt grote olifanten op de vlaktes achterlieten. Zwijgend volgden we het spoor. Het minste geluid dat ik maakte, ervoer Akka als lawaai; hij draaide zich om en trok grimassen. Toen het opnieuw gebeurde, wees hij sommerend naar mijn schoenen en lange broek. Die moest ik eigenlijk uittrekken. Maar hier liep voor mij een grens. Alles wat ik had geleerd over spoorzoeken en jagen hadden de Afrikanen mij geleerd. De pygmeeën waren meesters in het bos, hun zintuigen bezaten een encyclopedische kennis en ik was bereid iets nieuws te leren. Maar als je je uitkleedde maakte jezelf belachelijk, dan legde je je beschaving af en deed je de wilde na. Ik schudde mijn hoofd en Akka liep door. Even later maakte ik een grote fout; ik trapte op een tak die met een knal door midden brak. Akka bleef staan zonder zich om te draaien. Hij stond doodstil te luisteren.

Ik trok mijn schoenen, blouse en broek uit en stond in mijn onderbroek. Ik voelde mijn huid ademen. Akka draaide zich zachtjes om en keek me met een brede glimlach aan. Hij knikte, wees op een paar bladeren, op een afdruk op de grond en gebaarde dat de olifant niet ver weg was. Precies op dat moment hoorden we een tak afbreken en met een paar passen verdwenen we snel in het struikgewas.

Langzaam bewogen we ons voorwaarts. Akka liep als een patrijshond: hij zette steeds één stap en hield daarna zijn andere been opgetrokken, klaar voor de volgende stap. Langzaam naderden we onze prooi. Ik deed Akka in alles na, maar wist niet waar de in het bos onberekenbare wind vandaan kwam. Eerst voelde ik bij elke stap die ik zette de vochtige grond onder mijn voetzolen, vol takken, glibberige bladeren en kuilen, maar de hobbels en bobbels van de ondergrond werden snel naar mijn bewustzijn getransformeerd. Elke windvlaag voelde ik op mijn bovenlijf, maar zodra ik een bries op mijn rug voelde, stokten Akka's stappen. Aanvankelijk krasten takken en doorns langs mijn benen, maar ik leerde om bijna zonder met de vegetatie in contact te komen te bewegen.

Enkele boompjes gingen heftig heen en weer en daartussen vingen we een glimp op van een grijze muur. We lieten ons allebei op onze hurken zakken en zochten dekking achter de lage begroeiing. De olifant flapperde met zijn oren, hij blies met zijn slurf en trok zich langzaam en luid kauwend terug. Ik ontwaarde zijn slagtanden, die niet bepaald groot waren, en ik besefte dat ik dit dier niet mocht schieten. Met gebaartjes maakte ik dat duidelijk aan Akka. Die liet meteen zijn energieke schouders hangen en trok een berustend gezicht.

We bleven gehurkt naast elkaar zitten. Ik nam hem van opzij op. Zijn lelijke gezicht was vervuld van een groot verdriet, hij steunde op zijn werpspies en keek tussen de varens rond alsof hij daar troost zocht. In al zijn radeloosheid kon hij het echter toch niet laten om de olifant en al het andere wat zich in het bos om ons heen afspeelde te observeren. Zijn korte, grove handjes betastten de werpspies, hij krabde zich over zijn wang en ontdekte een paar agressieve mieren die om onze voeten renden. Hij schoot er met zijn vingers een paar weg die naar mijn voeten kropen en we trokken ons terug. Mieren kon je alleen maar met vuur bestrijden. Ik volgde Akka. We gingen weer op onze hurken zitten wachten en hij wendde zich tot mij. Zijn gezicht was volledig open. Er zat geen huichelarij, berekening, angst of wantrouwen bij. Hij vertrouwde op mij en ik op hem. 'Ben je niet meer bang voor me?' vroeg ik fluisterend. 'Altijd', antwoordde hij. 'Je bent een witte man.' Ik hoorde hoe de olifant zich met lawaai verder terugtrok. 'Maar wij zijn vrienden', zei ik. Hij schudde glimlachend zijn hoofd om zoiets bespottelijks. 'Wij zijn broeders', zei hij en hij legde zijn hand op mijn arm.

Ik had slechts twee keuzemogelijkheden: me als een huilebalk gedragen of doorgaan met jagen. Ik gebaarde naar hem dat we met de achtervolging zouden doorgaan, dat hij de olifant eerst met zijn speer moest aanvallen en dat ik daarna uit zelfverdediging en volgens de regels zou schieten. Hij glimlachte en nam me met een indringende blik op. Zijn kaakspieren bewogen en mijn blik verdween in zijn ogengrot die diep en donker was. Daar was geen bodem, alleen zwart water, steeds dieper weg, in tijdperken waarvan ik slechts een vermoeden had. We waren allebei apen, een witte en een zwarte.

Opnieuw verplaatsten we ons geruisloos in de richting van de olifant, stap voor stap, en bij elke pas bevroren we als een kameleon. Ik ben nooit eerder in mijn leven zo dicht in de buurt geweest van een olifant die niet was aangeschoten. We kwamen op een paar meter afstand en hij leek net een beweeglijk gebouw midden in het bos. Oneindig voorzichtig legde ik mijn geweer aan, terwijl Akka met beide handen zijn speer beetpakte en daar zo in kneep dat de spieren op zijn armen en schouders ervan opbolden. Hij liet zich een paar centimeter zakken, klaar om te springen. Het was voor het eerst dat ik een pygmee in zijn eentje een dergelijk groot dier zag aanvallen.

Toen zijn voeten de sprint inzetten, klonk er vaag geritsel tussen de bladeren. Binnen een seconde stond hij onder de vleesmuur, hij stootte zijn speer recht in de schoft van de olifant en rende weer even snel weg. Er ging een schok door heel dat enorme lijf, de kop ging in de richting van de kleine Akka – maar mijn schot raakte het dier midden in zijn nek en als een berg die omviel, stortte de kolos ter aarde.

We stonden er allebei zwijgend en serieus bij. Ik voelde de glimlach die ik rond zijn mondhoeken zag spelen ook bij mezelf. Maar we zeiden niets, we maakten geen gebaren. Hij sneed met zijn mes de staart af en we keerden terug. Na een paar honderd meter kwamen we de dorpelingen tegen, die ons op gepaste afstand waren gevolgd. Suleima droeg mijn kleren, die ze had opgeraapt, en ik kwam tot de ontdekking dat ik er halfnaakt bij liep, bijzonder wit en erg groot vergeleken bij de krioelende menigte pygmeeën.

Daarna begon de slacht. Bewapend met alle messen die er waren, klommen ze op de olifant en er begon een onaangenaam gezomp en gesnij. Toen iedereen een stuk vlees bemachtigd had, droegen ze dat op hun hoofd naar het dorp om het te bakken, te roken en te pekelen. Het zout nam ik voor mijn rekening. Al in het bos werden vuren aangestoken waarop voorproefjes werden gebraden.

De lijven van de dorpelingen dampten, ze praatten en lachten onophoudelijk en de stank van bloed en ingewanden vulde het vochtige woud. Toen ik mijn kleren had aangetrokken en op een omgevallen boomstam was gaan zitten, voelde ik hoe moe ik was. Ik was nog lang niet volledig hersteld. De bloederige scène in het bos flakkerde voor mijn ogen en heel even werd ik misselijk. Toen dat weer was afgezakt, voelde ik een levensvreugde waarvan ik in mijn matheid niet wist hoe ik die tot uitdrukking moest brengen.

Suleima kwam me gekookt water, een ei en een versgebakken stukje vlees brengen. Akka ging een poosje naast me zitten om te eten en van zijn heldenrol te genieten. Boven ons hoofd klonk een klap, enkele minuten daverde er een onweersbui boven het bos, toen hield die weer op. Het regenwoud druppelde en dampte, het zompige snijwerk ging door tot op de witte beenderen van het beest.

Er viel een grote waterdruppel op mijn arm. Heel even zag ik Akka's lelijke maar glimlachende gezicht erin weerspiegeld. Mijn pygmeebroeder. Toen biggelde de druppel naar beneden en zijn gezicht verdween.

28

SINGU ESTATE. Ik overleefde het Ituri-woud, Eva overleefde haar reis door de Sahara, zoals ik die enkele jaren eerder ook had overleefd. Maar ze overleefde haar privé-expeditie in Azië niet. Dat haar zachte, ivoren ledematen niet langer op deze aarde zijn, is een gedachte die maakt dat ik alleen maar wil slapen. Ik ben als enige over. Hans is allang dood, Denys is dood, Tanne zijn we kwijtgeraakt aan Denemarken en de literatuur. Cockie heeft een andere man. In Afrika zijn alleen maar toeristen, en Afrikanen die worden aangemoedigd de Europeanen te imiteren. De wildernis krimpt. Suleima en Akka zijn verloren. Ze hebben geen toekomst. De met sneeuw bedekte top van de Kilimanjaro is echter nog steeds vanuit mijn raam te zien. Antilopen en buffels struinen nog over de vlaktes, maar ik heb geen zin meer om te jagen.

Ook mijn woorden zijn op.

In het Ituri-woud heb ik afscheid genomen. Ik verlaat Afrika en beëindig mijn leven ergens anders. Het maakt niet uit waar.

Singu Estate, waar ik deze woorden heb opgetekend, was niet eens in mijn bezit. Ik was slechts rentmeester. Ik was niet in staat om iets te bezitten of vast te houden: geen onroerend goed, geen vrouw, zelfs aan een plaats heb ik niet trouw kunnen zijn. Als mijn leven enige waarde heeft gehad, kan die alleen worden afgemeten aan de hoeveelheid gelukkige ervaringen die door mijn open handen is gestroomd.